U0062639

黄德海 著

书到今生
读已迟

增订版

作家出版社

黄德海

《思南文学选刊》副主编，中国现代文学馆特聘研究员。著有《世间文章》《诗经消息》《书到今生读已迟》等。

通过不断交谈，

与问题共同生活，

它就突然产生于灵魂之中，

就像跳动的火焰点燃了火把，

立即自足地延续下去。

——柏拉图《书简七》

目录

爱命运

目前无异路

附 录

书到今生读已迟（代序）

一

处身于现在的时代，不幸到永远也无法回到文化的未开化状态，因此，一个企图在精神领域有所领悟的人，就必然被迫跟书生活在一起。照列奥·施特劳斯的严苛说法——生命太短暂了，"我们只能选择和那些最伟大的书活在一起"，"在此，正如在其他方面一样，我们最好从这些最伟大的心灵中选取一位作为我们的榜样，他因其共通感（common sense）而成为我们和这些最伟大的心灵之间的那个中介"。

可是你没有恰好生于书香世家，也没在很早就遇上一位教你如何阅读的老师，当然就不会走运到一开始就遇上那些伟大的书。对书抱有无端爱意的你，开始阅读的，只能是你将来弃之如敝屣的那些——小时候，是战天斗地的连环画，地摊上有头无尾的儿童读物，动物的凶残和善良；稍大一点，大人藏在抽屉里的书被悄悄翻出来，没什么了不起的，不过是神鬼出没的无稽传说，形形色色的罪案传奇，以男女情事为核心的拙劣编造……运气好一点，你会碰上巴金的《雾雨电》，杨沫的《青春之歌》，曲波的《林海雪原》，甚至封面上印着"迅鲁"的《呐喊》。

那时候，你把从各种渠道弄来的武侠、言情、校园小说包上封皮，偷偷摸摸地在教室里经历别人的喜怒哀乐。很快，你吃了平生第一次冤枉。有个跟你一样喜欢读书的家伙，把一本看卷了边的书像往常一样丢在你的床上，封面上是个妖娆的女人。你还没来得及翻看，书就被没收了，对你期许甚深的老师不待你辩解，就对你一顿拳打脚踢，并从此不再理你。

没错，这不过是你事后的回忆，读这些文字的时候，你还不知道什么是传奇、武侠，更不会知道，有些故事旨在引逗你想象异性日常之外的样子——只有对书的盲目热爱（Eros）引导着你。

你从一个藏书颇富的人家搞到一批历史小说，《杨家将》《薛刚反唐》《罗通扫北》《三请樊梨花》《朱元璋演义》……那一年在瓜棚里，你还不知道有个跟你年龄相仿的女孩正满怀恐惧地盯着这个世界，只顾沉浸在那些早已老旧的故事里，忘记了周遭的燠热，忘记了太阳正慢慢落下西山，直到一本本厚厚的书来到最后一页，直到再上学时，你不知为什么再也看不清黑板。

戴上眼镜的你到县城去上学了，那些小小的博学者开始出现，她/他们嘴里，全是些陌生的故事和人名，全是你没读过，也从未听说过的清词丽句。恍若走入飞地，飞地上的一切，你都那么陌生。好吧，那就开始领略这个美丽新世界。你每天早晨五点准时起床，背一个小时的诗词，然后去跑步，胸怀里全是"少年心事当拏云"的豪情。

夜晚，你去读那些陌生的名字写下的陌生故事。你当然记得，那天有人丢给你一本大仲马的《三个火枪手》，说可以完全代替你脑子那些满是手汗污垢的租来的小说。你严严实实地蒙在被子里，借着手电的光照，一口气读完。此后两个小时的短暂睡眠，你在半梦半醒间跟达尔达尼央不停地说着话，仿佛在为他筹划，也好像是在劝说自己，用的是庄重的大腔圣调。睡梦中的对话让你疲惫不堪，幸亏同宿人的起床声，唤醒了精疲力尽的你。

你绝对不会忘记，那个第一次吻你的女孩带来了陀思妥耶夫斯基的《罪与罚》。这个名字拗口的人写的书又厚又重，情节紧张到让你溽暑里满身冷汗，你才不管拉斯柯尔尼科夫的结局如何，只急着要知道那个纯洁的女孩索尼娅最终是怎样的归宿。天蒙蒙亮的时候，书读完了，你一直擎着书的左手开始抽筋。用冷水洗把脸，你振奋地写好一封信，骑行了六十里路，把信悄悄塞进她的邮箱。

那时候你肯定不会知道，出于纯粹热爱的读书时光已经结束，而那个女孩，也将在不久之后决绝地离你而去。

二

有个幸运的孩子叫约翰·穆勒，你要长大了才知道羡慕。就是他，在父亲督促下，几乎少年时期就完成了自己所有的读书储备。他三岁开始学习希腊文，没有进过学校，却在十七岁之前阅读了绝大多数希腊罗马古典，系统学习了几何与代数、经院派逻辑学、政治经济学、化学和植物学，最终，他以等身的著作，证实了完备而系统的阅读的必要性。

按父母的理想计划塑造孩子的愿望，是极其危险的，没有几个人能成功，并极易导致精神问题。果然，二十岁的时候，约翰·穆勒遭遇严重的精神危机。以毒攻毒，他竟用对华兹华斯的阅读，安然度过此次危机。在这个年纪的时候，你还没有奢侈到要考虑精神危机，甚至都没来得及收拾好自己的心情，就要按照小穆勒的方式，给自己制订一个完备的学习计划。

你找来了各个学校开列的文史哲书目，比较，甄别，剔除，然后手抄一份自己的定本，从头到尾读起来，读罢一本，划掉一本。你根本不明白当时哪来的好胃口，不管什么类型的书，只要在这份书目上，《诗集传》也好，《判断力批判》也罢，或者是《蔷薇园》《薄伽梵歌》，你都能兴致勃勃地读过去。有时候从图书馆出来，夜已经很深了，路两旁是婆娑的树，抬起头，能看到天上密密的星。那样的晚上，不知从什么地方来的一股力量，让你觉得身心振拔，走路的时候，脚上都仿佛带着弹性。

以后你会经常想起那些日子，想起你初读索福克勒斯时感受到命运的肃杀，想起你竟然无知到连读《天官书》都用白文本，想起你对读莱辛和罗丹时的惊喜，想起你读完《高老头》时内心的悲愤，想起你读《元白诗笺证稿》时的悫然之感，想起你发现《批判哲学的批判》逻辑矛盾时的欣喜，想起你在摇曳的烛光里读完了黑格尔的《美学》，蜡烛也堪堪烧完，"噗"的一声，你沉浸在怡人的黑暗和静谧里。

即便有这样的美好时光，你还是骗不了自己。虽然书单上剩下的书越来越少，可书中的世界依然纷繁复杂，你也并没多少让自己身心安顿的所得。因为缺乏共通感，你没有找到自己的榜样，并未出现的那个人，当然也不会成为你和最伟大的心灵之间的中介。你变得焦虑，转而根据正在读的书的脚注，来寻找下面该读的书，努力找到每本书更高的精神来处。

有那么一段时间，你一定是得了"大书贪求症"，每天都规定自己读起码多少页"伟大的书"。你当时的想法是，等有一天把这些"大书"读过一遍，那个纷繁复杂的世界一定会显露出她澄澈的面目，跟你平常看到的绝不相同。事与愿违，你不光没有读懂那些大书，身心还仿佛被抽走了一些什么，连阅读平常书籍的乐趣都失掉了。那时，你对自己产生了强烈的质疑，觉得你肯定不是被选定的读书人，竟有段时间废书不观。那些美丽的夜晚不再有了，脚步也渐渐失去了弹性。

你闷坐在宿舍里，蔫蔫的，对什么都提不起劲头。走廊上语声渐渺，你看见自己在一间灯火通明的屋子里读书，情境好像是冬天，你身上裹着毯子。其时你大约是被书迷住了，因为你不断用已经发红的手掌拍打着桌子。一个不知是什么的东西，黑魆魆地向读书的你袭来，拿走了你的什么东西。读书的你丝毫没有觉察，继续不时地拍下桌子。你大声地提醒读书的你注意，但声音仿佛被什么扼住了，压根发不出来。你只能眼睁睁看着读书的你，被那个黑魆魆的东西不停地从身上一次次拿走什么。读书的你仍然没有注意，还在兴高采烈地拍着桌子。你看见读书的你一点点枯槁下去，只剩下一副支离的骨架。这时，那个黑魆魆的东西又来了，直奔那副骨架。你实在急坏了，用尽全身力气提醒那个读书的你，快跑！快跑！读书的你依然一动不动，黑魆魆的东西碰上骨架，骨架慢慢倒下。你走上前，要扶起那副骨架，骨架慢慢转过了头，突然以不可思议的速度向你袭来。你觉得身上有个地方咯噔一下，什么东西确定无疑地流失了。你从梦中醒来，好大一会儿不能动弹。

当从另一个真实的梦魇中醒来的时候，你沮丧得无以复加，觉得在真实世界和精神领域，你都失去了依傍，那个伟大的心灵置身的世界，跟你没有任何实质性的关系。

三

你要到很久以后才看到这个故事。第欧根尼·拉尔修《名哲言行录》记载，有一次色诺芬被苏格拉底拦住去路，问他在哪里可以买到各种食物，色诺芬逐一道来。话锋一转，苏格拉底紧接着问："人在哪里可以变得美好？"色诺芬哑然无对。"来跟我学习吧。"苏格拉底吩咐道。

在此之前，你只知道，叶芝拥有一个不可动摇的信念，相信"一扇看不见的大门终会打开"。可你并不相信，因为你为自己制作的书单差不多读完的时候，那扇紧闭的大门并没有敞开，有一种什么东西，始终障碍在你和书之间。你也慢慢明白，很多人都有这样的障碍。一位你敬重的前辈学人，就很长一段时间困在各路经典里，产生了相当严重的厌倦情绪。有一件事情始终让他一筹莫展："如果心仪古典作品的话，该如何才能使自己的生活处境与这些作品建立起活生生的联系？"那些伟大的书一直都在，却从未进入活生生的日常世界。

差不多到这时，你才意识到，仅靠年少情热去读那些沉默的书，任凭你横冲直撞，它们紧闭的大门并不会因为迁就而轻易敞开，自己还会因为碰壁太多而失去基本的阅读热情。想到这一层的时候，你仿佛看到那扇此前紧闭的大门，慢慢地闪开了一道缝隙，有澄澈的光流泻出来。从这条小小的缝隙里，你约略窥见了某种被称为"宗庙之美，百官之富"的东西，心下快活自省，口不能言。

你不禁想起了自己当初读《笑傲江湖·传剑》时的情形——一代宗师风清扬出场，令狐冲进入习武的高峰体验。在风清扬指导下，令狐冲"隐隐想到了一层剑术的至理，不由得脸现狂喜之色"，"陡然之间，眼前出现了一个生平从所未见、连做梦也想不到的新天地"。你心中涌起了什么障碍被冲破的感觉，顿觉世界如同被清洗过一遍，街道山川，历历分明。

写作此节时，金庸仿佛神灵凭附，在恩怨纠葛的世情之外另辟出一片天地，清冽的气息在书中流荡。当然，第一次读这本书的时候，你还不会想到，有一天，你或许也会碰上令狐冲那样的好运气。想到这里，你不禁展颜微笑，内心的某个地方，缓缓放松下来。

你不再咬紧牙关，要把无论怎样艰深的书都啃下来。你试着寻找阅读中的"为己"之道，尝试去理解德尔菲神庙的箴言，"认识你自己"，接受你自己，学着辨识自己的性情，并根据自己的性情所向选择读物。那些离你或远或近的"大书"，不再只是"他人的故事"；那些伟大心灵的神态和举止，有时就在你面前清晰起来——他们甚至会不时参与你对日常事务的判断。

"书到今生读已迟"，即便你有再好的运气，也永远不会知道，苏格拉底是如何阅读那些古代圣哲著作的；更不会知道，色诺芬是不是从学之后，明白了"人在哪里可以变得美好"。但你现在确信，有些人就如苏格拉底一样，在引导人过一种亲近幸福的生活。你现在也相信，那个关于苏格拉底的阅读传言是真实的："古老的贤人们通过把他们自身写进书中而留下的财富，我与我的朋友们一起展开它并穿行其上。"

跳动的火焰

自愿把不肯轻信的念头高高挂起

这几天，在看一本历代易学著作的提要，觉得里头的书名相似度实在太高（有些直接是重名），几近不能分辨。《周易集解》《周易注疏》《周易折中》《周易述》……除非经人指导，你知道了某本书的作者，所属的年代，以及这作者对易学的特殊贡献，这才能看出其中的波澜壮阔，否则，绝难从书名直接推断某本书是否值得翻开。我一边在这书名的森林里打转，一边就想，那些诚恳的古人没有把书推广出去的义务，只想着竭力为博大深奥的易学添加点自己的心得，在绵延不绝的河流里开拓一条看得过去的支脉，为书取名几乎是后发且随兴所至的，或许还存想着向某人或某书致敬，便难免朴素到不惧重复的地步。

现在负有自我广告责任的书名，难得如古人那样从容朴素，甚至同一本书，也要在不同版本里变现出不同的名字。唐诺这本《眼前》还算幸运，朴素的主标题保留了，改的只是副标题——繁体本是"读《左传》"（INK 印刻文学生活杂志出版有限公司，2015年10月），简体本，则变成了"漫游在《左传》的世界"（广西师范大学出版社，2016年2月）。我不知道这样的改动是否有利于书的推广，只无端想起了曾一度被视为秘笈的"中学生优秀作文选"里的标题。

这样的开头，实在有点拖累此书的卓越，那就言归正传：这是我最近读过的近人著作里极好的一种，如果不能说最好的话——要不是囿于所见，我甚至想把西方的大部分近人著述也包括进去。好到什么程度呢？好到我觉得应该有个相当程度的高手，持此一卷，对人讲解，勾勒此书的阔深、阔大、沉郁、博学，提点其中的误会、歧途、枝蔓、芜杂，引出更进一步的向上之路。我们未必幸运到会遇到这一程度的高手，即使遇到，也未必愿意讲解此书（有无数程度更高的好书可以讲解不是吗），那么，暂且就此写一系列的文章？第一篇，关于书名"眼前"和自序"信它为真，至少先这样"。

唐诺坦言，《眼前》有一参照之书，即博尔赫斯的《有关但丁的九篇随笔》（简体本译为《但丁九篇》），而这个参照，重要的是博尔赫斯作为写作者与《神曲》的关系，"尤其是其中的信任关系"。如柯勒律治的名言，"诗的信念，就是自愿地把不肯轻信的念头高高挂起"，读书也一样，"当你下定决心不再怀疑，你就能读到一本好书了"。也就是说，在阅读一本《左传》这样书的时候，尽管你知道"怀疑是有益健康的"，还是最好学会信任，因为怀疑一向比较容易，只要学会说"不"就行了。信任呢，要难得多，比如我们会很容易质疑，被称为历史著作的《左传》，怎么会知晓会盟的密室细节，看到宫闱的床笫之私，听到贤者的屋漏独白……如此一路问下去，《左传》费心表达的全部洞见与善意，会无声无息地倒塌在漫天的怀疑尘埃里。

信任还是怀疑，这是个问题，甚至是一个让诸多伟大心灵彼此分歧的问题。1769年，莱辛（Gotthold Ephraim Lessing）在《关于古代事物的通讯（45）》中写道："我们所见比古人多，可是我们的眼力也许不及古人；古人所见比我们少，但是他们的眼力（尤其对于阅读来说）也许远比我们更锐利。"人得怀着信任，"以特有的小心"（with the proper care）去阅读那些古人（尤其是堪称贤圣者）留下的文本。与莱辛差不多同时的康德则反其道而行，声称读者可以比作者更好地理解作者，也就是确认自己的智识在作者之上，当然就不用信任担保了。更有甚者，则直接告诉我们，不管信任还是怀疑，反正作者的意图根本无法弄清，索性回到个人的生存处境，按自己的方式来理解古人就是了。

不是因为进化论，古人和今人谁更聪明的问题，早在达尔文之前就争论不休。弗朗西斯·培根在1605年写道："世界的老年是我们所处时代的属性，而不是古老生命生活的早期时代。虽然在我们看来，那个时代要老一些，但就整个世界的角度来说，那个时代才是年轻的。"有道理对吧？后来者可以站在古人的肩上，吸收他们的经验，从而站得更高，看得更远，理所当然更有智慧。稍晚于培根的坦普尔可没这个自信，他在《论古今学问》中毫不客气地指出："我们若是侏儒，即使站在巨人肩上仍是侏儒；我们若是天生短视，或对周围的情况不像巨人那么了解，或由于胆小和迟钝在高处感到晕眩，我们就是站在巨人肩上，也比巨人看得少。"

这个西方历史上赫赫有名的古今之争，始自17世纪，至今还没有消歇的迹象，并已经蔓延到我们置身的此时此地。用不到急匆匆表明立场，也不必非要即刻给出结论，如唐诺这般，稍微缓和些说出自己选择某一方的理由也不错——"信《左传》为真，倒不是拒绝日后历史研究对这本书，以及它所讲述的那个时代的更正确发见及其必要更正，只是除此而外不急着怀疑而已——对所有未经证实为误的东西，对那一整块最该要人沉静下来的宽广灰色地带，最有意思的东西都在这里。还有，就是不让无谓的怀疑分神，不让怀疑弄得自己寸步难行，扯毁掉一整个图像、一个时代的可能完整面貌。"就这样开始阅读，"信任这本书，让书写向着这本书而不直接是那个时代，连同它的选择，连同它的所有限制"。

唐诺显然不是事先站在古的一边，而是因为不想怀疑得太快，自愿把不肯轻信的念头高高挂起，从而获得了"一种很特别的自由，一种不被怀疑倒过来抓住、限制的自由，一种不必动辄舍弃、得以窥见世界较完整形貌的自由，一种人可以四面八方而去、向各种远方各个深处的昂然自由"。站在信任（不是迷信）一边，《左传》就从单纯的历史实然书写，变成了同时具有文学特质的应然著述，作者"据往迹、按陈编而补阙申隐，如肉死象之白骨，俾首尾完足"的那部分，便不用从历史作品的合法性里生生切割出去，前述的密室细节，床笫之私，屋漏独白，就都有了存在于应然领域的空间。我们在《左传》里看到的，也便如列维－斯特劳斯在某处谈到的，不止是人们做了什么，还有他们相信什么，或者认为什么是必须做的，"它可以是发生在实证领域中的事物，也可以是一些人在思想上经验着的东西，尽管这些人在观察他们自己的感性材料时不免有失偏颇，但他们的意愿在于发现什么是恰当行为的规定性"。

对较完整的人和人的历史，除了实证领域的做，除了"思想上经验着的东西"，唐诺认为，还应该包括"在'做'与'想'的反复交错之间出现的种种参差、延迟、落差和背反；还有，对此结果又再发生的进一步感想、反省和思维"。经过种种思量，层层反省，历史皱褶里的肮脏和不洁才能被袚除，如旧街道的经过洗濯，人觌面相对的，才是一个清朗的世界。惟其如此，《左传》写下的，唐诺从《左传》里看到的，就不再只是曾经发生的实然之事，而是包含实然和应然在内的对过往的探究，深藏着写作者对这个世界经过克制检查的爱。《左传》成公十四年九月的一段话，也就是杜预提炼的《左传》"五例"，或许可以看成为这探究写好的断语？——"微而显，志而晦，婉而成章，尽而不污，惩恶而劝善。"

没错，《左传》和唐诺这本《眼前》要写的，不是外在的、显出的历史，而是本真的、和每个人的命运相关联的那些，因而这历史就一直存在于我们置身的每一个当下，也一直都在我们"眼前",从未,也永远不会离开:"每个人的视线都是一道道光、一次次的直线,孤独的,能穿透也会被遮挡,能照亮开来某个点、某条路径却也总是迷途于广漠的幽深暗黑空间里时间里——春秋时日那些人的眼前,《左传》作者的眼前,我的眼前,我希望能把它们叠放一起;我想象这些纵横四散的直线能相交驳,这样我们就可望得到一个一个珍罕的定点,知道自己身在何处……"

"唐棣之华,偏其反而。岂不尔思,室是远而。"子曰:"未之思也,夫何远之有。"是的,那过往的和现下的一切,就在眼前,就是眼前。

你越过了遥远的距离把手伸给我

　　说不上是规律还是偶然，中国漫长的历史中，王朝建都于西北的，往往国势较盛，一旦建都或迁都东、南，则国势见衰，或竟是偏安乃至亡国的节奏。周建都丰镐，开始了其黄金时代。至西周晚期，王朝渐失民心，有诗"小东大东，杼柚其空"刺之。公元前771年，幽王为犬戎所杀，接任的周平王于公元前770年迁都洛邑，自此西周转为东周，振作为难。迁都的这一年，通常被视为春秋时代的开始。

　　经西周三百五十年的变化，期望自己"维天之命，於穆不已"的有周一代，渐失权于诸侯，显出仓皇的样子来。兴起的诸侯，也不再是周武王与周成王所封的那些，而是居于四隅，如唐诺所说："春秋，其诸地诸国的消长和变化，服膺着一个历史通则，那就是中心不断的耗损、疲惫、苍老。新的活力及想象力持续发生在边缘地方，像源源注入的水流……春秋之末到百年战国如单行道，一直强大起来的国家都在四角之地，秦、齐、楚，以及春秋时根本不存在的燕；

9

三晋中赵国最精彩也最具长时间抵抗力，一定和它衔接胡地有关，事实上，赵的嫡系血脉便是华夷混血，源于最早的赵衰；真要再计较，曾快速称霸一时的先吴后越，也是来自最东南一角。"

国势既衰，文化上自然也无法维持其"钟鼓喤喤，磬筦将将"的中心地位。周朝鼎盛的时候，《雅》《颂》是帝王之乐，可由中心达于四隅；《风》是各国风谣，由四隅而集于中心，上传而能下达。至东周，天子"采风"之举停止，预见了王朝衰颓的中央史官老子骑牛远遁，各国不再编集本国的风谣而是记下自己的政事："王者之迹熄而《诗》亡，《诗》亡然后《春秋》作。"（《孟子·离娄下》）《春秋》本为各诸侯国史书的共名，后因鲁《春秋》一枝独秀，进而成为专名。《春秋》作而代行天子之事，《雅》《颂》降为"王风"，正与当时诸侯兴起的大势相合。然而，诸侯而行天子事，布衣而欲拨乱世反之正，毕竟于理未合，于心不忍，因此《春秋》不以平王东迁起笔，而是避让四十九年，始自鲁隐公元年即周平王四十九年（前722）。即便如此，相传"作《春秋》"的孔子，仍在孟子口中有"知我者其惟《春秋》乎，罪我者其惟《春秋》乎"的慨叹。

《春秋》记二百四十二年的史实，有所谓"所见异词，所闻异词，所传闻异词"，如随时之尊讳，称荆称楚之不同，足见其书并非由孔子统一或述作或笔削。把这样一本书记在孔子名下，并从中提炼出各种"书法"，很可能是因为孔子在那个时空最有代表性，后人便把他前后数百年的思想，牵合在他一个人身上。于是《春秋》便仿佛一件小衣服套上大身躯，不免时时捉襟而见肘，也就难怪会引来王安石"断烂朝报"之讥。《春秋》与孔子更合理的关系，或许可以推测，是他于自己面对的近现代史，取鲁国的《春秋》作为讲义，对众弟子讲解。此后的公羊、穀梁、左氏三传，不妨看成是弟子或再传弟子对孔子口传的记录。如此一来，孔子与《春秋》，皆可各复归其根，深合于自己的时代，不必因附会让人显得趔趄狼狈。

余嘉锡《古书通例》谓："古人著书，不自署姓名，惟师师相传，知其学出于某氏，遂书以题之，其或时代过久，或学未名家，则传者失其姓名矣。即其称为某氏者，或出自其人手著，或门弟子始著竹帛，或后师有所附益，但能不失家法，即为某氏之学。古人以学术为公，初非以此争名；故于撰著之人，不加别白也。"不妨设想，《左传》所传《春秋》，其间的文字增益和对二百四十二年史实的理解，处处晃动着孔子的影子。或者，不深究的话，我们不妨把这个过程排成一条传承的长链，如唐诺设想的那样，先是左丘明家族担任鲁国史官，编修了鲁《春秋》，经孔子修订后，左丘明"再心悦诚服根据孔子的民间私人版本写成这本《左传》，这是很漂亮、很无私的一个经过，两个如此聪明的人接力般前行，惟真理是从，朝向某个历史深处"。后世的《史记》，不也是这样的情形？司马谈、迁父子皆有承于旧学，却对儒道认识不同，在不断的分歧和沟通中，共同完成了一部伟大的书。

孔子和左丘明置身的鲁国，是什么情形呢？西周分封，姜尚封于齐国，周公之子伯禽封于鲁，"相传封国新建百事待举，但齐国五个月时间就回报成果……鲁国则迟至三年后才来"。周公获悉此事，长叹一声，"预言百年后齐强鲁弱，鲁国将长期地被压在齐国之下"。形势也果然如周公预料的那样发展下去，但《春秋》"所传闻世"（前722至前627），鲁国尚能称诸侯的地位，在国际社会有其作用；至"所闻世"（前626至前542），晋、秦、楚三国争胜，鲁国地位大大降低；到"所见世"（前541至前481），权力已由鲁君而归大夫，内部变乱不止而外部诸强环伺，国势愈加倾危。在春秋群雄并起的时候，再怎么广泛的霸主定义，都轮不到鲁国，"春秋这两百四十二年共十二名鲁君，性格、资质、际遇和机会各异，但没有一个雄主，甚至连想一下、做个梦一下的短暂念头都看不到"。

可就在这个事实上的小国身体里，却栖居着一个大灵魂。当年鲁国为什么发展缓慢呢？因为他们要"一点点改变人心、想法、习惯和生活方式"，何况，因为独特的地理和精神境遇，他们还"负责泰山祭祀的经常性照料，行礼奏乐的规格高出所有国家一头接近天子"，也因此甚至比惶惶的周天子更好地保存着周代的礼乐——"周礼尽在鲁矣"。这样的精神荣观太过庞大了，"几百年进行下来，会逐渐形成一种鲁国的独特基本现实，甚至普遍进入人心，成为鲁国人的一种基本心理状态，决定着人的一部分现实作为，以及看世界、想世界的方法。这让人单独地朝向某个更高处更深处，但另一方面也会是一种忽视不顾，一个人生现实里的沉重负担，像古希腊只看星空沉思的泰利斯，一个失足摔入井里，被一旁色雷斯的女佣窃笑"。

"一个有着大灵魂的小身体，现实来说并非祝福，生于活于这样的土地是辛苦的，或许还是不幸的危险的。"这样灵魂和身体的撕扯，仿佛沙子进入蚌壳，或者贵族家道中落，研磨的时间久了，沙子变成了珍珠，而衰落的贵族写出了凄美的文章。或许《春秋》和《左传》的写成，就可以这样看待——它既看得到自己置身的逼仄现实，却也知道，自己该"用历史大时间看事情想事情，而不是只用当下"，它有着"某种世界的、人类的恢宏视野"，"盯住大世界大时间，又凝视边缘角落里如一瞬的鸡鸣狗盗引车卖浆之人"。说得残酷一点，鲁国这个国家的存在，仿佛就是为了观看这段历史并记下它，如马拉美所言，"都只是为了一本书"。

那么，把这一奇特处境笔之于书的《左传》作者，究竟长什么样呢？太可惜了，无论他是不是左丘明，我们都对他的身世几乎一无所知。惟一能够设想的是，作者跟孔子有关，或者是他的弟子或再传、再再传弟子，或者是追慕孔子，要把孔子渗透进《春秋》的微言大义，通过这样一本书再写一遍，用来回忆，也让自己能清醒地面对春秋的乱局，而不只是站在时间的河边叹息。他会不断想起"他实际上或他心目中的老师孔子，那个准备得更多更好的人"吧？——或许，他如同子贡那样，在孔子身边度过了人生最好的时光，"曾经坚信自己距离某一个巨大美好的东西、某一个他热爱的世界这么近。他也必定常常想起他的老师，老师讲过以及并没有讲出来、做过的以及应该会做出的历史判断，还有诸多戛然而止来不及做完的事；想起那些可以讲话的不在朋友"。或许，更可能是这样的，《春秋》结束，"引领他的老师已永远离开了，绝笔于获麟，紧跟着是死亡，绝望还先死亡一个大步到来，修史其实是被硬生生打断，他得单独面对广大世界，而且还是一路走下来不知不觉已来到了当下，他此时此刻活在的这个现实世界"。

相对于记下了孔子生年（前551）的公羊和穀梁，记下了孔子卒年（前479）的《左传》作者，应该有更明确的当下之感，他得想着如何在孔子逝后好好看待甚至照料这个世界，并"越过了遥远的距离把手伸给我"。因此，《左传》不会是"一部日后严格意义上的史书，书中藏放着不少史书不宜或放不进去的时间成分，过多的当下和未来，这是书写者置身其中挟带进来的违禁关怀和希望"。这本书的作者"不真的完全站在他书写内容的全然止息之后，他从未从时间大河上岸，而是泅游其中"。现在，这条河流也流到了我们眼前，我们一脚踩进了历史，也踩进了今天的生活之流，没有人可以置身时外对吧？

只是，那个一直怀想着孔子的《左传》作者，或许并不像唐诺写的那样，只怀着深沉的悲伤和绝望。那个泅游在时间长河里的写作者，在孔子卒后可以继续精进，深入体会孔子绝笔之后的"予欲无言"之情，并体察其"七十而从心所欲不逾矩"的境界，透彻理解历史和眼前的一切，寻找出其至深根源，确认时代发展的大势所在，不再为一时一地的人物悲喜逾恒。只有这样，《左传》才不只是一部断代史，结束于某个不得不然的时间点，而是"试图寻求一种非时间性的东西，把它从任一个特定时空、从人的历史抽离出来拯救出来，不让它遭受人的干扰和污染，甚至也无须人为它辩护"。如此，《左传》也才与其所传的《春秋》一起，推见至隐，成不受时代和人局限之象，如自然界的春秋，不管你是不是把人加进去，不管在什么处境里，它依然四时行而百物生。

1907 年，俞樾去世之前，曾赋诗云："又见春秋战国风。"写下这句诗的时候，那个讲读经书不辍的垂暮老人，面对着绵延至今的"三千年未有之大变局"，到底在想些什么呢？他的推断是"齐一变至于鲁，鲁一变至于道"，还是"鲁一变至于齐，齐一变至于秦"呢？他会不会猜测，那个秦国，又会是谁呢？他胸中究竟是满满的悲伤绝望，还是生生不已的春秋之象？

一个好的墓志铭，用不着这么准确

面对同一件事或同一个人，不同的写作者会有不同的次序、不同的侧重，或因为观点差距，或因为时移世易，或因为写作者自身的处境。《汉书》卷九十一《货殖传》，大部分内容沿袭《史记·货殖列传》，却独独把导言替换掉了，大概是班固嫌司马迁"述货殖则崇势利而羞贫贱"，责怪他把从事经济活动的人地位放得过高。对春秋一段历史几乎照抄《左传》的《史记》，如唐诺所说，也巧妙地抽出"左氏心折之第一人"郑相子产，"挪到很后头，成为只是个系于某种已消逝时代的人，这意味着往后中国已不（用）再关心像他这样的人和他这样的思维、作为，或者说，往后的中国不再关怀甚至不再承认这样一种人的处境"。唐诺的《为什么会是子产？》，是《眼前》的首篇，为什么呢？

子产执政之初，对郑国形势有清晰的判断，所谓"国小而逼，族大宠多"，是内外交困的局面。言内，郑穆公死后近百年里，其子孙形成七支大族，共同把持郑国权柄，史称"七穆"，子产自己，也是郑穆公的孙辈。七穆之间各自专权，矛盾不断，以至内乱迭起。言外，规模与鲁差不多的郑国，地理位置则比鲁国糟糕得多。它"东趋汴梁，西抵虎牢，南及许昌，北界黄河"，处"四战之地"，"南北有事，郑先被兵"——"鲁国躲在远远东边，真正经常性应付的只有还不算真正强大起来的姜姓齐国……郑国则一整个被曝现在中央四战之地，尤其从鲁文公之后，持续南下的强晋和持续北上的强楚在此相遇纠缠，你的国家就是人家的战场，郑国原有的那一点点从容空间几乎完全消失"，"从晋，楚来征伐；从楚，晋来声讨"，只好狼狈地"牺牲玉帛，待于二竟（边境）"。唐诺谈《左传》，起笔即写子产，心里想着的，也是自己置身的具体情境？

是自然状态也好，是人的推动也罢，春秋往后的中国历史"走向另一条路，那就是一统，一个单一大国"——已经生活在单一大国里的司马迁，是因为如此才把子产抽出来的吧？而在子产置身的当时，人们心中还残存着另外一种可能，或者也可以看成一个事后追溯的完美梦想，人们"已说不清楚是主张还只是记忆，但多多少少还相信所谓周天子封国图像"。这图像有时候会"比现实顽强而且持久"，催促着孔子汲汲于主张"兴灭国，继绝世"；也或许是同样一幅图像，让头脑冷静的子产"知其不可而为之"，"想尽办法让他这个不幸的国家，一个小国，可以生存下去"，起码在他有生之年，可以让郑国艰难地活在春秋那漫长的小国"死亡的长廊里"。

现在，子产要开始自己艰难的执政之路了，而在这之前，灾难先来了。鲁襄公十年（前563），郑国内乱，子产父亲被杀，盗贼攻入宫室。子产从容地处置了此次事件，连子孔要求的追杀共犯也拦了下来，"还说服子孔公开烧掉所有犯罪证据的相关文书资料让人心安定，一刀切下，到此为止，包括他父亲的死和仇恨"。这件事，也仿佛是日后子产执政方式的预演，"理性，心思安定澄明提前想事情，任何细节都掌握得清清楚楚"。这理性强悍到，即使涉及自己父亲的死也不为之动摇；这理性强悍到，即使面对春秋时极有影响力的鬼魂，仍然可以保持。心性凶恶的强族之后伯有被杀于羊肆，有人梦到他要指日杀死子驷和公孙段。时至，子驷、公孙段准时死亡，郑国一时人心惶惶。子产呢，没有去管这些，而是"迅速把伯有的儿子拔为大夫延续家业"，闹鬼一事果然就此平息。这当然"不是取悦亡魂，而是安抚生民；不是听命鬼神，而是遵从理性"。面对子大叔的质问，子产也坦白讲："这确实是妥协是取悦，不问是非只求取悦于人，做人的确不可以这样，但为政有时却非得如此不可，不这么做，人民不会安定不会开心不会听从，政事就卡住什么也做不成。"对子产来说，不管是闹人还是闹鬼，他面对的"真正的政治图像是，这些都只是郑国几个大家族的政权斗争之事，他早早看穿，也从不加入……真正该坚持的是非善恶在更高一点的地方，不在这里"。

　　相较于对内的左支右绌，子产的外交赢得了更多的赞誉，并终其"执政一生，郑国从没出现什么存亡危机，甚至没在盟会上吃过任何亏，倒是争得不少当下利益，包括发言权，也包括贡纳'规费'的减低、私下贿赂的不行、盟会次数和规格要求的有所节制云云"。甚至，子产成了很多小国的榜样，他们从子产的成功外交获益不少，以至晋国大夫叔向说，"子产有辞，诸侯赖之"，像束手无策的民人等待着英雄凯旋的消息。严事子产的孔子称颂他，"言以足志，文以足言"，正确的道理还能说得准确、动人。这当然都跟子产的思维方式有关，"美学问题其实是认识问题"。那些歆动人心的言辞，"不可理解为只是修辞技巧，而是认识方式；也就是说，这其实就是子产的思维方式，他不把事情特例化戏剧化，而是想办法剥除掉它独特的外壳，认清它并不奇怪的本来面目，让它返回到、溶解于它的本来道理里面……人面对道理，不管舒不舒服、接不接纳，总是可以减少很多不必要的情绪"，因而能更冷静地判断和处置自己面对的事实，那"天地不仁，以万物为刍狗"样的事实。

是的，备受赞誉的子产一直没那么潇洒。弱国无外交，春秋间一场场华丽的盟会，会场上谈笑风生，讨论，赋诗，宴饮，"会场外面就是层层围起、随时可以叫进来的军队"，一不留心就会引爆，倒霉的总是小国。子产那些一击命中的提议，打动人心的言辞，背后都是一次次周密的筹划，审慎，精准，把事务的每个细节都置于放大镜下仔细审视——小国经不起任何疏漏："不仅仅是大趋势的判读和其应对，甚至是精密到包含参与任一场盟会的具体细节掌握：谁去，带多少人，多少礼物，何时抵达哪里，先做什么，强调什么，可争取到什么，得排除哪些障碍云云。"孔子懂得子产"如何让一个小国家生存下去"的艰难，在《论语》里便提到过，郑国即便起草一篇辞命，其间的程序也非常复杂，"裨谌草创之，世叔讨论之，行人子羽修饰之，东里子产润色之"。朱熹说出了孔子的未尽之意："裨谌以下四人，皆郑大夫。必更此四贤之手而成，详审精密，各尽所长。是以应对诸侯，鲜有败事。"

不管从事什么行业，都需要不断的练习，如柏拉图笔下的苏格拉底所说，即便像下棋掷骰子这样的游戏，"如果只当作消遣，不从小就练习的话，也是断不能精于此道的"，"如果不懂如何使用工具，没有足够的练习，没有人能够一拿起工具就成为行家里手"。人们有时候会奇怪地以为，做其他事情都需要不断练习，独独人间事务中最为复杂的政治问题，人人天赋异禀，可以不经训练便轻松胜任，其结果呢，难免是鲁莽颟顸。子产对内和对外的举措合宜，真正起作用的，该是他反复不辍的思考和不得不然的练习，如他自己所说："政如农功，日夜思之，思其始而成其终，朝夕而行之，行无越思，如农之有畔，其过鲜矣。"

一个冷静、准确、精密计算而勤于练习的人，往往会让人忘记了他的才华，只感觉到他的乏味。本质上，子产该是周公那样的人物，"满身才华又勤苦任事"，还是如唐诺所说，"这两个特质并不容易在同一个人身上太久"。周公比较幸运，因为他生在周代朝阳式的上升期，以至于人们几乎忘了"政治才是他的专业"，忘了他打过仗，还可能杀过人，忘了他为政事忙得"一沐三握发，一饭三吐哺"，忘了他在政治夹缝里的"恐惧流言日"，只记得那个制礼作乐、温文尔雅的周公。子产远远远远没有那么幸运，他不只是身处衰世，还生在一个随时可能被灭掉的小国，因此便不免严厉甚至冷酷，他那满身的才华很快就被人忘记，人们记住的，是一个苛刻、无情，甚至该被诅咒的子产。

子产执政第一年，诅咒式的歌谣就已经跟来了："谁来帮我把子产这家伙给宰了，我所有的田地全送他。"三年之后，歌词改了："我有子弟，子产诲之。我有田畴，子产殖之。子产而死，谁其嗣之？"没了子产，我们该怎么过，谁来继承他？当然了，"一般人民往往比掌权者更不讲理更不好说服"，在五年后子产改制增税的时候，郑国人又开始咒骂，连大夫浑罕也在劝谏不成之后撂下狠话："国氏其先亡乎。"那意思差不多是，你就等着断子绝孙吧。在这样的诅咒声里，执掌国柄的子产品尝到的，当然不会是权力的荣耀，有的，"只是一连串很困难的、也不讨人喜欢的现实工作"。

子产的冷静和准确，几乎让他连这些诅咒也一并计算在内，否则，他不会给自己下那墓志铭样的断语："侨（子产名）不才，不能及子孙，吾以救世也。"眼前的现实尽够他忙了，子产大概"本来就不希冀未来历史记得他，以及他的任何作为，'不能及子孙'，他准确到不给自己留任何余地，包括梦想，包括希望"。或许是不忍于这过于冰冷的结语，唐诺才在这篇的末尾，引了博尔赫斯温暖的话："一个好的墓志铭，用不着这么准确。"

　　是的，用不着这么准确，晚于子产的孔子，会牢牢地记着他（或许也影响了《左传》的作者），在此后的岁月里反复回想子产的作为——"日后不再年轻的孔子，也许这里那里都越过了子产并且有能力批评他至少质疑某句话某些事，但孔子没这么做，他只赞誉子产（所以说人成长哪里非弑父不可，那其实是程度蛮差的人才坚持做的事）；我们看着的是日后'完成'的孔子，只有孔子深深记得自己年轻的时候"，记得那个冷静准确，打开了自己心门的人。下面是孔子颂扬子产时引的《诗》，《南山有台》，无比准确地出于小雅："乐只君子，邦家之基。乐只君子，万寿无期。"就把这作为子产的墓志铭，如何？

六鹢退飞过宋都

"夫兵者，不祥之器也。"吉之先见的老子丢下这句话，便西出函谷，留给孟子来不停感叹："春秋无义战。""义战"长什么样呢？是"礼乐征伐自天子出"吗？是一种合法而超越性的暴力吗？是人们对战争"若大旱之望云霓"，像唐诺写的那样吗——"理应在战争中最受苦的底层人们，很奇妙居然可以是欢欣的、渴求的、引颈等待并生出希望。这里有一幅极著名的如斯美丽画面流传着，不少人还相信这是历史上确确实实发生过的（比方周文王时），从而没理由不相信它仍会再度发生，那就是，战争在东边打，住西边的人们是羡慕的甚至哀怨起来，反之亦然，'为什么不先动手打我们呢？'"

如此完美到动人的美好，当然是追溯性的图景，或是永不可能实现的梦，人们最终只能陷在战争的泥沼里，慨叹人灭绝了人性，只剩下动物性。不过，这真的可能是一个重大的误解，有污名化动物的嫌疑："大自然的生命竞争基本图像绝不是一纸杀戮史，这在今天同样已经是常识了，真正让我们叹为观止的，是在摄食、维持生命所需的大前提下，生物如何各自精巧地处理、避免、欺瞒、替代和限制（自我限制）冲突。"即如位于食物链最高阶的狮子，就不会动辄发动"杀敌一万自损三千"的攻击，它们"甚至放弃猎杀太强壮的'食物'，在大自然生存受伤不起，它没有面子问题，也不会因此丧失威信引发政治风暴"。劳伦兹说得很明确："动物的攻击性愈强，其对攻击的本能抑制力也就相对愈强，尤其同类之间几乎都止于示威、吓退、驱赶，以气味以声音以一堆仪式行为（比方横向夸大膨胀自己体型的所谓'宽边作用'）……这是生存演化的必要，否则很容易相残灭种。"

从这里看过去，我们再来体味帕默斯顿所说，"没有永恒的朋友，也没有永恒的敌人，只有永恒的利益"，是否看出这是清朗的理性，而非唯利是图的乡愿之见？人的理性被利益左右，多少有点让人难堪，可这是事实，你没法跟事实较劲，就像风吹瓦片下来砸了头，你没法怨恨瓦或者风一样。设想一下，如果国与国，或者大型团体之间，真的可以把自己约束在利益的范围内，战争甚至冲突，是不是会大规模减少？

答案是不会，因为人不可能真的把自己局限在切实的利益上。凡勃仑在《有闲阶级论》中讲到"炫耀性消费"（conspicuous consumption）："要获得尊荣并保持尊荣，仅仅保有财富或权力还是不够的。有了财富或权力还必须能提出证明，因为尊荣只是通过这样的证明得来的。财富有了证明以后，不但可以深深打动别人，使人感觉到这位财富所有人的重要地位，使人一直保持这个活跃的印象而不磨灭，而且可以使这位所有人建立起并保持一种自鸣得意的心情。"对财富和尊荣多余的证明，就是对利益多余的显示和夸耀，这正是人与动物不同的地方。动物并不证明自己的动物性，它们只取维持它们生存的那些，而人会贴上胸毛、用过多的杀戮和暴力来强调自己的动物性。战争，差不多是人们忘记了与自己切身的利益，"发展出人类才有的生命意义、目的和其使用方法，是这样，自然的冲突才会逐步上升成有意识有目的的战争"。很多时候，人就是如此炫耀性地使用着意义、目的这些属人的东西，渐渐把这本该是荣耀的一切变成了耻辱："人会练习，还会发明使用工具，包括各式各样杀人工具，以至于，人的冲突猎杀，遂从最难以致命演变成难能幸免。"

　　谁会最支持灾难性的战争呢？当然是"少数能够从战争攫取利益的人"对吧？"当政者、军方、军火商石油商等大企业以及某些脑筋心理不正常的人……战争也是一种事业，投资报酬率巨大，或者说，成本极低，成本是别人的身家性命"。故事到这里远没结束，如果只是这样，倒让人安心多了。楚康王即位五年，没有发动任何战争，却感受到了极大的压力："不谷（楚王自称）即位于今五年，师徒不出，人其以不谷为自逸，而忘先君之业矣。"也就是说，五年不曾发动战争的楚康王，很担心人们"认为他是个偷懒、享乐、不积极履行国君职责的人，还是一个背弃历代先祖的不肖子孙；也就是说，更主动要攻击要作战的居然是老百姓，而不是当政掌权者，这和我们今天对战争的基本理解正好背反"。

卡尔维诺的《做起来》，很短，翻成中文不足四百五十字。说的是有一个镇子，除了尖脚猫游戏，什么事情都被禁止了，人们便整天聚在一起玩这游戏。有一天，官员觉得没理由再禁止人们干其他事，于是宣布开禁。可人们仍然不停地玩着尖脚猫游戏。因为无人理会政令，官员们便下令禁止尖脚猫游戏。然而，人们却开始反抗，杀死了部分官员，"分秒必争地又回去玩尖脚猫游戏了"。或许，卡尔维诺是用寓言的方式，讲出了一个普遍的社会事实——人们会被不良的惯性裹挟，走向某些自己未曾预料到的深渊，比如战争，"直接开打成为理所当然的第一选择，甚至唯一选择，人丧失了可贵的多样可能，同时智商陡降"。

这寓言让我们意识到，无论怎样完善的制度设定，都并不意味着"我们可以懒人一样不思不想地使用它，万灵药一样什么都使用它"，"太多重要的判断是不能靠多数决的"。现在通行的、无疑该被赞美的制度，有其明确的堪用界线，界线的一边是多数，"另一边是为专业，是事物的正确因果和道理。最困难的正是这一界线的辨识、坚持和节制，太多重要的判断是不能靠多数决的，民粹便是侵犯、涂销这一界线，进入到无知和恶俗"。当然，不用循例嘲弄一遍春秋及其之前的决策方式，不管是事实还是理想状态，那时对决策复杂程度的考虑，远远超过我们现在的想象——谓予不信，请参看《尚书·洪范》"七稽疑"。

古斯塔夫·勒庞在《乌合之众》里写道："他们可以先后被最矛盾的情感所激发，但是他们又总是受当前刺激因素的影响。他们就像被风暴卷起的树叶，向着每个方向飞舞，然后又落在地上。"这真是让人沮丧不已的事实——无论先知先觉的人洞察了怎样的真相，这真相却无法告知更广泛的人们，如列奥·施特劳斯所说："少数智者的体力太弱，无法强制多数不智者，而且他们也无法彻底说服多数不智者。智慧必须经过同意（consent）的限制，必须被同意稀释，即被不智者的同意稀释。"于是，提前感知到危险情势的某个人，或某几个人，会处于极其困窘的"半间不架"局面，"有一段难熬的又像加速进行拉不回、却又像停滞窒人的特殊夹缝时光，一段不断刺激人想事情还想把事情讲清楚的时光，进入到某种自我处境检视、自我反省辨析的时刻"。

然后呢，他们带着反省的成果，"个别地带着意志地通过教训、记忆、觉醒、学习、思索、判断、谈论、书写、劝导，以及更多我不知道或者人类也还不会的方式，可能还得包含祷告"，才可能让人们体察一点点危境，不会为了尖脚猫游戏就贸然发动战争。也许只有这样，才可望"减少一些战争杀戮，让人类的战争杀戮次数和强度是人还可以承受的"。

是的，又要说到练习。对战争这样极度无理性却重大到必须极其认真对待的事务，"没有一种单一性的巧妙方法，更没有那种一次解决、所谓'一治不复乱'的省力方法，只能是人日复一日地辛苦工作，随时随地，见招拆招"，不断地练习——像孔子那样"累累若丧家之狗"，却不放过任何一个促使社会变好的可能；像子产那样几乎做对了所有事，仍然得面对每一个可能招来诅咒的具体。属人的一切，都逃不过日复一日的辛劳。在时日里劳作，是人的本分，人的困窘，却也是属人的荣耀。

《春秋》僖公十六年春："陨石于宋五，是月，六鹢退飞过宋都。"五颗陨石落到宋国，宋国都城上空，则有六只鹢鸟倒着飞行。公羊传此，称赞记述准确，"曷为先言陨而后言石？陨石记闻，闻其磌然，视之则石，察之则五……曷为先言六而后言鹢？六鹢退飞，记见也，视之则六，察之则鹢，徐而察之则退飞"。《左传》因宋襄公视此为吉凶之兆，引出周内史叔兴一段精妙无比的议论。这些暂且不管，让我们来设想，如果这鸟是现代战争中的飞机，而陨石是飞机投下的炸弹，那将如何？是风的力量也好，是人的劳作报偿也好，只要有办法让战争倒回去，是不是很炫很酷很幸运很有想象力？冯内古特在《五号屠场》里，就让战争倒了回去，"书中的主人公毕勒，把一部二次大战的轰炸影片倒着播放"，于是，我们看到了铁鸟退飞的景象。这景象，唐诺喜欢到在《读者时代》里引过一次，在这本书里，又引了一次——

　　一批满载着伤患与尸体的美国飞机，正从英国某一机场倒退着起飞。在法国上空，几架德国战斗机倒退着飞过去迎战，从对方飞机上吸去了一排子弹和炮弹碎片。接着这批战斗机又对地面上残破的美国轰炸机采取同一方式，然后倒退着爬高，加入上面的机群。

这批飞机倒退地飞临一个正在燃烧中的德国城市。轰炸机打开了炸弹舱门，发出一种能够吸收炮火的神秘磁力，把吸来的炮火聚集在一种圆筒形的钢制收容器中，然后再把这些收容器收进了机舱，整齐地排在架子上。德国战斗机也装有一种神秘的设施，那就是一套长长的钢管，用来吸取敌机上的子弹。不过，美国轰炸机上仍然有几个受伤的人，而飞机本身却破损得不堪修理。

当美国轰炸机回到基地后，他们从架子上取下钢制的收容器，然后再运回美国。国内的工厂正在日夜加工，拆卸收容器，把其中具有危险性的成分取出，再变为矿物。

令人感动的是，做这种工作的大多是妇女。继而，这些矿物被运送到遥远地区的专家手中，专家们的任务是把这些矿物埋藏在地下，以免伤人。

接着，美国飞行员都缴回了他们的制服，变成了中学学生，而希特勒变成了一个婴儿。每个人都变成婴儿，而整个人类都在作生物学的研究，共同合作，希望生产两个叫亚当与夏娃的完人。电影里并没有这些，只是毕勒这么想。

善念进入崎岖起伏世界的真实模样

《左传》襄公二十五年秋："赵文子为政，令薄诸侯之币而重其礼。穆叔见之，谓穆叔曰：自今以往，兵其少弭矣！齐崔庆新得政，将求善于诸侯。武也知楚令尹。若敬行其礼，道之以文辞，以靖诸侯，兵可以弭。"

赵文子，也就是后来以"赵氏孤儿"为人所知的赵武，向穆叔（叔孙豹）这用心高贵的人讲述他对国际形势的判断，并谨慎地表达自己减少战争的理想。赵武没有明言的前提是，晋楚争霸已逾百年，虽然仍是举足轻重的大国，但势力均已稍衰。作为晋国执政，赵武主动降低了各国的贡赋，并向他们示好地回报以重礼，战争已有缓解的迹象。更有利的是，庞大的齐国"崔庆刚上台得广结善缘是天上掉下来的"，而敌对的楚国屈建（子木）刚接掌令尹大位，赵武觉得他或许听得懂话，可以拉入自己的阵容。这个阵容的终极目标是"兵可以弭"——"如果我们一步一步做对所有事（敬行其礼，道之以文辞……），那战争有机会可以真的止息下来"。也就是说，"这是个有条件也有限度的小心翼翼现实目标，是做事情的人而不是梦想家的目标"。

这是那些反思过战争，知道世界的运行状况，却仍对这世界保持善意的人的做事方式。差不多要两年之后举行的一次会盟，此时已经酝酿于赵武的头脑里，细致，周密，带着清醒的理想色彩："这不是任何一个国家的现行政策，而是人奋力想出来的一个目标，人的一次努力、寥寥那几个人带着务实判断也带着特殊意志的努力，跨国串联，试图在不该放它这样下去的现实世界拉开一个缝隙，寻求另一种可能。"

这场襄公二十七年夏举行的，后世称为"弭兵之会"的重要盟会，《春秋》只记下了三十个字："叔孙豹会晋赵武、楚屈建、蔡公孙归生、卫石恶、陈孔奂、郑良霄、许人、曹人于宋。"要不是《左传》，我们真的不知道这盟会究竟是怎样进行的。桓谭《新论》谓："左氏《传》于《经》，犹衣之表里，相待而成。《经》而无《传》，使圣人闭门思之，十年不能知也。"幸赖《左传》，我们详细知道了这段故事的原委，其"书写成果超过任何一场其他盟会；而且，不惑于道德之名，没有那些说得很顺的冠冕堂皇的话，认真、洞察、冷静，每个人物皆接近真实的样子，说着他应该会说出的话语"。

这场盟会因为不是惯例，是一种借助形势，却谁也没有预案的未来可能，因此得比以往的盟会更多些谨慎和努力。因为前景不明，参会的人，都满怀着未知、不信和恐惧。对这场盟会的态度、期许，盟会的地点选择，是不是需要在盟会上穿"防弹衣"（衷甲），自己国家能争取到多少利益，各国代表都有细致的考虑。此外或者更重要的，他们还得应付喜欢遥控指挥的、不了解具体情境的诸侯王，随时出现的偶发事件，突如其来的未知部分，有些人不知餍足的贪求心。好在，"这不是一群笨而好心的人，而是老于世故且非常专业的人，我们看到的于是不仅仅是'有人想停止战争'这个善念，而是这个善念进入到崎岖起伏世界的真实模样"。

《左传》写这场盟会太精彩了，精彩到我不舍得在这里复述一遍，留着让人自己去读最好。善念进入崎岖起伏世界的真实模样，就挑冰山一角，也就是盟会的高潮一段来看吧，这是"盟会是否会破局的最后考验，那就是正式签字（歃血）的顺序谁先。晋方援引惯例，过往盟会皆由盟主的晋先行；楚方则说晋楚既然对等，那这回不恰恰好就应该换人做看看了不是吗？"辛辛苦苦的谈判商讨，支撑到现在，仍然是说翻脸就翻脸，真是让人沮丧。很幸运，像费城会议出现破局危机时的那种幸运，这次盟会从起意到掌控，始终是温如冬日的赵武，在这样关键的时刻，他当然即时性地做出了自己的决定，"这个最后难题因为晋国的迅速退让没有引爆，大会也就此平安落幕"。

赵武不是满怀着杀父深仇如林平之一样吗？他怎么不急着报仇，反而成了这场欲求和平的"弭兵之会"的实际掌控者？熟悉历史的人早知道了，"赵氏孤儿"的故事是司马迁先讲出来的，不知是出于他自己的疏忽，还是别有所指，也或者是后人补窜，反正有些失实，有些夸张。实际情况是，赵武的母亲庄姬公主，因丈夫去世后与夫叔赵婴私通，"赵同赵括一干赵家人等联手把赵婴逐出家门……庄姬公主为报复赵婴的流放，回娘家晋君那里告状，赵同赵括以意图作乱的罪名被杀"。诛心一点，赵武不只不是受害者，还可能是受益者，"赵括赵同之死，只等于为太年轻的继承人赵武（彼时才十岁出头）清除障碍，这也许才是他母亲庄姬公主进宫搞这一场的真正用意"。

即便按诛心之说，赵武的童年和少年时期也算不上幸福，情欲和血腥的味道太重，机诈和翻覆的事情太多了，堆积到几乎可以毁掉一个人的一生——或者让人阴郁寡欢，或者让人心机重重，或者我们会看到凶残暴戾——"准备做坏事或至少不愿做好事的自私之人会这样，因为我童年受过苦被施暴，所以现在我有某种道德豁免权，社会还欠我、人生还欠我、你们所有人都还欠我不是吗？"柏拉图笔下的苏格拉底说过了，没有人故意为恶，他们只是沦陷在固定的误区，怎么也挣扎不出来。

幸赖《左传》，我们有幸看到不被周围的恶事吞噬的典范："赵武看来人格很健康，没什么童年创伤，没扭曲处没阴湿幽暗面也不把此事一生长挂在嘴上"。他最终长成的样子是这样的——"有处女座倾向、平日有计算习惯、有高度务实感细节感"，他愿意在不舒服的现实里发现一个可能的目标，然后悄悄地、一步一步地往下推进，"如同人把质料很接近、看起来很像的一片自己的叶子偷偷藏入现实的树林子里，希冀不被其他人、被现实运行机制、被老天爷挑拣出来丢弃掉。这有一个好处，那就是人可想可做的事情有机会变多而且增加"，为这个千疮百孔的世界尽自己可尽的力量。

就像这次酝酿已久的"弭兵之会"，赵武的善念除了要穿过春秋一团糟的现实，还要穿过为这次会盟勤于奔走，却只是"为自己创作一座舞台，而不是一个较好的世界"的向戌；穿过处于"一种长不大的幼态持续，一种永恒的年轻，也带着年轻特有的唯我、狂暴、嗜血和抒情"，永远是"无辜的天真"的楚灵王样的人；穿过那些从太多梦的理想主义者陡然转为"不信人间有梦还从此见不得别人有梦的诋毁者扑杀者"，崎岖起伏小心翼翼地来到一处地方。在那里，"人因此也不至于一直沮丧卜去，沮丧到甚至决定别傻了去当完全背反的另一种人，对现实世界的一次成功欺瞒（成功携带进一部本来不容易出版的书、一条原来不会通过的重要法令云云），可以很实在地保住自己心志不掉向虚无好几年"。对世界的善念，最先获益的是自身。仍然是苏格拉底说的，这世界上只有一种真正的幸福，那就是行善本身，此外没有别的幸福。

那么，善念挤进世界之后，春秋是什么样子呢？"大致上，晋楚从此算是不再正式交兵，终春秋之世，也就是保用了七十年时间至少；但战争有因此停止或减少吗？好像并没有，列国依然捉对厮杀，只除了跨国联军式的大会战稀少了，晋楚两国也依然用兵不绝，只是这两强之间仿佛从此竖立了一面隐形的墙，晋楚各自在'自己的势力范围内'兼并整理。"并没有好多少，只是"国际间的气氛的确好多了，尤其晋国势力所及的北方"，辛劳的赵武能偶尔从容地参加大型的国际性宴会而已。或许，这次会盟更重要的成果，是在"弭兵之会"以前，"没人，各种大小尺寸国家的各个政治人物，认为战争这东西可能而且理应废止"。而在此之后，"因为弭兵的提出，大国如晋齐开始感受到一点压力了，得意识到这个最底层声音的存在，所以弭兵是被说出来就有收获有价值的"。依然是这样，事情本身，就已经是价值。

关于这次会盟的故事，理应到这里顺理成章地结束。可是，细心的人可能早就发现了，在《春秋》的记载和《左传》的叙述之间，有个不小的矛盾，即歃血时晋楚的位置先后。事实上，是楚先签字，而《春秋》呢，要肯定赵武的作为，"所以正式的历史记录里，还是把晋赵武置放于楚屈建前面"。是这样的，《春秋》记史，不像后代必须谨守记实天条，而是侵入性地直接'更正'某一部分事实，试图带进来一些价值，揭示一种应然的图像，或白话来说，不是此事这么发生，而是此事应该要这样发生才对"；而《左传》呢，则是"掉头回来，奋力说出来《春秋》修改之前，这件事、这些事其实是这样这样发生的"。

《左传》这么做，当然不是为了反对《春秋》，而是，"《春秋》的修改事实本来是非常非常激越的书写行为，甚至还可能带着愤怒、不平、讥刺云云，并藏放着孔子特殊的心志"。当那段人人熟知的历史进入无可抵御的遗忘黑洞，"《春秋》的修改不再能被察觉出来，孔子所寄予其中的心志以及对世界的谏言也就跟着全数殒没，我们只以为事情本来就是这样发生的，赵武本来就先屈建签字"。到头来，不再是《春秋》成而"乱臣贼子惧"，而是《春秋》成了"一次纯粹的粉饰作业，纯粹的'隐'，人做错事做恶事我们连最后说他两句、留存人世间仅仅那一点公平都不再可能了……英勇的书写成为谄媚的书写"。明白此点，《左传》的书写企图就再明白不过了，"好恢复世人的记忆，比对出《春秋》的应然性书写，重新擦亮老师那一条一条慎重但精简的文字"。

人生蹇难，把一点善念传递下来，都难免曲曲折折，甚至狼狈不堪，不过，经过两千五百年的时光，那些善念还是崎岖起伏地传递到我们这里了对吧？即使狼狈吧，也狼狈得有了风姿——"笑问兰花何处生，兰花生处路难行。争向襟发抽花朵，泥手赠来别有情。"

抓住内心世界最隐秘的起伏

　　《尚书·舜典》："诗言志，歌永言。"前句有《诗大序》背书，"诗者，志之所之也，在心为志，发言为诗"，历代尊为圭臬。至现代，则有专文专书讨论，与"文载道"并举，引起了不小的争论。至于后句，大序把它作为前句的解释，"情动于中而形于言，言之不足故嗟叹之，嗟叹之不足故永歌之"，其后也关注者希，几乎只在引用的时候作为对句出现。作诗言志，教诗明志，赋诗观志，献诗陈志，志与诗连绵不绝地发生关系。《眼前》讲到的那场国际性宴会，作为天下盟主的执政，客于郑国的赵武对其七位部长级人物开口，也果然是："七子从君以宠武也，请皆赋以卒君贶，武亦以观七子之志。"

　　为什么偏偏是"志"？

　　"诗三百风雅颂，大致是个同心圆模样，也像是时间里生成的诗歌涟漪……这一诗的涟漪，很清晰也是权力的涟漪，《颂》中心一点的几乎只存在周天子一人（孤独地虔敬地面向着上天），《大雅》挤着共治的庙堂之士，《小雅》则是源远流长的、从早早周还是个部族时就有的所谓子民，《国风》才是放眼天下的万民兆民；这大致上也是个从天上到人间的涟漪，从祭祀崇拜到王国统治再到生命现场的耕织劳作、情爱婚姻乃至于花草树木鸟兽虫鱼，因此，这也就是悠悠岁月的一个时间涟漪……《诗经》的搜集者、编辑者，从一首一首诗的具体呈现隐隐觉察出这一大时间图像、时间秩序。"把这个时间图像二维展开，也同时是一个变动不居的空间图像了，那层涟漪从中央及于地方，又由地方回荡至中央，而自天子以至于士大夫的"志"（"志"为士心，起码在古代还算不到庶民头上），就在这时空的涟漪里流动不已。

　　一个人胸怀的志向，他变化万端的情感，无论是怎样的形态，只要是真的，都可以藏放在一首首"诗"里，所谓"思无邪"。赋诗呢，亦无邪，即使一个人把自己巧妙包装起来，在高明的人看来，也仍然是一种无邪，因为遮掩本身即是他的心性流露。一个人的赋诗，也会明明确确地流露出他的身份、地位、所处的具体情境，他在风雅颂这时空涟漪的哪个涡流里。赋诗人自己的生命信息散发出来，会被有心的观诗人提取，于是，《诗经》"与其说是文学诗集，不如看成是一部生命定理大全、定理的百科全书，记得愈多，就愈知道怎么计算世界"。有心的读诗和观诗者，无数次出入于不同时位、不同性情者的复杂情感变化之中，熟读而精思入神，告诸往而知来者，由知言而知人，授政以达，四方专对，处事经权合宜，"深则厉，浅则揭"，始终随时随地而动。

那随时随地流动的"诗",如果像我们现在这样板板滞滞地读起来,是不是有些不够劲不过瘾,仿佛缺了一点魅惑力一点烟视媚行的美?对,嘉会需佐以歌,单单把诗拎出来,缺了歌的流宕徘徊,就少了美目的一盼,临别秋波的一转,老让人觉得不够尽兴。你当然猜到了,除了诗言志,还需要歌永言——更直接地抒发自己的情怀,有时连歌词也省了,随着自己的情感起伏而有了节奏,拖长声音,直接咿咿呀呀地唱出来。于是,我们从诗来到了乐,"再没有任何东西如音乐,和人的感知全无隔离无需中介,直接就是生命的呼吸起伏流动云云,如昆德拉引述黑格尔说的,音乐'抓住内心世界最隐秘的起伏,这些起伏是文字到达不了的'"。

我们(尤其在现场)听到音乐或者肉声的歌,会不自觉地跟着"手之舞之足之蹈之",那流动的声音,仿佛《诗》的"兴",破空而来,有些接近无有意味,"就只是始生的声音,还没有意义,也还早于人心的哀与乐生成"。音乐"有自身独特的生长演进之路,并不描摹不跟随这个世界,也很快就脱离开这个世界;音乐先于世界的形成,源于更早也更浑然的自然,并自成世界,你得放它自由,像人心一样自在地、若即若离地流动"。在这里,文字和词句失去了效力,"音乐(或说音乐围拥起来的这一个暂时世界)很轻易地就淹漫过它们,溶化并驯服了它们"。我们听着这一切,仿佛"孤独地束手站在天地之前,再不能多前进一步了,只有我们身体里的某一部分、某物,如轻烟如气息如袅袅不可闻见的声音，可轻微地、难以言喻地上达"。我们如重负初释，卸去了日常的包袱，在沉浸里获得净化，内心柔软如初生的嫩芽。

多么期望这个关于音乐的讨论就停留在这里，世界或许将朝某种理想中的大同境界行进，人也将专气致柔如婴儿不是吗？很可惜，这沉浸的惯性并没有及时刹车，在这沉浸的感觉里，我们来到了"某个迷醉之地、某个共同荣光或日已西夕荣光逝矣的非比寻常时刻"，或者，某个整全的、惟一的、至上的东西在那里，"人进入到某种集体的、相似的心思状态情感状态"。"音乐的强大夷平力量，创造出某种全然感性、全然抒情的封闭世界"，趋同本性让人"沉湎、泛滥以及进入一种集体迷醉状态"，"显露出附魔也似的表情和难以控制的身体"。紧跟着来的，就是暴力了，某种"需要叫喊、动乱和野蛮行为"的集体暴力："大革命，通常就是一首歌对抗另一首歌，这一音乐效应压过另一音乐效应，一直到我们今天刚刚都还是这样……革命本身就是一首大抒情诗，而且每回革命还都真的写成、唱出、留下一首一首歌来不是吗？"

"乐胜则流，过作则暴"，这以沉浸开始、以沉湎启动、以嗜血结束的历史实例，两千多年来层出不穷，"荣格精准地指出，这样迷醉的感性和抒情，正是暴力的上层结构"。所以，人得想方设法把这力量控制在一定范围之内，或者把它"封闭在宗教崇拜里，秘而不宣地控制在祭司巫师云云这些人手中，成为某种独占的知识、配备和操作秘技"；或者

"小心翼翼地、最好从源头处就控制好它才行"。也就是说，本该秘而不宣的音乐力量，"古代中国比较特殊的是早早把它光天化日地摊开来，通过理论化，释放到一般性的世界里，得到更广阔的理解、结合和应用，比方成为某种统治知识和手段，但也无可避免地早早启动了除魅"。六经之一的《乐经》消失，是否就是为了控制音乐的不可预期效应，就是古人对音乐除魅的方式之一？

"《乐经》成为一本书却又不幸流失之前，它一直生动地存在于现实之中，在人们的记忆里、话语里，是人们思维乃至于现实工作确确实实的一部分"。因而，《乐经》的消失，只不过是一本书的湮灭，而不是古人关于乐的思维方式的消失。"一本书从不单独存在，它同时生于、存在于并完成于其他更多的书中"，《乐经》的思维方式，就存在于古人关于音乐的"秘索思"里，存在于《左传》人们对乐的理解里，存在于后出的《礼记·乐记》里……对此，唐诺自信地确认："如果说今天《乐经》忽然在沉睡两千多年后冒出来，比方挖到一大叠竹简或又找到孔子另一处住宅云云……结论文风不动，当时中国人的音乐想法、音乐图像不会改变，甚至也不会增添什么，没事的。"

是的，不会增添什么，也不会减少什么，中国古人对音乐的理解，"相当程度阻拦了音乐，也相当程度减去了暴力，两千年里，少掉了不少死亡，尤其少掉了很多人附魔般的迷醉、残酷、嗜血、狰狞表情。一样的，你怎么可能去除掉这一边不跟着也去除掉另一边呢？难以想象中国会出现瓦格纳那样的音乐，包括音乐本身的繁复，也包括那一种炙热激情"。那消失在平静后的热情，让唐诺有点遗憾地说起春秋时期最有名的乐师师旷："他始终冷静、理性、耐心，心思澄澈而且话说得好，以卡尔维诺的分类来说，他是水晶也似晶莹的人，而不是一团火也似激情的人。我们看到的是一个明智的忠告者，以及一个总是意态安详目光杳远的哲人，他的生命成就最高的那一点仍是音乐吧？很可惜我们无法知道他更多，尤其是有关这样一个人'他一生最主要做着的那件事'。"

　　或许用不着遗憾，因为还有另一种可能，唐诺几乎已经说了出来："礼与乐，在人的思维探究里逐渐合流，更在道德体系、社会规范和政治制度的设计安排里必然地合流，成为如光与暗也似必须一起想、才完整可解的一体东西。"进而言之，《诗》《书》《礼》《乐》《易》《春秋》构成的六经系统，本来就是完整的结构，它们各有其所司的范围，却又在思维上勾连为一个整体。在这个结构里，《乐经》不用非得是一本具体的、写出又消失的书，它只要在那个合适的位置上，让人们在想事情的时候想到它，就已经是存在了。或者不妨这样说，六经的完整表达，未必非得是实然的存在，也不妨是变动而不易的"言辞的城邦"，它一直闪耀着卓越的光芒，让人在嘈杂的尘世里可以时时瞥见，比照自己当下置身的一切，增添思维的向度。

　　话说到这里，也就不妨来设想一下师旷——脑子里有完整六经图景的他，早就意识到了乐残暴嗜血的那部分力量，因而也就时时警惕着"他一生最主要做着的那件事"的力量，把它的躁狂之气一点点收拾干净，我们看到的，才是一个心思澄澈的乐者，一个并不存在的《乐经》陶养出来的理想人物。《弹琴总诀》谓："弹琴之法，必须简静，非谓人静，乃其指静。"那个坐在古琴旁边，指头都能即刻静下来的人，不就该是能免除乐的不幸效应而收归己身，不就该是冷静、理性、耐心而心思澄澈的吗？那不息的生命活力，深深地藏在师旷最心底，看起来古井不波，却跃动如灵蛇，对，就是那样，"深深拨，有些子"。

一直移动着的时间

　　我有时候会想，毕生致力于写苏格拉底谈话的柏拉图，跟传《春秋》的《左传》作者，是不是有着相似的心境？老师早已经离开了，而老师的言谈话语，还深深地留在心里，他们要试着用自己的笔，记下那伟大灵魂的样子，却又时时感到书写的困难——"没有任何理性的人敢于把他那些殚精竭虑获得的认识，托付给这些不可靠的语言工具，更不敢让那些认识遭到书写下来的文字所遭受的命运"，恰如柏拉图笔下的苏格拉底所说，文字写成后的流播，更加不可预知，因为它会"传到懂它的人那里，也同样传到根本不适合懂它的人那里，文章并不知道自己的话该对谁说、不该对谁说"。没有办法知悉，柏拉图是不是另有其"未成文学说"，孔子是不是有秘而不宣的口传心授，我们能读到的，只能是真真假假的柏拉图公开作品，以及《春秋》和包括《左传》在内的"三传"，因而也不得不从这不可信赖的文字开始。

鲁宣公二年，《春秋》载："秋九月乙丑晋赵盾弑其君夷皋。"这就是日后我们熟知的"在晋董狐笔"，晋国的董狐严厉地记下，赵盾杀死了自己的国君晋灵公，《春秋》照搬不误。事实呢，"杀人未遂的反而是死者晋灵公，还三番两次；凶手赵盾只是个被害者，连自卫杀人都没有，他逃掉了，而且事发当时人已流亡"。乙丑这天，赵穿发兵攻杀灵公，流亡的赵盾赶回来收拾残局，"事后董狐记史，大笔写的却是'赵盾弑其君'，还当场公布出来，赵盾当然自辩，但董狐讲，你是国家正卿，事发当时你人尚未出境，回来又不追究弑君贼人，不算你杀的算谁？"赵盾呢，只好认账，但心有不甘，悲伤地引述了"我之怀矣，自诒伊戚"——"我对晋国故土的眷恋不舍，拖慢了脚步，才得承受这一罪名，真的像这诗说的，情感往往给人招来不幸招来烦忧没错。"

不止赵盾自己，我们不是也替赵盾觉得不甘吗？熟知历史的孔子，跟我们的心情没什么两样，《左传》记了下来，"惜也，越境乃免"。孔子"深知（赵盾）在这场乱局中的一次次必要作为及其价值，如此的历史定谳罪名毋宁只是不幸，人被抓住了，落入到一个始料未及又无可奈何的两难（以上）困境里"。主动担负着责任的人，往往会落进类似这样的困境——那个飞快地追赶对方前锋，要先一头顶到皮球的后卫，非常可能被人抢了先，也偶尔会非常不幸地进了乌龙，球队输球的责任，当然要这个最负责任的人来承担。"《春秋》责备贤者"，你没法责备一个本来就不想负责的人，他们躲在永不长大的壳里，用无辜和束手来对待世界，怪他们不得。《春秋》求全责备的对象，始终是愿意、应该也能够承担责任的人，只是这次轮到了赵盾而已。

文字真是不可信对吧？孔子明明知道赵盾的委曲，却为什么不在与自己密切相关的《春秋》中改动一点什么，让赵盾明亮地留在历史上呢？是不是很可能像唐诺说的："《春秋》的修改纠正作业，不针对特定的人，甚至已不限于单一国家，而是彼时的一整个世界、人极目所及而且伸得到手的世界，起码孔子自己倾向如此。《春秋》呈现的最终图像……是一个（孔子以为）这样'才都正确'的世界，人都回到对的位置、做对的事，并且对于所有人无可抗拒的灾变和命运袭击，都做出对的回应和选择；把一个正确的世界版本，叠放在歪七扭八的现实世界之上留给后人。"

精通世故的孔子当然不会幼稚到认为，人人都愿意尽力去完成这个正确的世界版本，他当然知道人心的万有不齐，知道小人天性上就有逃避责任的倾向，知道无论跟他们说多么富有洞见的话，"纵闻一音，纷成异见"，最终也不过是变成他们为自己辩护的理由——他不会迂阔到要寄希望于他们。如此一来，期望世界可以是正确版本的《春秋》，寄希望于贤者的，就不只是要承担起他自己该负的责任，还得把其他人因无知和怯懦推脱掉的那份，也一同担负起来。如果放弃承负，就请你把自己放回到小人的位置（或者你并不自觉，那么好，就让《春秋》用忽略来把你放回）。赵盾，不正是承担了本该是晋灵公以及晋国变乱者的责任？并且，他安慰自己的方式，也几乎只能是小声咕哝两句诗，委屈再深一点，声音再大一点，引的诗怨意再深一点，《春秋》可以让他免责，当然，他也就永远得不到孔子对他的回护——有一个孔子这样级别的人来回护自己一下，内心的委屈是不是可以得到很好的安顿，或者竟可以是荣耀？

在格林《一个自行发完病毒的病例》中，柯林医生谈起："你还记得修女们在丛林中办的那所麻风病院吧？当发现 D.D.S 是有效药物时，那儿的病人一下子便减至六个。你可知其中一位修女怎么对我说吗？'真可怕，大夫，再不久我们就要没有半个麻风病人了。'她真是个麻风病爱好者。"——"人的确会不知不觉成为麻风爱好者，如果你夸大单一一个信念，并把它牢牢绑于单一一人一事一物。"比如，单纯认为《春秋》对赵盾的褒贬是正确的，执此批评《左传》曲意回护；比如认为《左传》对赵盾的体贴是对的，执此攻击《春秋》蓄意篡改；比如认为谏言而死是正义的，引颈就戮是凛然的，某些心软的片刻是自己的慈悲，带着特殊姿态特殊语调的"对抗性书写"是惟一的可能，如此等等，都难免会不经意成为某种类型的麻风爱好者。

得好好感谢《左传》，它没有成为麻风爱好者，"我们完全看不出（写作者）有任何畏怯迟疑，可也不见用力"。如此灵活的书写方式，让我们在《论语》之外，看到了一个处置事务经权合宜的孔子。在《春秋》这里，孔子"本来只是受着较多约束的书写者而已，但因为后来有了《左传》，孔子……成了书中人物，有机会回复成一整个人的完整存在，让多于《春秋》书写者的另一个孔子显露出来—— 一样写下了'赵盾弑其君'这历史定谳判决，却又对这个判决表示惋惜以及可以继续讨论"。这个合拢起来的、不停变化着的人，才是孔子，说话永远有弦外之音，做事永远针对具体，他"常对相同的问题给予不同的回答，今天明天不同，子路问冉有问不同；还有，'未知也'这一保留之词算是孔子常用，用于人也用于事，用于对生命和死亡的探询；还有，孔子不惜破坏甚至推翻自己说过的话，也许是在他察觉学生太相信时"。孔子对来问者的回答，总是跟着时间变化，还得针对来人刹那地调整，答案便不免神行百变。想把孔子抓牢，让他给出某一问题的永恒不变答案，怕只是懒人的奇想罢了。

"最可惧最不确定的是时间，一直移动着的时间"，人不得不在这移动的时间里不停地调整，不停地决断，"生命的确处处是抉择，绵密到几乎无时无地，绵密到甚至已不感觉自己在做抉择"。幸运的是，这样的抉择并不是每次都如麻风爱好者那样面临生或死，to be or not to be，先进或堕落。那些激烈的二选一图像，"孔子不会认为是人生命的经常性处境，漫漫人生遇见个一次两次已够沉重够倒霉了"。更可能的人生之路，或许该是某种缓慢却并不停息的成长。当然，人也难免不幸到会遇上极端的人生抉择，"也许在某种极特殊的不幸时刻会如此像是日月星辰和人正好在某个交会点上，碰上了"，孔子也并不逃避，"那就归诸命运归诸天地神明迎上前去吧"。不自处险境，但危险真的来了，也得应对是吧，这应对"需要的不只是瞬间的勇气，还需要知识，需要不停歇的思索、决定和怀疑"。运气好一点的话，"履虎尾，不咥人"，境况虽然危殆，仍然可以曲曲折折走出一条生路对吧？

《眼前》临结尾，唐诺有些感伤起来，他谈到了善恶问题。每个民族里，对恶的描述都生动而精彩，善却往往乏善可陈。究其实，"恶是斑斓的、淋漓的，但通常并没有什么深度，一般人也容易看懂，它的核心基本上只是人皆有之的生物性本能及欲望……它令人误解的深度只是技术性的必要隐藏……真正深奥的是善，直至深不可测，因为这是人单独的发现和发明，和我们的身体、我们的生物性生命构成的联系极其幽微、间接、不定，倒是屡屡背反；也因此，善不容易说明不容易说服，它对人有相对严苛的要求，每朝前走一步，便得抛下一堆人，听不懂以及不愿听懂的人，最终，它总是远离人群，消失于人的视线之外"。善的书写和领受困难，最终几乎让它在书里消失了，那些最好的人、最好的东西，都写不进书里面。

或许，我们也用不到如此感伤吧。如开头所引，那些惯于沉思的书写者，大概早就意识到了书写时如善恶不均这样无可避免的难题，甚至还更远一步地意识到了书写本身及其流播的困窘。我很愿意相信，当他们意识到这个问题的时候，解决之道已经蕴藏其中——那本安放不下孔子太多善意的书，不是通过《左传》，通过历代的有心人，也通过唐诺，一点点复原了出来，也一点一点好好地传递下来了吗？通过不断地书写，交谈，与这世界和我们自身的问题共同生活，善不是"像跳动的火焰点燃了火把，自足地延续下去"了吗？某些纯洁的希望，银白丝线一样从天上垂下，虽未触及地面就返回了天上，但那星星点点的亮光，并没有就此消失。那自古人绵延至今的善意、善念和无比艰难的善，虽不绝如缕，却依然流淌在不息的时间长河之中，婉转地传递到了有耳能听的人心中，并最终呈现我们的眼前不是吗？

从没真正离开／存在的鬼神世界

以除魅和拆除鬼神世界为志业的卡尔·萨根，在他的名著《魔鬼出没的世界》里有些沮丧地指出，尽管科学日益昌明，但"鬼神世界从不消失，事情远比我们大白天的常识印象要严重多了，它们在幽暗的角落里秘而不宣地依然存在并活跃，在夜间依然神秘飞翔，并且在某些特殊的困难时刻、人虚弱不堪的时刻、人欲念远超过自身能耐自身努力太多这一类生命时刻，重拾其昔日强大乃至于接近统治性的力量"。

春秋时代正是那些特殊的困难时刻之一，"是一段人们玩大游戏的历史时间，竞逐、战乱、杀戮，不确定因素极高，人相对的脆弱以及茫然，人比正常日子更得依靠鬼神、急于求助鬼神，这是人长期除魅历史的反挫时刻，是鬼神大量回来并活跃的特殊时刻"。这样的反挫时刻，并不只是出现在春秋这样的动荡时期，只要是"不确定的时代"，世界变得危险，"甚至整个世界就是个大赌局，未知不再只是人的好奇可以搁置，未知迫切起来攸关生死成为必须有'答案'的东西，这样的空白出现，飘荡在空中的鬼神就会重新降临如同听见召唤"。是这样没错，"人穷则反本，故劳苦倦极，未尝不呼天也；疾痛惨怛，未尝不呼父母也"。鬼神作为未知的力量，正因为其未知，也是人所赖之本。它们从未走远，而是蹲踞在人心的角落里，静候人在焦虑、无奈、无助或几近绝望的时候，悄悄跟它们接上头。

看看历代的道教符箓就明白了，治病，驱鬼，镇邪，除水患，禳旱灾，度亡魂……都是人大大的心腹之患。小一点但并非不重要的，如日本神社里的"御守"（平安护身符），范围不出"健康（疾病、生死），课业（考试），姻缘（恋爱、婚姻），交通，安产，以及厄除（循环的，以及不定时袭来的厄运）这几样，都是人较禁受不起、变数大、运道成分高、人尽好自己本分往往感觉并不够的东西"。看起来有些迂远，好像只是人自顾自的一厢情愿，可是，千百年来流变至今的种种，却是人"心中的普遍疑惧，在时间大河中缓缓地沉积凝结，成为具体的此物，真实得不得了"。无论表现得怎样光怪陆离，这祈福背后隐含的，是实实在在人的正当心事、不当野心、非分之想或侥幸企图，分毫不差到如一窗灯火后柴米油盐的日常。

那些春秋时代最好的人，看待鬼神问题，正是看明白了这背后的实在。鲁昭公二十六年，天有彗星，齐侯下令禳祭，晏婴劝阻，说这是没有意义的，因为这不过是企求侥幸，"如果天意真的要降灾，怎么可能简单地通过一个禳祭就改变？而且，天起彗星，相传是为着扫除污秽而来，如果国君您没有秽德，干嘛要回应和您无关的彗星，如果真有秽德，那又怎么可能靠几名祝史人员来补救来抵消呢？"事情的本来面目就是这样，把道理说透了，或许并不能对事实有所弥补，但说出事实总是好的，"不管舒不舒服、接不接纳，总是可以减少很多不必要的情绪"。

当然，这些春秋时代最好的人，没有冒失到要去揭穿所有的鬼神之事。他们循着孔子"敬鬼神而远之"的路线，"在人的世界和鬼神的世界之间划一道界线，人的认知仅能抵达的最终那道界线，把鬼神置放在此界线之外，那是人不可知的、也无望解决的领域；他不好奇不求助，也不说没有不特意抵抗揭穿，大家相安无事就好"。有次，郑国出现两龙相斗的奇观，有人来报告，子产连去看一下的兴趣都没有，他说："我们人这边天天打成一团，也没听说有龙来看过，龙自己相斗，我们干嘛去呢？"为内政外交忙得焦头烂额的子产，在这特殊场合透露出的幽默心性，真是让人歆慕到敬佩。这幽默因为有切实的事功做基础，消除了平常幽默中惯见的油滑和轻佻，沉稳朴实到像深海的一点轻微震动，却能引人从心底发出微笑。

人面对的未知太多了，多到即便是晏婴或子产这样的人，也难以确保自己清明的理性可以决断一切。何况，人类还不断"发现另外的现象、另外的作用力量、另外更多的隐藏联系，是原来的简易因果铁链没看到、没考虑、没编进来的东西……还有更多样、更细碎（细如碎片细如粉末）的东西不断冒出来，我们难以一一纳入人可能建立、可能设想的任何因果之链里"。是的，未知太深也太多了，人难以洞悉一切，有时便不免会求助于卜筮——那个鬼神的世界，从没真正存在，也从没真正离开。

对昌明的现代人来说，卜筮似是为衬出古人的愚昧专设的，带着未开化者笨拙的虔敬和陈旧的虚妄。究其实，却远不是这么简单。在卜筮问题上，古人（起码智商和情商都足够的那些）的原则仍然清晰而理性，并不是混沌的迷信。比如卜筮的原则之一是"卜以决疑"，"意思是不疑的、一定得做的事，包括信念坚定不疑不惧的或日常的例行性的，那就不必也不该轻易启动此一铺天盖地的询问机制"；比如卜筮不能用来"占险"，也即不支持任何铤而走险的行为，"用二比一的卜筮几率来赌万分之一的侥幸，这可能会制造灾难，并同时毁损卜筮的技能和信用"；比如对同一件事，也不能反复卜筮，"初筮告，再三渎，渎则不告"，对幽明之事不虔心以待，只期望得到一个自己想要的结果，就已经不是问断，而是要挟了，"不告"……"易为君子谋，不为小人谋"，小人（普通人）的事，不出寻常日用，超不出人的理解范围（只是"百姓日用之而不知"而已），用不着问于幽冥。君子所承担的，则往往是国之大事，瘟疫遍地，久旱不雨，敌人来犯，当此时，无数信息蜂拥而来，除了已经掌握的，那些深处远处的难知部分，又该去问谁呢？

《尚书》里的"洪范"一篇，传为周灭殷后，武王向箕子询问治国方略，箕子详详细细地讲了九条大法。其中的第七条，即"稽疑"，考察疑事，"汝（按，指询问的武王）则有大疑，谋及乃心，谋及卿士，谋及庶人，谋及卜筮"。真到了重大的疑问时刻，被从前门请出去的小人，现在又被郑重请了回来，因为数量多，所涉广，是一种非常重要的力量。卜筮合称，却各有其专门知识。卜是以火烤炙钻孔的龟甲，钻孔处的裂纹为兆，据裂纹形状分为五类，曰雨、霁、蒙、驿、克，以此占验吉凶。筮则以蓍策分合六次后得四种不同的数，六、七、八、九，分别为少阴、少阳、老阴、老阳，组合可成六十四卦并有变化，据此推断顺逆。卜筮的操作方案和抉择方法，也分剖细致，"立时人作卜、筮，三人占，则从二人之言"。即卜、筮各有三法，每种方法独立得到结果，然后择二人及以上同向之言作为结果。

　　参与决策的，是五类力量，即君、臣、民、卜和筮。未知或说天地鬼神掌管的卜、筮，和君、臣、民平等并列，"天地鬼神的存在及其知觉是'正常'而非特殊神奇的，它也可能说错，没谁比谁更高贵更说了算这回事。至少理想上是这样，人不仅不刻意去保护卜筮的神秘性，反而想把它拉回到人的一般性认知里来，让理性可消化它判别它"。只是，这程序在五者的平等并列之上，仍有其比重上的强调，即已知的、可问理由问缘由（即便有时需要技巧）的，占三，而未知的、无论怎样询问都无法获知选择原因的，占二。按潘雨廷先生的说法，三二之比，犹参天两地，君、臣、民为参天，属明；卜、筮为两地，属幽："或不谋于参天而徒谋于两地，则知幽而不知明，当坤之先迷，是谓迷信。反则知明而不知幽，忽乎自然不思议之理，难免成乾上之亢，私心自用，是谓狂妄。其唯知进退幽明，而不失其正，庶合稽疑之旨。"

分别知道了五种力量的意见，怎么来决断疑事、判断吉凶呢？"比较简单粗鲁的方式当然是多数决，The Best of five，但《洪范》的理解及处理远比这世故、细腻而且试图'理性'。"理性到什么程度呢？

> 汝则从，龟从，筮从，卿士从，庶民从，是之谓大同。身其康强，子孙其逢吉。汝则从，龟从，筮从，卿士逆，庶民逆，吉。卿士从，龟从，筮从，汝则逆，庶民逆，吉。庶民从，龟从，筮从，汝则逆，卿士逆，吉。汝则从，龟从，筮逆，卿士逆，庶民逆，作内吉，作外凶。龟筮共违于人，用静吉，用作凶。

根据上面的定吉凶之理，并据此类推，五种力量排列组合的从逆变化共三十二种。相反的从、逆，其义同，因此断辞只有不同的十六种。"同而从吉，逆则静吉作凶，不同乃或从龟或从筮，故皆为作内吉，作外凶"。"作内者，君臣民本身之事，作外者，君臣民互为影响之事也。静者守常不变之谓，作者变其常也。"从这复杂的分辨里不难看出，"人试图对这五种询问对象更进一步分辨，它们有着各自不同的可能盲点，也就对内、外、静、作性质不一的疑问有着不同的预言分量；也因此，就不仅是吉／凶、Yes/No而已，吉凶底下是有层次有内容的"。

如此看下来，卜筮在过去时代，根本不是迷信，或无力无助的时候向鬼神的乞求，反而是一种无限清朗的理性，既是对已知部分的邃密思考，也是对未知部分的谨慎推究。即便只是"言辞的城邦"，也是那些"认真而且无私的好人"给后人留下来的无比珍贵的重宝。对此一问题的分析，我没见到有人比潘先生说得更好，也就不再多言，老老实实抄在下面。如果读起来有点困难，因为重要而准确，不妨多读几遍——

　　盖所谓疑者，自试而未知其究竟也，如君臣民中有一人知其究竟，即非疑，其唯人类之知时常未能肯定，则不能不疑。且君臣民之位不同，疑亦各异，当有疑于心，其行无力，凡人皆然，君臣民一也，故宜稽考其疑，以观君臣民如何处其疑。当君臣民一致，然是否适当，仍未可知，盖亦疑事也。故定以龟筮决之，当二者亦同，则可谓人人信力，故疑事可决，同心合力，金石为开，至诚之效也，非大同而何。反则龟筮共违于人，而人心之一致，仍未可忽，故用静吉，用作凶，静而不作者畜其诚，以待万物之备于我也。而或君臣民之意未一致，则不外二者从一者逆，或二者逆一者从，然既为疑事，非可从多数，乃以从龟筮为准，逆者用静而不作，则与从者意同，亦可无碍。静观从者之是否可行，可行则疑事已决，当舍之一从一逆。盖君臣民之意虽不一致，然各有所从以增其信，而其断辞可作内而不可作外，则君臣民之间一无冲突，以待作内之效，既有效，疑事可决，自然可及于外焉。故断辞之分静作，作中又分内外，稽疑莫不备矣。

如果我们把梦看成一个作品

不知是不是因为直觉和本能愈晚近愈被推重，梦越来越成为文学几近公开的隐秘来源，甚至有人奢望，梦可以直接就是一个作品——"如果能有一种梦，梦中的我写好一首诗、一篇文字或者一篇小说，那么有多好，我只要醒来时一字一字抄下来就行了"。声称能够把梦平移到纸上的写作者，也几乎立即会被认定为某种特别的天才。不必知道莎士比亚说过，"我们是用与我们的梦相同的材料做成的"，写作者在某些时刻可能都会暗暗期盼，不用经过艰难的思考、时常的中断和反复的修改，作品便已自动完成——使用的仍然是我们自身的材料，跟来于现实的没什么不同不是？

不管梦是对日常精神压抑的释放，还是对清醒时思想冗余的消化，我们大体上都会相信，"梦是人对自己的松手，一种彻底的松手，大概正因为这样，我们往往相信，梦暴现出某个，或某些'更真实的我'，赋予它一个深向的意义，一个诸如认识我自己的睿智意义"。随着弗洛伊德成为常识，我们非常容易相信，生活在现实世界的"我"被可恶的理性强行管制，只好在梦里流露出自己更本质更率真的一面，从而接近了某种更原始，更具活力，更不受拘束甚至更有时间来历的东西。现时代文学中经常出现的变形的怪兽，残缺的人体，黑暗的人心，无序的生长，失控的欲望，放纵的狂欢……差不多都跟这梦的释放有关，"这也许才是梦最富意义的地方，我指的是，一种几近不可能的自由，一种取消白天世界种种界线的自由"。

问题仍然没有解决，莎士比亚说的相同材料，到底包括哪些呢？柏拉图笔下的苏格拉底曾讨论人的心灵塑像，这塑像是三种形体长在一起，分别为多头怪兽、狮子和人，最后"给这一联合体一人形的外壳，让别人的眼睛看不到里面的任何东西，似乎这纯粹是一个人的像"。由三种不同形体组合成的人心，我们表面能看到的，只是人的形象。诸多写作者缺乏洞察，看不到塑像里面的幽微，等于抽去了其中本有的怪兽和狮子，人难免平面刻板，一丝儿精气神也无。说到这里，有人或许要迫不及待地确认，只有把多头怪兽和狮子释放到纸上，艺术和文学才可能拥有旺盛的生命力——那些能在梦中释放出狮子和怪兽，并落于纸上的人们，将被确认为时代英雄。

原始的、野性的、未经调理的人性姿态，有益于让文学作品保持活力，把过于柔腻的美变换为某种庄重的丽，涤除现代人身上趋于病态的孱弱。不过，这种未经约束的人性原始状态，仍然有其风险，一不小心，原始的兽性将露出可怕的獠牙。一味放纵和加强多头怪兽和狮子的力量，会"让人忍饥受渴，直到人变得十分虚弱，以致那两个可以对人为所欲为而无须顾忌"，或者"任其相互吞并残杀而同归于尽"。是心灵塑像中的人与两个精怪，一起构成了生命的活力，而照现代过度思路经营的作品，释放出来的，往往是多头怪兽和狮子，那个看不太清晰的人形，只是现实里的行尸走肉，梦境里的浅淡阴影。我们从不少现代作品中感受到的气息奄奄，或者阳亢的反抗挣扎，差不多都可以看成对两个精怪的屈从或放纵。

在苏格拉底看来，正确对待精神中三种力量的方式，应该是"让我们内部的人性能够完全主宰整个的人，管好那个多头的怪兽，像一个农夫栽培浇灌驯化的禾苗而铲除野草一样。他还要把狮性变成自己的盟友，一视同仁地照顾好大家的利益，使各个成分之间和睦相处，从而促进它们生长"。"所谓美好的和可敬的事物乃是那些能使我们天性中兽性部分受制于人性部分（或可更确切地说受制于神性部分）的事物，而丑恶和卑下的事物乃是那些使我们天性中的温驯部分受役于野性部分的事物"。

或许有个问题需要提示，所谓"内部的人性"，显然区分于心灵塑像中的那个人形，是"人性中之人"，英文翻为"the man in man"，或"the human being within this human being"。那个人性中的人，是一个不断认识自己、不断反省中的人，从而赢得了对心灵塑像的培养权，自反而缩，几几乎接通神性（受制于神性，不正是对神性的接通？）。只有经由自省和教化而生的人性中之人，才有可能让心灵中的三种力量团而归一，裁断狂简，归于彬彬，百炼钢化为绕指柔——"雕琢复朴，块然独以其形立"。

这奇妙的隐喻另有个以显现的方式深藏的部分，即不管人、多头怪兽和狮子多么醒目多么耀眼，最终必然投射在人形的心灵塑像上。通过梦，人们释放了被文明抑制的活力，变化成各种动人或吓人的花样，如振奋时的攘臂或忧郁时的啸歌。那些活跃在人形塑像上的一切，跟梦一样，不会有"多出来的东西"，"最多，只是某些我们以为已遗忘的东西，乃至于某个更原初、更幼稚、更未经改善处理、更接近生物性的我"。再怪诞的梦，也没有为那个本来完备的自己添减些什么，梦的意义，原不在内容的增加，"而是一个对白天森严界线的纠正和解放，通过相同材料的组合，以一种示范的模样、一种启示的模样，告诉我们，我们自己，以及整个世界，可以不必然只此一途"。

只是，梦经常组合状况不佳，不保证完整也不承诺完美，它更像是小孩子玩的"what if"游戏——What if 老鼠会说话，What if 狗狗能驾驶飞机，What if 小鸭可以自由飞翔……"我们有绝对的理由相信，梦更多时候因此只能是'失败'的作品（那些只相信直觉、由笔拖着走的作品亦然），证之我们每个人的实际做梦经验应该也如此没错；还有，横向的随机组合，不会有真正触及稍深一层东西的机会，有时仿佛有但其实不会有，那只是混乱的伪装……所以，梦不仅总是失败的作品，还是个初级的作品"。

完全信任直觉和本能的写作，最终抵达的，恐怕只能是初级这里。"根柢地来说，梦要'有用'，还是得送回到白天醒着的世界来，只是，人类这一趟梦的运送史，看来一直是失败的，至少是捉摸不定无法信任的——作为寓言，它不准确；作为一个完整作品，它成绩不够；直接拿来解释甚至解答人们白天的种种行为，它千疮百孔而且雷声雨点完全不成比例有点可笑。梦好像是那种对独特生存环境太依赖的生命体，比方某种畏光性厌氧性的微生物，无法在我们人间的光线和空气里继续存活生长。有些梦在夜里感觉如此华美，却在我们的世界里、醒来那一刻光彩尽失。"

　　作品要艰难因此也持久得多，一个作品要赢得信任，"每一个想象都需要寻找到一个现实的依据"。只有在这个意义上，写作才不只是简单的"what if"设定，而是一种更为高级的、受制于自洽（self-consistent）性要求的完整世界，它必须合理，精确，完备。在这个自洽的世界里，逻辑系统越复杂，其间的联系越紧密，含糊的部分越具有清晰度，给人的阅读感受就越深。

　　写作标示出的，几乎就是梦和现实之间的那条界线，说得更确切些，有且只有这条界线，才让文学写作成为可能并显现出属于它自己的荣耀。"界线是无法真正取消的，所谓完全的自由是不可能的，也是几乎无法认真想象的，世界会跟着整个消失，我们也会消失"。人都消失了，哪里还会有什么写作？"人对界线的确认和思索，正是人对自我生命处境的确认和思索，乃至于是对人的世界基本构成、人的存有的确认和思索，而且，惟其如此才是具体的、稠密充实的"。人是梦与现实之间的绳索，也在自身隔断了两者的联系，而置身其间的挣扎和努力，才让人生成了精致微妙的样式，也造就了严密深湛的艺术。

梦把我们暂时带到界线之外，也就是带到现实世界之外，当写作要把梦再带回现实世界的时候，写作者必须开始艰辛的劳作，"得先大致设定自己要写的东西，并决定某一书写形式比方小说或诗，画出各种界线把作品锁定在里面，也把自己锁定在里面，这才能专注才能延长时间，不会碰到困难就逃走或借鬼神飞走，让深向的挖掘工作成其可能"。

不止如此，"界线意味着选择，并把不要的、侵入的拒斥在外"。面对梦一样无数的选择时，书写者得"一一检查、思索并不断做出选择，选择对的联结，对的路，对的字，对的说法和语调，还一再从纠缠线团中试着抽出准确、可豁然而解的那条线，这是个小心翼翼而且得不断回头的工作"。写作几乎就是对梦（本能，直觉，包括未经反省的理性）的不停决断和修改。也就是在这个意义上，写作才能把自身区分于自发的梦。如果可以，不妨把不停的决断和修改合理地称为"生长"——那梦和梦一样纷繁芜杂的材料，在不断的生长过程中，"犹如母熊舔仔，慢慢舔出宝宝的模样"。

被人性中的人培植浇灌，雕琢复朴后出现的作品，拓宽了人自我认识的航道，触碰到了人性更深处的幽微。那被发现的心灵新角落，会趁着某个黑夜某个间隙，又硕果落入大地那样复返回去，成为无奇不有的梦中的新景象——循环重启，宽阔的旧平原上，长出了更富生机的青青木、离离草。

爱
命
运

涉及一切人的问题

——《哥本哈根》的前前后后

一

1922年6月，三十七岁的尼耳斯·玻尔来到德国哥廷根，在那里做了七次关于原子结构理论的演讲。此时，离玻尔发表奠定原子结构设想的"伟大的三部曲"，已经过去了整整九年。九年来，"三部曲"经历了一战炮火和无数实验的考验，已经在科学界广为传播。1922年12月，玻尔会因为这个贡献，被授予诺贝尔物理学奖。那时，大部分人相信，玻尔掌握着"原子结构的秘密"。"巨头"来临，德国各地的教授和学生纷纷赶来听讲，由于盛况空前，这一周，后来被人们称为"哥廷根的玻尔节"。

那一年，沃尔纳·卡尔·海森伯年仅二十岁，尚未博士毕业，他也随着导师索末菲来听玻尔的演讲。因为对玻尔第三次演讲中的说法不满意，少年意气，海森伯便站起来反驳。玻尔警觉地关注到了这个年轻人的批评，尽管这批评还可能有若干瑕疵。散会后，玻尔邀请海森伯一起散步，试图更为深入地讨论。这次哥廷根的山间散步，一直持续了三个钟头，海森伯在《原子物理学的发展和社会》中回忆："这次散步在我的科学生涯中具有极其深刻的影响，或者说我真正的科学生涯是从那天下午开始的。"此后，玻尔和海森伯的导师索末菲联系，商定海森伯1924年访问哥本哈根。在那里，玻尔主持的"理论物理研究所"已于1921年落成。这个小小的研究所，因为玻尔过人的魅力，以及诸多才华横溢的年轻人的加入，很快就将成为量子物理学的"圣地"。

在这块圣地，海森伯时断时续地待到1927年，直到这年10月他到莱比锡大学任理论物理学教授。短短两三年间，海森伯充分展示了他直趋本质而略过细枝末节的天赋，为量子物理学的进展做出了伟大贡献。1925年，海森伯、玻恩和约尔丹合作撰写了著名的"三人论文"，标志着矩阵力学的创立。1927年3月，海森伯提出了著名的"测不准原理"。此后，测不准原理和玻尔的互补理论一起，成了量子力学哥本哈根解释的中心内容。1933年，海森伯获得1932年度诺贝尔物理学奖。在跟玻尔相处的这段时间里，海森伯不光做出了极端重要的创造性贡献，还跟玻尔建立了深厚绵长的友谊，他们一起登山，远足，彻夜长谈，不停争执……这一友谊，持续到后面要重点提到的1941年。

1938年，德国化学家奥托·哈恩和弗里兹·斯特拉斯曼在实验室发现了一个特殊的现象，这就是后来被丽丝·迈特纳和奥托·罗伯特·弗里什命名的"核裂变"。成果公布不久，全世界的物理学家很快明白了这一发现隐含的惊人意义，"核裂变"除了有助于开发新能源，还可能催生出毁灭性的战争武器。20世纪初开始的这段物理学史上的黄金岁月，同时召唤出了一个邪灵，这个邪灵将一直游荡在物理学，甚至整个人类的上空，对人类历史产生重大影响。

1939年9月，德国入侵波兰，第二次世界大战拉开大幕，纳粹德国立即着手研究核裂变应用于军事的可能，邪灵渐渐显露出它的狰狞面目。因为非凡的物理天赋和崇高的学术地位，海森伯成为德国与武器研发有关的铀计划的负责人。与此同时，深知核威力的爱因斯坦上书美国总统罗斯福，提请其注意核武器的进展。1941年，美国政府接管铀研究工作；1942年，盟国原子弹计划开始；1944年，玻尔加入盟军原子弹研究团队。

1940年4月，德国入侵丹麦。丹麦的反抗组织在积极活动，大部分丹麦民众也随即对德国人采取了"视而不见"的抵抗方式，除非被迫，即使德国人在身旁，聊天和问候也只在丹麦人之间进行。丹麦官方不再指望短期内驱逐德国人，他们编了一套八卷本的《1940年前后的丹麦文化》，请玻尔撰写前言。悲观的丹麦人乐观地希望，即使多年内处于纳粹的统治下，他们也可以凭此书保持自己的文化传统，为教育后代做准备。玻尔认真对待了这一任务，并在文章里引用了安徒生："我出生在丹麦，这里有我的家，我的世界从这里开始。"以此表明对自己国家的忠诚。正是在这样的形势下，1941年深秋，海森伯来到了哥本哈根，玻尔冒着被本国人误解的风险，邀请海森伯见面一谈。

从流传的各类掌故来看，玻尔是一个宽厚大度的人，几乎不愿说任何否定性的话，尤其是在成名之后。"很有趣"几乎是玻尔的口头禅，熟悉他的人都知道，这几乎是他最严厉的批评了。玻尔这样做，并非因为他是好好先生，而是跟他意识到自己对别人的责任有关，他怕尖锐的批评伤害别人。玻尔七十寿辰时，"尼耳斯的儿子们"合写的《尼耳斯传奇》，最能看出他的性情："爸爸呀，您要到什么时候才学会说'不'？……尼耳斯答……儿们啊，你们假如/处境如我，/就会体验到/自由，而且/会感受到向别人/说'不'时的责任了。"

就是这样的玻尔，却在这次和海森伯的交谈中发了火，终致会面不欢而散。因为没有旁观者的记录，当事双方也说法不一，二人这次究竟谈了些什么，一直深陷在历史的迷雾里。有一点毫无疑问，他们的谈话涉及了核物理，甚至涉及了原子武器的问题。正是原子武器这个邪灵，干扰了玻尔和海森伯的会面，让他们维持了多年的深厚友谊自此冷淡下来。

二

1945 年，二战欧洲战场的战役即将结束，美国派遣一支代号"阿尔索斯"（Alsos）的部队收集纳粹德国的军事科学情报，并防止德国与原子能有关的研究人员落入苏联手中。

这支部队科学方面的负责人，是海森伯的老友和同事，出生于荷兰的犹太物理学家萨缪尔·古德斯密。战争开始后，有朋友曾致函海森伯，请他设法保护古德斯密的父母，海森伯也给有关当局写了信。现在，古德斯密收到了父母早已被杀害于奥斯维辛的噩耗。

阿尔索斯部队逮捕了许多德国的科技人员，并把其中最重要的十个原子科学家送到英国一个名为"农庄馆"（Farm Hall）的地方关押了一年。关押，大概是当时盟军所能给予海森伯的最好待遇了。战时，就有人策划绑架甚至暗杀海森伯，因为他"有可能"正在为希特勒制造原子弹。海森伯等被捕之后，有人甚至主张枪决他们。

关押期间，盟方原子弹研发成功，并投掷两枚在日本的广岛和长崎。原子弹爆炸的消息传来，这些被关押的科学家大惊失色。讨论时，针对德国为什么没能造出原子弹，海森伯说："我们没有百分之百地要去做（制造原子弹）这件事，且另一方面政府也很不信任我们，就算我们有此意愿，要让这个计划通过也不会太容易。"两天后，他们发表了一份简短的声明：

> 1941 年底，有关核分裂的初期科学研究显示，可以利用核能产生热，进而驱动机械。但另一方面，也发现以当时德国的技术水准，并不适合制造原子弹，因此后续的研究工作便专注于发动机的研究……

声明的要点是，因为技术条件的限制，德国科学家没有花全部力气在原子弹研制上。或许正是以上的说法触怒了古德斯密，1946 年，他撰写了《德国是如何输了这场竞赛？》一文，驳斥上述的声明，并于 1947 年根据他在阿尔索斯的经历写成《阿尔索斯》一书。古德斯密指出，上述声明不过是谎言，德国科学家之所以没有在战争期间造出原子弹，完全是他们在科学上的致命自负和愚蠢错误造成的，并非因为他们没有努力。

古德斯密的说法既否认了海森伯具备制造出原子弹的科学能力，又暗示了他对纳粹的效忠，在道德和科学上双重否定了海森伯。这两项指控极大地困扰着海森伯，因此，当 1947 年有机会见到玻尔时，海森伯立即回到 1941 年的话题。他大概是想通过交流，确认自己曾对玻尔强调过制造原子弹的技术困难，从而表明他的态度在战中和战后是一致的。然而，这次谈话虽未不欢而散，却也一样话不投机。后来，海森伯沮丧地在自己的回忆录里写道："我们都觉得最好不要再提起过去的事。"

这次失败的见面从某种意义上肯定了古德斯密的指控，加之玻尔夫人玛格丽特战后一直坚称"那是一次充满敌意的来访"，责难笼罩着海森伯的整个战后岁月。1949 年海森伯到美国时，招待会邀请的参与盟方原子弹制造的物理学家，一半拒绝出席，因为他们不愿跟试图为希特勒制造原子弹的人握手。1951 年的一次国际研讨会上，有人偶经一家饭馆，发现海森伯在独自用餐。那个朋友眼中健康、乐观、心胸开阔的海森伯，终于变成了战后的颓唐老人。邀请海森伯赴美的维克托·魏斯可夫（Victor Weisskopf），曾在自己的回忆录中写道："他完全变了，不再是我过去认识的海森伯……甚至连相貌都变了，这不完全是年纪的关系，看得出他的压力太大了。"

不过，海森伯的辩护者还是出现了。1956年，罗伯特·容克出版了他的《比一千个太阳还亮》。这本书引用了海森伯给容克的一封信，谈到了他跟玻尔的谈话，称他曾问玻尔，"战争期间，物理学家是否应该从事铀的研究"，并打算告诉他，"（原子武器的制造）原则上是可能的，但它要求我们在技术方面花费难以想象的力量，而我们认为在目前战争进行过程中是办不到的"。海森伯信中的回忆，跟他一直以来对此事的说法基本一致。海森伯后来还拒绝了容克关于此次会面的采访要求，因为他觉得没有人"能够正确表达我对这个问题的看法"。

与海森伯的谨慎说明不同，容克在书中高调宣称，"在德国从事原子研究工作的德国专家们并不希望（原子弹研制）获得成功"，并自觉地把原子研究工作导向了"无害化"。如此高调不仅未能成功为海森伯辩护，反而成了海森伯狡辩成性的证词，以致很少有人再愿意区分书中海森伯和容克观念的不同，并最终引起了玻尔的注意。一向谨慎的玻尔打算给海森伯写封信，重新探讨这段他们都不愿再提的往事。玻尔的这些信，虽然跟他的其他文稿一样经过了反复修改，最后也没有寄给海森伯。至此，对1941年的那次会面，玻尔仍然保持着对公众缄口不言的状态，直到他1962年逝世。

1977年，海森伯去世一年之后，其妻伊丽莎白·海森伯因为有感于人们对战时海森伯的误解，决定写一本书，"把海森伯的政治生活，以及他国家的罪恶历史如何迫使他作出与它争论的情况，都描述出来"。在这本《一个非政治家的政治生活——回忆维尔纳·海森伯》里，关于1941年的见面，伊丽莎白写道："海森伯在他面前看到了原子弹这个幽灵，想通知玻尔，德国不会制造原子弹，也没有能力制造它。这是其心中的主旨。如果玻尔能把它告诉美国人——他希望这样，那么他们或许会放弃这个非常昂贵和花费浩大的研制工作。"据说，伊丽莎白写完此书，曾向玻尔夫人玛格丽特征求意见，玛格丽特提出了很多尖锐的批评，但书出版的时候，那些意见全部没有被接受。

1992年，关于此事的一个核心材料公开。这个核心材料，就是十个德国科学家被关押在农庄馆的谈话记录。原来，关押方在农庄馆到处安装了窃听器，海森伯他们所说的一切都被秘密录音。1993年，细心阅读过这批材料的托马斯·鲍尔斯出版了他的《海森伯的战争》。这本厚厚的书，用丰富的史料和雄辩的文笔，意图证明，以海森伯为首的科学家在原子弹问题上，"非不能也，实不为也"："如果这些物理学家真的想制造原子弹，他们必须大声疾呼，而且要持之以恒。热忱是绝对必要的，缺少热忱是致命的，恰如一剂不留痕迹的毒药，任何计划都不可能成功。"不仅如此，在鲍尔斯眼里，海森伯还通过提供错误的核心科学数据，"不只是拒绝这个计划，站在一旁看着计划失败，他根本就扼杀了这个计划"。

除此之外，鲍尔斯还在书中提出，海森伯战后不愿承认是自己的密谋扼杀了德国的原子弹计划，是因为他担心他和他的朋友被指认为叛国者，因而，在整个战时，海森伯在纳粹、德国以及德国外的一切之间小心翼翼地维持平衡，始终走在刀锋上。为海森伯的辩护，鲍尔斯既大胆，又"体贴"，也理所当然地引来了批评，连海森伯"标准传记"的作者大卫·C.卡西第都撰文称，"作为历史，它是不可信的"。

三

这样一座小径分岔的花园，简直是悬疑作品里才有的故事，怪不得为农庄馆英国记录文本作序的查尔斯·弗兰克爵士感叹，可惜这本书未能及早问世，以供弗里德里希·迪伦马特采用。

弗兰克爵士的感叹其来有自。1962年，有感于世界性核武器竞争的愈演愈烈，迪伦马特创作了哲理剧《物理学家》。剧作虚构了一个自称莫比乌斯的物理学家，发现了一种能够据以发明一切的万能体系。惟恐这一体系被用于军事目的，并导致人类的毁灭，他抛妻别子，带着这个秘密走进了疯人院。东西方的科学情报机构获知这一消息，分别委派托名牛顿和爱因斯坦的两个物理学家潜入疯人院，意图获悉这一体系。后来，莫比乌斯说服了牛顿和爱因斯坦，他们同意一起待在疯人院里。就在此时，疯人院女院长突然闯入，宣布他们的对谈已经被窃听，并早已通过偷拍拿到了莫比乌斯体系的所有资料。秘密失守，"世界落入了一个癫狂的精神病女医生手里"。这个剧本主题明晰，结论斩截，对话中很少有道德的含混之处，展示了迪伦马特在核武问题上明确的是非观。

天才如迪伦马特，如果能根据农庄馆材料构思一部新剧，人物甚至都是现成的，用不着另寻灵感了。然而，早在农庄馆记录公开前的 1990 年，迪伦马特就过世了，另一个剧作家敏锐地看到了这个机会。这个剧作家，就是英国人迈克·弗雷恩（Michael Frayn）。他受《海森伯的战争》启发，于 1998 年创作了话剧《哥本哈根——海森伯与玻尔的一次会面》。剧中共有三个角色，玻尔、玻尔夫人玛格丽特和海森伯。三人均已过世，对话的是他们的灵魂，以此方式，他们更为自由地探讨了 1941 年的那次会面。

作者没有把自由放任到信马由缰的程度，与天马行空的《物理学家》相比，《哥本哈根》还显得相当拘谨。剧中的对话，几乎"无一字无来历"，连玻尔的口头禅、他无限修改文稿的习惯，以及海森伯对音乐的极度喜爱，都一丝不走样地出现在剧本里。甚至，剧中还出现了量子物理学的诸多典故，包括著名的双缝实验、薛定谔的猫，尤其是关于海森伯的测不准原理和玻尔的互补理论。加之剧中人物的对话往往突然从一个时空跳跃到另一个时空，剧本显得相当晦涩。

大概正是这些现实因素捆住了作者的手脚，《哥本哈根》主题含混，人物对话格格不吐，充满歧义。然而，正像玻尔曾经说过的，诗人受到音节和韵脚之类的约束，从而必须比普通人更殚精竭虑地对自己的素材下功夫，故此能够更好地表现人类社会中那些微妙的关系。与此相似，史料的限制让《哥本哈根》更好地从历史中汲取了能量，捆绑作品手脚的历史绳索，反过来成了走出人性迷宫的阿里阿德涅线团，刺激作者在歧路重重的历史谜团里找出一条崎岖的小径。

剧中有一个隐藏的，但并非不重要的推测，即海森伯不愿离开纳粹掌权的德国的原因。如果海森伯在1939年决意离开德国，凭他当时在物理界的地位，很容易就能获得一个人人羡慕的美差。他可以继续享受在物理学上的至高地位，并保持道德上的白璧无瑕。海森伯主动放弃了这个机会，他大概希望像正直的普朗克曾对他建议的那样，在纳粹的罪恶下，不是出走，而是"坚持下去……建立一些'生存之岛'，用以挽救有价值的东西，使之度过这场灾难"。他当时的说法大概是真诚的："我是德国人，我必须保住那些与我共事的年轻物理学家，并在战后重建德国物理学。"

或许是出于谨慎，作者让剧中的海森伯给出的留在德国的理由更少歧义，当然也更为单一。海森伯对玻尔强调，"人们更容易错误地认为刚巧处在非正义一方的国家的百姓们会不那么热爱他们的国家"。而这种爱，海森伯也说得非常感性："我出生在德国，德国养育了我。德国是我孩提时代的一张张脸，是我摔倒时扶起我的一双双手，是鼓励我、引我上路的一个个声音，是紧贴着与我交谈的一颗颗心。德国是我寡居的母亲和难处的兄弟，德国是我的妻子，德国是我的孩子。我必须知道我该为他们选择什么！再战败一次吗？再让伴随我长大的噩梦重现吗？"

即使承认海森伯的理由，他也无法逃避被责问的命运，因为他不是一个纳粹治下的普通老百姓，他的爱国向来不是简单的，他的天才同时对他提出了严苛的责任。他战后面临的争议和责难，本质上是因为他的重要性引起的。他的研究领域与原子武器的研制密切相关，而他又是那个必须决定是否全力投入原子弹研制的人。海森伯当时或许相信，只要自己掌控着原子问题的研究计划，一切就不会失控，"自己在火车上，火车就不会走错方向"。剧本里，海森伯说，在决定是否制造原子弹的问题上："我是那个必须做决定的人。"这一点，他自己都觉得荒诞，"在一个存活着二十亿人口的世界上，我是要对他们负起那种不可能的责任的人"。剧中，后来加入了盟军原子弹研制计划的玻尔称，他很幸运地"躲过了做决定"。就像魏斯考夫为海森伯夫人的回忆录作序时说的："那些从来没有处于这种境况下的人，应该感谢命运不要他们去作出这样的一些决定。"不用说海森伯的决定中隐含着细微的正面线索，即使由此得出了人性晦暗的结论，也应该记得海森伯当时的危难处境，"如得其情，则哀矜而勿喜"。

给出了海森伯不离开德国的理由，作者开始细致地推测海森伯哥本哈根之行的目的。在剧中，结合后世人们的推测，借人物之口，作者给出了很多说法——为了向玻尔炫耀德国的胜利和自己的得意，充当间谍打探盟军原子弹研制的进展，向玻尔借回旋加速器提炼纯铀，劝玻尔跟德国大使馆合作甚至与自己合作（"劝降"），赶来向量子物理学的"教皇"玻尔寻求预先的赦免……作者对以上说法只是点到为止，剧本最为关注的，是一个更为重大的问题。在第一幕中，海森伯把这个问题表述为："一个有道义良知的物理学家能否从事原子能实际应用的研究？"第二幕，回忆过两人的深厚友谊，这个问题像一个埋伏巧妙的不和谐音符，又在对话中冒了出来："作为一个物理学家，他是否有道德权利从事将原子能应用于爆炸的研究？"通过两次问话，作者强烈暗示了海森伯这次来访一个可贵的、但并无太大成功希望的可能——他来征询玻尔的意见，就像他在一份关于1941年会面的备忘中写的，"如果出于明显的道德关怀，能否在所有的物理学家之间取得共识，人们不应该试图研究原子武器"。在二人的对话中，仿佛可以隐隐约约看到裸露在战争中的世界的另外一种前景。

剧本暗示，这个美好的前景有一丝微弱的可能。第一幕临近结束的时候，海森伯再次来到玻尔的门前，自陈来这里的理由，"我几乎可以面对面地看到，某种好的东西，某种光明、热心和有希望的东西"。非常可惜，光明并未显现，在两幕中，谈话都以玻尔"惊呆了"结束，他确信海森伯

"正为希特勒研制原子弹"。出现在剧本结尾的那种情况，只变成了一种空幻的良好愿望，"非常可能，正是由于哥本哈根那短暂的片刻，一切得以幸免"。

这个终止却是一个提示，让人特别注意到玻尔在这出剧中的作用。玻尔从小就被人认为是"世界上最好的人"，他受人尊敬的弟弟称他"好像是纯金制成的"。在剧本中，海森伯也反复强调，玻尔"是一个十足的好人"。正是在玻尔浑厚的道德光彩映照之下，一种剧中海森伯代表的、更高的、稍纵即逝的人性可能——不是或不只是海森伯，而是一切人的点滴美好累积出的可能——透出一点点光芒。我有时候会揣想，这点微弱却不可替代的光芒，才使得人们对道德的谈论不全是连篇的废话。

当然，这一切猜测，剧作都没有，也无意坐实。正像作者说的，他在这个作品里，不是要为海森伯开脱，而是强调，"确定海森伯的动机何其之难"。在《后记补遗》里，作者引用了德国剧作家弗里德里希·黑贝尔的话："在一部好的戏中，每一个人都是对的。"每个人只能在自己有限的视野里做选择，对他本人来说，这个选择是正确的，甚至是惟一的。一部好戏应该理解每个人物的出发点，即使这个出发点恰恰是他的局限。出于这个考虑，弗雷恩把玻尔和海森伯的尖锐矛盾钝化了，从而把诸多锐利的、几乎不可调和的事实和人性矛盾置于更宽厚的视域之中，进而在含混的语境中探讨更好的人性的可能。

四

《哥本哈根》在伦敦首演之后，立即引起轰动，这份轰动很快传递到欧美各地。然而，"名满天下，谤亦随之"，此剧也迅速遭到了来自各方的质疑。有人指出剧中的科学性错误，称其对物理学人物的评价存在问题；有人觉得此剧的核心，即海森伯的动机问题实在不值一提；甚至有人荒唐地指责，作品企图把制造原子弹的罪过巧妙地推到从德国流亡出去的犹太人身上……关于海森伯哥本哈根之行的罗生门故事，又在话剧问世时重演了一次。

"在美国，人们对该剧的最常见的批评是我应当更重视纳粹体制的罪恶，尤其是对犹太民族的大屠杀。"针对这样的批评，作者指出，纳粹的罪恶"已经是人尽皆知而无需指出的。毕竟，这是本剧已知的事实"。文学作品无需为任何已知的事实添砖加瓦，它要探测的，是幽暗未知的世界。作者的目的在剧中海森伯的话里有所体现，"如果我们判断人的动机仅凭他们行为的外部效果而不考虑他们的意图，我们应当需要一种同样的伦理"，而"意向的认识论正是此剧的关怀所在"。正因为意图难以断定，对一件微妙之事的讲述能够到达的高度，最终取决于作者的用意，一个善意的作品，才有利于探索人性深处的光明。

这出话剧引出的最不可思议的结果，是关于此次会面的玻尔文件的公开。按照协议，这批文件应在2012年公开。

但此剧的巨大影响，让玻尔家族决定提前十年公开这批材料。这批材料里，就有前面提到的，玻尔读过容克的书后准备写给海森伯的信。信的第一稿，玻尔的语气极为尖锐，尤其考虑到玻尔极少轻易说"不"的性格："我认为我有责任告诉你，我在你致该书作者的信中看到你的记忆这样误导了你是何等的吃惊。""就我个人来说，我记得我们会谈的每一个字；那次会谈是在我们丹麦这边的极其悲惨和极其紧张的背景下进行的……你那种含糊其辞的谈话方式只能给我一种强烈的印象，那就是在你的领导之下，德国正在为发展原子武器做一切事情。而且你提到，用不着讨论细节，因为你对那些问题完全清楚，而且在以往两年中或多或少是在为此作准备。"

在后来的五年中，玻尔反复修改着他要寄给海森伯的这封信，最后一稿，玻尔的语气已经缓和下来："很久以来我一直打算就一个问题给你写信，关于这个问题我不断地接到许多方面的探问……你在一开始就谈到，你感到确定的是，如果战争持续足够长久，则其结局将由原子武器来决定……当我〈没有回答并且〉也许显得对你的话有些怀疑时，〈你告诉我〉我必须理解，在那几年中，你几乎是尽全力研究这个问题并且〈确信〉它一定能成功。"按照弗雷恩《后记补遗》中的说法，玻尔不断重写这封信，显然不只因为遵循着"不断改写自己的文稿"的习惯，而是"不但力图满足他个性特有的对精确细微的关注，也力图以同样富于个性的考虑来照顾海森伯的感情"。

就在这封口气最为缓和的信里，却有一个最为重大的问题，即"〈另一方面，你并没有暗示过，德国物理学家正在做出努力〉，阻止原子科学的这种应用"。这是战后流传很广的一个说法，即海森伯曾声称，由于道德的顾忌，他有意拖延了原子弹的制造。或许被容克那本书误导了，或许很多传言影响了玻尔，因为关于那次会面，从现有的材料来看，海森伯从来没有如此高调的声明。

在1969年出版的回忆录《原子物理学的发展和社会》中，虽然玻尔已经去世，海森伯仍用一种非常审慎的方式描述了那次见面："我暗示说，现在制造原子弹原则上是可能的，但那需要技术上做出巨大的努力和尝试，而且物理学家们也许应当问问自己，他们是否应该全然在这个领域工作。"双方的深厚情谊，刊落了玻尔的愤怒质疑和辩护者加诸海森伯的道德虚饰，《哥本哈根》致力探讨的这次会面，终于在当事者的口中不再那么南辕北辙。

玻尔的文件公开九个月之后，哥廷根海森伯档案馆的主任，无意间把海森伯会面后不久写给家人的一封信公之于众。这封信的出现至少解决了一个问题，即海森伯在当年总共跟玻尔会面三次，最后一次，他们是在玻尔的朗读和海森伯演奏莫扎特奏鸣曲的友好氛围中分手的。或许是因为争吵暗示的事情太过重要，或许是因为争吵的主题逐渐覆盖了那次友好的分手，此后两人的记忆中，只留下了不欢而散的印象。

在这封信里，海森伯还罕见地对玻尔略有微词："即便像玻尔，也无法将思想、情感和仇恨完全分开。"而按照战后与海森伯一起在哥廷根工作多年的汉斯－彼得·迪尔的说法，海森伯在晚年不再对玻尔如此苛求，"海森伯一直爱着玻尔，直到他生命的尽头……海森伯一遍又一遍地重温那次宿命的会面，力图追索当时的情景"。

俱往矣。战后的玻尔和海森伯，都为原子能的和平使用付出了大量的心血。玻尔在1950年即有致联合国的公开信，倡导"开放世界和合理的和平政策"，呼吁终止军备竞争；而海森伯则在1957年，和包括他在内的十八位科学家发表了反对用核武器武装西德的声明，击败了政府的提案。不过，大概跟这次会面的争议一样，关于核武器的问题，也将始终处于吵闹之中吧。

迪伦马特在《关于〈物理学家〉的二十一点说明》中曾言，"凡涉及一切人的问题，只能由一切人来解决"，"个别人想自己解决的任何尝试都必然失败"。这个说法隐含着一个相对平和的内核：如果个别人尝试解决涉及一切人的问题，就必须学会了解人性的参差不齐，并准备承担这参差不齐带来的种种后果。

月明帘下转身难

> 荆棘林中下脚易，月明帘下转身难。
>
> ——《憨山大师年谱》卷下，七十一岁

在我们来到自己栖身的时空之前，早有无数敏于探究的人只身穿过他们居停的当下，或默默在世上来去，或留下言传身教，把他们对自身和世界的探索留给我们。时移世易，典册中的教化经劫火、尘土和时间封印，通往深远精神之域、原本开启过的大门关闭，嗜好沉思生活者也不得其门而入。那些后来的大力者，将试着打开封印，让过往曾经获得过的精神力量，重新流淌进我们置身的现实——包括清洗先进者昔日的精神伤痕，袚除加盖在他们身上的重重误解。

不过，所有雄心勃勃的后来者必须意识到，那扇用强力打开的大门，未必就是先进者的出入之处，他们对一己精神探索的审慎或缄默，或许自有深意。所有后来者的启封言说，必须经过以往路标和自身邃密的检验。在未能确证之前，我们最好谨慎地把这一切探索看成后来者自我的探索成果，不急于将其与历史上众多伟大的名字联系在一起——那些居留在时间远端的人，隐秘而曲折地把自己的精神信息传到我们手上，而我们面对的，始终是自身和自己时代的问题。

一

如此，当我们读希腊作家尼可斯·卡赞扎基斯（1883—1957）《基督的最后诱惑》（董乐山、傅惟慈译，作家出版社，1991年12月版）时，就可以明白，书中出现的耶稣、马利亚、犹大、抹大拉、保罗等，只是作者在他所处的时代为自己的精神探索重塑的形象，并非徒众心目中，也不是真实历史上——如果确实有——他们的样子。

那个被上帝选中的年轻人——作者称他为耶稣，并没有像很多（敏感如先知的）天才那样，因为奇异的梦境或者遭际而感到无上荣耀，恨不得向全世界宣布，自己就是那个被选中的人。毋宁说，被选中作为上帝的代言者，几乎是最可怕的灾难。小说开始的时候，出生时的异兆并未带来平静，耶稣做梦都在逃脱，他不知道是上帝还是魔鬼在搜寻他，梦里尽是刺梨树，侏儒，小矮人，棱角锐利的岩石，奇形怪状的刑器，荆棘编成的冠冕，还有巨塔一样的红胡子（犹大）。

在现实里，他时常"觉得那两只鹰爪深深陷进他的皮肉里，已经抓裂他的头骨，正在挠他的骨髓"。他偶尔为喜爱的姑娘心动，十只锐利的爪指便深深"掐进他的脑袋里，两张翅膀覆在他的太阳穴上，拼命拍打。他尖叫了一声，匍匐在地，口角冒出白沫"。每天晚上入睡前，他都要用带铁钉的皮带抽打自己，"打得鲜血淋漓，这样夜里他就会睡得平静，没有亵渎行为"。如此的苦行让耶稣觉得，"别的魔鬼都一一被他制服了：贫穷、对女人的欲望、年轻人的欢乐、家室的幸福。他把这些诱惑都打败了，只还剩下最后一个——恐惧"。

耶稣恐惧一切责任和牵累，"我想反抗我的母亲，反抗百夫长，反抗上帝——可是我害怕。我害怕哟。如果你能看看我身子里面，你就会看到恐惧，一只浑身颤抖的小兔，正坐在里头——恐惧，别的什么也没有"。而最深的恐惧源于一个声音，他分不清来自上帝还是魔鬼，却断定那是魔鬼："我心中有一个魔鬼在喊：'你不是木匠的儿子，你是大卫王的儿子！你不是普通人，你是先知但以理预言过的人子。不只这个，你是上帝的儿子。还不只这个，你是上帝。'"如此的宣称，非常可能是撒旦借此鼓起人的骄傲，迫人跨越人的界限，做出渎神的行为。耶稣一直在逃避的，就是这个把他推上圣徒、先知甚至弥赛亚宝座的不祥声音。不管这声音来自哪里，他明白，一旦确认接收这声音的暗示，紧跟着的，将是苦难重重的人生。或许所有的先知都一样，他们起初听到上帝的声音时，第一反应是躲避和逃离，根本不会想到生前的炫耀或死后的哀荣。这一点，耶稣明白，他的母亲马利亚也明白："可怜可怜我吧，长老。你说他可能是先知？不，这可不成。如果上帝这样写下了，就请他把写的涂掉吧！"

上帝的决定无法更改，这一刻终于来了，"上帝战胜了：他强把耶稣推到他要他去的地方——推到人群前面，让他讲话"。无论怎样延宕，被选中者最终无法逃避自己的命运，耶稣开始宣讲爱的福音："'你们要人人相爱'——这呼喊声是从他的内心深处迸出来的。'要人人相爱！'"停止了搏斗，耶稣听从了上帝的召唤，他心里变得轻松了："怀着对世人的爱心，高高兴兴地从一个村子走到另一个村子，到处向人们宣讲福音。"然而，爱的福音显得柔弱，只带来暂时的改观和少量的信徒，世界的败坏并未自此停止，于是，到沙漠里倾听了上帝言辞的耶稣，再说出的，则不只是爱，他要用火焰保证爱的施行："爱只有在火焰之后才来。这个世界先要烧成灰烬，然后上帝才能开辟他的新葡萄园。没有比灰烬更好的肥料了。"他进一步确信，"我带到世界上来的不是和平，而是刀剑"。

"哪里有先知起来拯救人民而不遭人民投掷石块打死的？"久处不义的人们认不出先知，也无法确认耶稣是不是他们期盼已久的弥赛亚，不管是爱的宣讲还是火的预言，人们多的是纷纷散去，甚至是恶言恶语或实际的攻击，就连长随他身边的门徒，也不时犹豫动摇。耶稣走在一条满是荆棘的路上，上帝催促他讲出的所有福音和告诫，一进入人世，便仿佛泥牛沉入于大海，瞬时消失于无形。他的所有婆心与呼告，除了少数经历或见证了神迹的人，均宣告无效。为了清洗这罪恶滔滔的世界，耶稣必须坚定地踏足这条荆棘之路，并走到尽头，把自己献祭出去，"为了拯救世界，我，出于我自己的意愿，必须死"。世人所有的罪过，都得由耶稣背负起来，如此，世间之罪或将及身而止，既不会反作用于施加者，也不会被转嫁："他承担了我们的过错；他为我们的犯罪而受伤；我们的罪恶伤害了他。他受了伤害，但是他没有开口。他受到众人的蔑视和排斥，但是他向前进而不是抵抗，像一头羔羊被带到屠宰场"。十字架早就造好了，耶稣会骑着毛驴走向它，然后将被钉死在那上面。

然而，这一切不过是大梦一场，耶稣醒了过来，他的守护天使告诉他："从前，你的心不要人间，这是违背它的意愿的。如今你的心想要人间了——这就是全部秘密。人间与心之间的和谐，拿撒勒的耶稣，这就是天国……"就这样，耶稣过起了平常的人间生活，那些他过去以为已经制服的对贫穷的厌恶、对女人的欲望、年轻人的欢乐、家室的幸福，现在都得到了，他也辛劳，却在辛劳里得到满足。去沙漠的途中遇到的老太婆，仿佛早就给出了他如今生活的预言："要找上帝不该去寺院，应该到普通人家里！什么地方你看到夫妻一起过日子，什么地方你就找得到上帝。什么地方有小孩，有生活上的种种操心事，什么地方有人吃饭做饭、吵架再和好，什么地方就有上帝……我跟你说，家庭的上帝，不是寺院里的上帝，才是真正的上帝，才是你应该礼拜的。让那些懒虫，那些不能生儿育女的傻瓜们在沙漠里敬奉他们的上帝吧！"

天心月明，帘下人老，在家庭里找到上帝的耶稣已经白须飘飘。守护天使的牙齿突然间变得又尖又白，他警告耶稣："末日来了。"与耶稣一起变老的门徒们找上他，大骂他胆怯，并告诉他，那个他收为养子的守护天使，是撒旦的化身，他引诱耶稣从十字架上逃离，只在他的"手上、脚上、肋边踩出了红斑"，让世人误以为他是那个承担了他们罪恶的弥赛亚，从而可以欺骗世界，欺骗耶稣自己。已经力不从心的耶稣意识到："我失败了！是的，是的，我应该被钉死在十字架上，但是我失去了勇气，逃走了。请原谅我，兄弟们，我欺骗了你们。唉，但愿我能从头再活一遭。"至此，撒旦取得了胜利，他对耶稣的最后诱惑，就是让他忘记上帝交付的责任，剪除他翱翔天际的翅膀，过完美满的尘世生活。这最后的诱惑，不妨看成那条未能走的路的诱惑——人们甚至会在垂暮之年去羡慕一个乞丐，因为我们不是他，没法踏上他那条跟我们不同的人生之路。

在"胆小鬼！逃兵！叛徒！"的咒骂声中，耶稣感到身体的疼痛，他想呼喊上帝，责问他"为什么离弃我"。这时，耶稣醒了过来，原来，美满的尘世生活才真的是大梦一场。他仍然被钉在十字架上，那美满的漫长一生，不过是他昏迷时的幻觉。温煦的月亮消失了，荆棘遍布的路仍在脚下："他感到手、脚、心痛得厉害。他的视力恢复了，他看到了荆棘冠冕、血、十字架……耶稣仍悬在空中，孤独一人。"这时，一阵不可控制的狂喜侵袭了他，因为"他光荣地坚持了他的立场。直到最后一刻。他信守了诺言"。

这个信守还有一个连带的牺牲，起码在卡赞扎基斯的书里是这样，犹大的出卖行为来自耶稣本人的授意："你会有力量的，犹大兄弟。上帝会给你力量，你缺多少就给多少，因为这是必要的——我有必要去死，你有必要出卖我。"犹大问他："如果换了你，你必须出卖你的老师，你会这么做吗？"耶稣想了很久，说："不，我想我不会有这种力量。因此上帝可怜我，给了我比较容易的任务：被钉上十字架。"接过这个任务的犹大明白，从决定的那一刻开始，他将亘古背负叛徒的骂名，将不会有当时的尊荣，也不会有身后的赞美，而他自己，却必须对此保持永远的沉默，否则，这一切都会变成无力的辩护。或许，这就是耶稣为什么会说，"你是个勇敢的战士，犹大，你甚至能承受最苦的滋味"。

二

卡赞扎基斯笔下的耶稣出于自己的意愿选择了死，他用死成就自我，完成了上帝交付的重任。这一行为也为后来的信奉者提供了一个危险的先例，即难免会有人忘记，耶稣是实验过各种对世人的唤醒方式之后，才艰难地走上十字架，在他之前，没有任何先行者。因此，他的死是眼前再无异路的选择，并不是为了某种隐秘的虚荣。后来的殉教者既有先例可循，就必须经受更为严苛的检验，才能证实他们是出于救世之心，而不是耽于虚荣而殉道。或许，我们该像乔治·奥威尔那样果决地认定:"所有的圣人,在被证明清白之前,都应当被判定为有罪。"

公元 9 世纪的时候,有一个基督徒受到挑衅,辱骂了另一宗教的先知,被捕之后,另一宗教信仰的法官并不想将他处死,因为这人"看似神智不清,最终要的就是殉教式的狂热"。被捕的基督徒在获赦之后,又一次破口大骂他教先知,法官只好被迫依法(或 nomos)将他处以极刑。一群基督徒立刻支解了他的遗体,郑重其事地供奉起"殉教烈士"的遗骸。这年夏天,约有五十人用攻击他教先知的行为让自己成为殉教者。这群殉教者得到了一些人的拥护,声称他们是为了信仰挺身奋战的"神的兵士",以致在此前后,形成了规模不小的殉教运动。

这些殉教者因为行为中表现出的极度狂热,很容易辨认出他们被未经反省的激情左右了自己,只是某种盲目冲动的牺牲品。一旦殉教出现在更为博达睿智、对自己行为富有检省精神的人物身上,判断就没那么容易了。而且,我们还必须认识到,在辨认这类问题时,"所适用的判断标准,在每个案件中并不一样"。比如当我们面对的是 T.S. 艾略特(1888—1965)诗剧《大教堂凶杀案》(李文俊译,上海译文出版社,2012 年 6 月版)的主角托马斯·贝克特时,这一困惑就显得特别明显。

1118 年,托马斯·贝克特出生于伦敦一个商人家庭,受过良好的教育,少年时喜欢狩猎,长于搏击,嗜好奢华,性情中有蛮勇的成分。后得坎特伯雷大主教西奥博德赏识,很快在教会里谋得圣俸甚高的职位。1154年，亨利二世正式即位为英国国王。1155年，由在亨利二世即位过程中颇有功勋的西奥博德举荐，托马斯被任命为枢密大臣，一时权倾朝野。他上任后，削弱领主势力，侵害教会利益，为维护王权尽心尽力，很快赢得了国王的友谊。1162年，亨利二世任命托马斯为坎特伯雷大主教，形势陡转，大主教开始了他惊人的转变——生活由奢侈变得自敛，并从维护王权一转而为维护教权。自此，托马斯与亨利二世冲突不断，终于在1164年表达了对王权的蔑视之后逃亡法国。1170年，经各方势力争斗斡旋，托马斯以胜利者的姿态回到英国，继续主张教会利益，与亨利二世展开针锋相对的斗争。

《大教堂凶杀案》开始的时候，坎特伯雷的妇女（合唱队）和三位教士，正在大主教府邸等待他的凯旋，信使也带来了他的近期消息。只是，三方都表现出明显的忐忑，合唱队不知道"是危险吸引我们前来？抑或是对安全的期盼"；教士们则心中满是疑惑，他们不知道大主教的归来，带来的"到底是战还是和"；信使确信带来的是和，"却非和平之吻"，他"认为这样的和平／既绝非一个终结，又不像是一个开端"，大主教告别法国国王时的话，也没人认为是"乐观的预言"。"哀乐而乐哀，皆丧心也"，在本该欢乐的时候，悲观的预感遍布在每个等候的人心里，那个此时本应是欢愉的核心，早散发出凄楚之音，人们已经感受到了不祥的音符。

托马斯刚刚来到府邸，四位劝诱者便尾随而至。第一位劝诱者劝他与国王重修旧好；第二位劝诱者则引导他追逐世俗权力，让教权与王权和睦相处，他自己获得荣耀，人群也安享太平；第三位劝诱者期望他与领主结盟，共同对付国王。托马斯义正词严地拒绝了他们。接下来，第四位劝诱者登场了，他引导托马斯继续与王权对抗，从而将自己引向杀身成圣之路，成为光荣的殉道者：

> 与天堂荣光的辉煌相比，
> 什么样的尘世光辉，国王或是皇帝的，
> 什么样的尘世高傲，还不都显得寒酸？
> 寻求殉难之道吧，让你自己处于世间的
> 最底层，那可是高高地在天上翱翔。
> 那时再朝低处的尘世眺望，深渊依旧
> 在那里，迫害你的那些人，永久地受着折磨，
> 激情受到煎熬，赎罪却是绝无可能。

托马斯辨认出这不过是另一个自我对自己的引诱，那条求死的荆棘之路，在他心中却幻化为自天垂下的光明之途。卡赞扎基斯笔下的耶稣，也曾面临这样的诱惑指控——是彼拉多的话："你侮辱罗马，是为了惹我生气，这样我就会把你钉上十字架，你就可以跻身于英雄之列。"耶稣对此指控，没有说话。托马斯则对此保持着足够的警醒：

> 你是何人，竟以我自己的欲念来诱惑我？

......

这些诱惑我清楚得很，

那意味着现时的自负与他日的煎熬。

难道有罪的自傲只能靠

更多的罪愆来祛除？我就不能行动或受苦，

而不遭永谴？

......

如今我的道路明确，如今意思也已清楚：

诱惑将不会以这种形式再次出现，

最后的诱惑将是那最大的背叛，即是：

为了错误的理由去做正确的事情。

至此，托马斯看起来已经克服了出于自负的殉教选择，拒绝了虚荣的诱惑，要清醒地为上帝的事业服务。这一清醒并未让托马斯坚决地活下来，他只是确认自己的殉道选择已克服了虚荣的杂质，现在已经变得纯净。这两幕戏的"幕间"，是托马斯大主教在大教堂的布道，他把殉道归于神意，或许很好地道出了自己的心声："一次殉道从来都不是人的谋划的结果；因为真正的殉道者是神的工具，他将自己的意志融入了神的意志，殉道者已不再有为自己的任何欲念，连当殉道者的荣耀的欲念都不再有。"他仿佛在大教堂里看到了自己世间之路的尽头："亲爱的孩子们，我并不认为我会再向你们布道了；因为很可能在短期内你们将会又有另一位殉道者，这一位恐怕不是过去的那一位了。"

托马斯做好了准备，国王的骑士们也早已迫不及待，他们日夜兼程，赶到坎特伯雷，对托马斯高喊："我们为国王执法而来，我们带着刀剑而来。"托马斯命令教士们卸下门闩，打开教堂的大门，让骑士们闯进来，他赴死之心已决：

> 我把我的生命
> 交付给上帝的律法而不是人间的法律。
> ……
> 血的迹象，永远是
> 教会的象征。以血还血。
> 基督献出血使我得到生命，
> 我献出血以补偿他的死亡，
> 正是为了他的死我才死亡。

与此同时，托马斯郑重告诫四骑士，绝不能因为他的死害及无辜，他要把所有的伤害，都背负到自己身上——

> 为我的主，我现在准备走向死亡，
> 使他的教会得享自由平安。
> 想把我怎样，悉听尊便，其实对你们是羞辱与
>   损伤；
> 但是以上帝之名，决不能殃及
> 我的部众，不管是百姓还是修士。
> 这样做我绝对不准。

清除了自身骄傲的杂质，把人间的罪责背负到自己身上，不准殃及无辜，托马斯似乎也由此得以在异代效仿了耶稣。作为诗剧的凶杀案至此结束，历史记载，教士们在清洗托马斯的遗体时，发现他贴身穿着刚毛衬衣，上面已经爬满了虫子。他的虔诚得了确证，有的信徒便从他的血衣上取下血块用作治病良药。时人甚至认为，谋杀大主教的行为，其严重程度超过了犹大出卖耶稣。1173年，教皇谥封他为圣人，1174年，亨利二世到他墓前受鞭笞谢罪。圣者的名声愈播愈远，到后来，几乎所有的英国学童都晓得了坎特伯雷大主教托马斯·贝克特的故事。英勇的教士最终战胜了世俗的君王，正义用时间上的胜利替换了逝者空间上的死亡，神圣的光芒将永远照耀着世间，不是吗？

"我们必须记住，没有任何视角是原初的或最终的：当我们探究真实世界时，我们指的是各种有限中心视角中的世界，这些视角就是各个主体；我们所说的真实世界是对我们而言的、当下的世界。"说出这番话的艾略特，当然不会让大主教的故事变成一个殉道者光荣赴难的直线传奇，不会让托马斯的自我说辞作为诗剧的惟一声音。在骑士们杀死托马斯之后，他立即给了他们为自己辩护，同时也是质证大主教的机会：

> 自从他当了大主教的那一天起，他彻底改变了自己的政策；他显示出自己对国家的命运漠不关

心，而且，事实上，成了一个利己主义的妖魔。这样的利己主义在他身上得到恶性发展，直到后来他已经完全走火入魔。我掌握有不可否认的证据，能证明他已经完完全全走火入魔。我掌握着有不可否认的证据，能证明他离开法国之前，曾当着众多证人的面，毫不隐讳地预言说，他在世的时日已经不长，他将在英国被人杀害。他用尽了种种挑衅性的手段；从他一步接着一步的行为，人们可以作出的结论只能是，他已经下定决心要走作为一个殉道者而死去的这条路。其实即使到最后关头……他还是很容易便能逃离……但那正是他所不希望发生的；当我们处在怒不可遏的当口上，他却坚持要把大门打开。

"治服己心的，强如取城。"即使托马斯·贝克特经过了自我澄清，他最后的殉道，究竟是把世人的罪过都盛放在自己流出的鲜血里，用自己的痛苦担荷了人间的不公，还是另一种自以为是，最终被虚荣侵蚀了心中的灵光，让殉道而得的天国奖赏和后世声名成了自己踏入荆棘丛的月明诱惑，仍然非常难以判断。只是，有一点大概需要强调，在耶稣被钉上十字架之后，所有的殉道者都先天具有模仿的嫌疑，而人子那条独特的通往上帝之路，原本在开始时就拒绝了所有的效仿者。因而，后来的殉道者，无论出于多么崇高的意图，都必须先行背负起虚荣者的称号。

三

1618年，西班牙驻威尼斯大使贝德玛尔侯爵策划了谋反威尼斯的计划，意图将威尼斯收归治下。执行此次谋反计划的，是来自普罗旺斯的冒险家皮埃尔和法国领主何诺。他们收买了大部分驻威尼斯的雇佣军和若干为威尼斯政府服务的外国军官，周密谋划，准备在圣灵降临节前夜行动。加斐尔是行动指挥之一，他出于对威尼斯的怜悯，向十人委员会告密，致使行动失败。事后，十人委员会处死几百人，贝德玛尔被迫离开威尼斯。根据这一史实，西蒙娜·薇依（1909—1943）写出了她平生惟一的悲剧作品《被拯救的威尼斯》（吴雅凌译，包含薇依为此剧所写的笔记，华夏出版社即出）。

像薇依的大部分作品一样，这部悲剧并没有完成，但根据有关笔记和剧中提示，其构思已然非常完整，思想的线索历历可见。剧分三幕，从圣灵降临节前夜开始，至节日当天黎明时分结束。根据笔记，薇依要在第一幕表明，"这场阴谋的参与者是一群被流放的人、一群背井离乡的人"，"他们厌恶自己的单调人生，这隐约促使他们因行动计划而感到振奋"。因为有共同的对象威尼斯，谋反者形成了一个小型团体（国家），也因此拥有了自己的"国家理性"。谋反者沉浸在谋反将为自己带来幸福和荣耀的亢奋之中，何诺控诉威尼斯政权时，高举暴力的旗帜，设想自己的荣耀。因皮埃尔邀请参与谋反的加斐尔听完何诺的讲辞，脸色变得苍白。

第二幕，皮埃尔因故离开威尼斯，让加斐尔代替他指挥谋反活动，何诺向他传授谋反者的国家理性，让他硬起心肠迎接杀戮和镇压，"做好准备承担新的责任"。参与谋反的军官和雇佣兵跃跃欲试，他们对威尼斯人表现出不逊，在想象中亵渎书记官的女儿维奥莱塔。维奥莱塔对威尼斯的赞美打动了加斐尔，他想起自己曾"因为怜悯这座城被洗劫而忍不住有些心绪不宁"，表示，"他虽是外国人，却情愿牺牲性命保护威尼斯"。第三幕，加斐尔向十人委员会告密，行动败露，谋反者被捕。加斐尔告密时，要求对方发誓保证他同伴的生命，事后，十人委员会"经过长时间商议得出结论，国家理性不允许他们履行对加斐尔的誓言。大多数谋反者都被处死了，几乎所有雇佣兵也在内"。加斐尔本人也被捕了，十人委员会决定给他一笔钱，但他得离开威尼斯，从此不再踏足国境。囚禁中的加斐尔遭到看守和威尼斯匠人、学徒的侮辱，并经历了来于自己的精神折磨。

加斐尔先是背叛威尼斯，接着背叛了自己的谋反共同体，因而被指认为双重的叛徒："这人就凭两次叛变，/干尽坏事却钱包鼓鼓开心地走人！/别拦着我！他和犹大一样坏，/让我啐他一口。胆小鬼，你跑不远。/叛徒，叛徒，这钱是你的同伴们的血！"遭受这样的灾难，源于加斐尔的怜悯。他怜悯威尼斯美丽的消失，怜悯生灵涂炭，怜悯如维奥莱塔样纯洁的女孩受辱，甚或怜悯某个人灵魂中的城邦，就像他自己在牢狱中说的，"我全部的罪过就是怜悯"。不知受难中的加斐尔是否意识到，"怜悯从根本上是属神的品质。

不存在属人的怜悯。怜悯暗示了某种无尽的距离。对邻近的人事不可能有同情"。没错，这怜悯有僭越之嫌，充满人的傲慢，但不可否认的是，加斐尔的怜悯在属性上是善的，因而在争斗的双方间显得尤其突兀，就像薇依在笔记中明确指出的："在戏中某个时候要让人感觉，善才是不正常的。事实上，在现实世界本亦如此。人没有意识到而已。艺术要呈现这一点。不正常的，但有可能的。善亦如此。"

加斐尔企图在敌对的两造间贡献出自己的怜悯，把一场并非由他筹划的谋反伤害减到最小，可他忘记了，双方遵循着相似的国家理性。薇依在剧本提示里有意写到，在逮捕加斐尔之后，书记官"几乎是一字不漏地重复了第二幕第六场中何诺关于如何对付威尼斯的话"。敏锐的薇依还在国家理性之外，加上了威尼斯普通民众的反应（匠人和学徒）——他们对加斐尔的责难，甚至超过了国家理性的代表人物。如果加斐尔果真要让敌对双方在冲突中伤害最小，他在决定参与谋反或告密之前就应该想清楚这一切，并在此基础上做出计划，然后才有可能承担起自己该承担的责任。显然，加斐尔没有如此精细的思虑，他先是被自己不当的怜悯吸引，让怜悯的光环成了自己难以转身的帘下月明时刻，又出于对国家理性的无知轻信了十人委员会的誓言，最后不得不在被动中成为双重的叛徒，既无力于威尼斯的背信，又在精神上经历着谋反方的责难。不知有人经历过这样双重的折磨吗，那是人间地狱活的写照吧？

可是，对这样一个因骄傲的怜悯和无知的鲁莽犯错的人，为什么薇依会在笔记中说，这是"自古希腊以来，第一次重拾完美的英雄这一悲剧传统"？在被捕踏上受难之路以后，加斐尔经受了什么？薇依在笔记中提到，"他的灵魂深处究竟发生什么，始终是一个秘"，能在剧中看到的只是，在受难之路上，开始是"加斐尔说话而无人应答"，后来是"别人对他说话而他不答"。我们实在忍不住要追问，在此前的不停责问和随后的深长沉默之间，那个薇依也觉得是秘的隐于灵魂深处的变化，究竟是什么？是否因为这一灵魂的变化，加斐尔才称得上是完美的英雄？

让我们把完美的英雄转化为薇依经常提到的完美义人："几近正义的人的原型，只能是完美的义人。几近正义的人确乎存在。他们的原型如果是真实的，那就是说存在于这个世界上的某个特定时间和特定空间。除此之外，人没有别的真实性。如果没有真实的存在，那么原型就是抽象概念。一个抽象概念可以成为真实存在的原型和完美化身吗？正义本身不足以做原型。对于人类而言，正义的原型是义人。"人，即便是完美义人，也不可能是正义本身，他们"只是极为接近正义的人。一个人要'与正义本身毫无差别，在各方面等同于正义'，那就得等神性的正义从天上降临大地"。不管多么好的人，只要是人，其行为总难免有漏有余，人并非出于故意，却仍会难以避免地犯错。犯错，甚至犯致命的错误，几乎是人之为人的属性。一个人是否能被称为完美义人（英雄），或许要以其犯错之后的行为来检验。

"加斐尔。受难。受难情绪之一或许在于，一个人不想让周遭的人蒙受痛苦、耻辱和死亡，那么他必须要独自承受这一切，不管他愿不愿意。类似于某种精准的数学运算，摆脱多少罪过，就要承受多少不幸来抵偿，这样灵魂才能顺服恶（却是另一种形式的顺服）。反之亦然，一个人的美德在于把正在承受的恶保留于己身，在于不借助行动或想象把恶散布到自身以外并以此摆脱恶。"不管是国家理性挤压之下的被迫选择，还是因为大众的无知造成的伤害，这些多出来的恶不会自动消失，需要有人通过自己的受难来承担，并完全地保留于己身，不再散布出去。如此，以往之罪才能及身而止。加斐尔的沉默，是不是可以看成让罪稳定地置于己身的努力？

加斐尔的沉默，避免了他因受难而获得名声，也为他承受的罪过加上了结实的封印。"完美的义人要成为人类的模仿原型，单单化成一个凡人的肉身还不够。还得在这人身上彰显完美正义的真实性。为此，正义必须不带幻象、赤裸裸地显现在他身上，必须剥除正义之名所带来的全部光芒，放弃尊严。这条件本身带有矛盾。就算正义显现，也必然为表象所掩饰、为声誉所包裹。"这一难以解决的矛盾，只有凭加斐尔样的受难来解决，就如"耶稣被剥光一切正义的表象时，他的门徒丝毫不知他代表完美正义"，否则，彼得也不会在公鸡啼叫前三次不认他。日后耶稣的名声，却又笼罩上了正义的光芒，"荣誉抹去了他受酷刑时的声名扫地。到如今，历经二十个世纪的崇拜，我们几乎感觉不到耶稣受难中带有的沦落本质"，只看到他头上受难者的光环。或许我们不妨说，加斐尔的受难，因其最后的一默，竟在某种意义上接近了钉上十字架的耶稣，艰难地抵达了某种人世罕见的真相？

或者也可以这么来理解——并不完美的加斐尔经过人世的洗炼，终于生成了不完美的完整形貌。这不完美的形貌上，带着他自身的骄傲和无知，也带着尘世给予他的累累伤痕。与此同时，因为他沉默的承担，这一切属人的不完美，都艰难转化为独特的完美，隐藏在他灵魂的深处，并以其隐晦的样子，默默地传送回世界之中——就如同一首杰出的诗，"从沉默中来又回到沉默中去"。用这出并未完成的悲剧，薇依把封印严密的真相，悄悄撬开一丝缝隙，给出了微弱而机关重重的提示。借此，我们有幸认识到，"在时间的洪流里，人类当中确实发生过一些事"。也正因这轻声的提示，我们才有可能经过努力，隐约看到加斐尔即将奔赴的黎明和城邦——

> 死神来带我走，耻辱也离开我。
> 我即将看不见，眼前的城多么美！
> 我要远离活人的住所，永不返归。
> 无人知晓我去向的黎明和城邦。

安宁与抚慰

经过四百多年的时光，蒙田早就凭他的《尝试集》（或译《随笔集》）成为文学万神殿里的一员。那个曾经真实生活在这个世界上的人，经过不息的时间之流，在不同时期呈现出不同的形象。这些形象在每个不同的当下叠加起来，七凹八凸，百手千头，越往后，越难刻写。幸亏好的写作向来是迎难而上，而不是知难而退，我们才有幸读到后出转精或后来居上的各类传记，比如这本《蒙田别传——"怎么活"的二十种回答》（萨拉·贝克韦尔著，朱沉之译，法律出版社，2013年7月版）。

贝克韦尔大学主修哲学，曾担任古籍管理员十年，自2002年开始讲授创意写作。从经历来看，他几乎是现时代蒙田传记最理想的人选，我们可以期待这本书思考深入，带着对古人的敬意，写得好玩有趣——贝克韦尔不负所望。他从蒙田作品里仔细抽绎出二十个小题目，用来回答蒙田对"怎么活"的探问，如"凡事存疑""有节制""守住你的人性"。

讲述蒙田的故事，也始终围绕他自身展开，一开始写"他的一生、他的性格、他的文学生涯"，后来把他放置在时代潮汐里，"渐渐转向他的作品和读者，慢慢幻身为一个21世纪的蒙田"。借着这本细心而富有才情的书，我们或许可以悄悄接近那个凭他的精神力量走到了今天的蒙田。

即便已经是21世纪，蒙田的书也没有"像河里的鹅卵石那样随着岁月的流逝渐渐圆润光亮"，变得好读起来。他的文章细碎散漫、矛盾重重，很难在主题上保持一致，信马由缰的跑题和枝蔓丛生的偏题屡见不鲜，"枪弹射得到处都是，他骑的马儿也跳跃得失掉了控制"。更何况，蒙田很少在书中下判断或做决定，在几乎任何一个结论上，他都犹疑不决，"可能""也许""从某种程度上说"是他最喜欢的词句，因为这会"软化、减轻我们意见的仓促"。即使做出坚决的判断，接下来他也会立刻抹除。典型的蒙田风格往往是这样的："我惟一知道的就是我一无所知，但这我也无法确定。"在蒙田看来，万物，包括人自身，皆流转不息，任何坚决的判断几乎都是不可能的："我们、我们的判断，以及一切凡物，都在不停地发展变化。因此，当判断者和被判断者都处在持续的变化和运动中时，对外物是不可能做出任何确定的判断的"。

蒙田的矛盾重重和犹豫不决，另有一个重要原因，就是他对自身局限甚至缺陷的准确认知。他引用泰伦提乌斯的话说："我全身是裂缝，四周都漏水。"除了普通人都有的自私、懒惰、小气、虚荣、自负，蒙田还觉得自己对事反应迟缓，记忆力乏善可陈，部分生理机能也有缺陷。他清楚地知道自己的这些问题，意识到一个人随时可能犯错，因而思考问题时，便把犯错的可能也考虑在内。这样一个自我认识的人，说出一些斩钉截铁的结论，实在会让自己觉得不智。对蒙田来说，他不是不想判断，而是实在无能为力，"如果我的思想可以立稳脚跟，我就不做尝试，而改做决定了"。

有意思的是，对自己的缺陷和由此而来的犹疑，蒙田从不自卑，也很少表现出不满。他对一切不完美欣然接受，甚至把缺陷和不足作为自己区别于他人的特征："如果其他人像我这样，仔细审视自己，那他们也会和我一样，发现自己身上全是痴蠢之气。如果除掉这些，我也就除掉了自己。"有时候，他也把这作为人生存的根基："我们的本体有着许多固然的病态的特性……不论是谁，如从人的身上去除这些特性的种子，那么他也就毁掉了我们生存状态的基本。"这怎么摆脱也摆脱不掉的，就是那谁都无法超越的"人性"——"不论我们升到何等的高度，人性都紧而随之。"

相较于很多作品的清晰，蒙田对人性的观察始终处于混沌状态，他从不将某件事"分拆成清晰、表象的小故事"，因为那样"会把要找的东西推进更深的阴影里"。对他来说，重要的是从内心寻找自己的感觉："人人都朝前看；而我，则看自己的内里。除我之外，其他事一概与我无干；我无时无刻不考虑自己，我审视自己，我品尝自己……我翻滚于自身之中。"然后，他把自内心感知的一切停留在混沌状态，不妄加分析："我表达的是纯粹的经验，没有被艺术或理论改头换面或腐蚀过。"按照哈罗德·布鲁姆在《西方正典》中的说法，这种未经自负的知识和意见加工的混沌状态，是蒙田之后一切好文学的根基，"从莎士比亚、莫里哀、普鲁斯特一直到贝克特"。

写出内在的自我，把对人性的观察停留在混沌状态，最易招致的误解，是写作者的懒惰或肤浅。然而并不，"要写出有关自己的实情，发现近在咫尺的自我，委实不易"。虽然蒙田一直表现得自在倦怠，"当我舞时，我舞；当我睡时，我睡"，并假装《尝试集》是无心之作，仿佛是不经意的产物，但他有时也会忘记这个姿态，老实说出写作的辛苦："这是一条布满荆棘的路，比想象的更加艰难：追随如我们思想那般彷徨的运动，深入它最内里的不透明的褶皱，挑拣、捕捉那无数驱使它的颤抖。"这是一条光荣的荆棘路，要求他紧紧跟随生命的步伐，就像"从一条不知何时会干涸的激流中饮水，动作也需迅速"。这条路也要求他"对人生经验的每一刻都保持一种天真的惊奇"，如此，他的作品集才不是或轻率或枯燥的随笔，而是一种开历史先河的尝试。法文里的"随笔"（essai）一词，本意正是"尝试"。

就是这样的尝试，让蒙田对人性的观察足够广泛，也走得足够远，以至于很多人从蒙田的书里，看到了自我的投影。不少出色的写作者承认，蒙田"简直就是我本人"；有人甚至说，《尝试集》"简直就是我上辈子亲笔所写"。二战期间被迫流亡的史蒂芬·茨威格，在困苦中发现了蒙田："个中的那个'你'，正是'我'的倒影；所有的距离都因此而消散"，一个活生生的人走进他的心灵，"四百年岁月如烟消失"。蒙田的意义或许就在这里，他因为对人性广泛细致的观察和节制审慎的判断，给予读者准确的对应之感和宽阔的回旋余地，从而带来一种同生共感的暖意，像一只善解人意的手的抚慰。

不过，对一个人的认同不可能有这样非凡的一致，即使同为"最伟大的心灵"，"在最重要的主题上并不都告诉我们相同的事情，他们的共存状况被彼此的分歧、甚至是极大量的分歧所占据"。蒙田的形象在四百年里迭经变化，从最早有人称颂他的斯多葛派智慧，到18世纪启蒙思想家对他怀疑主义的热衷，到19世纪道德主义者对他道德性缺乏的遗憾，再到现代主义对他意识流动的颂扬，还有后现代主义从他身上发现的多元和多重，一路走来，始终有人为他喝彩，也不断有人跟他水火难容。把对立双方的名单开列出来，几乎可能是自蒙田以来的整部文学史，或许还要捎带上小半部哲学史。在对蒙田不满的人里，不是最早，但肯定是最典型的，当属布莱斯·帕斯卡。

无论从哪个方向看，蒙田和帕斯卡几乎都彼此分歧，T.S.艾略特甚至认为，帕斯卡有意把蒙田选作了他的"大敌"（the great adversary）。帕斯卡认为："人对细小事物的敏感和对至大事物的麻木，这表明了一种奇怪的失调。"很不幸，蒙田就是这样的失调者，他对人世琐细的关心，胜于任何至大之事。蒙田觉得，人的缺陷不仅可以忍受，几乎还是值得庆贺的。帕斯卡根本无法忍受不完美："我们对人的灵魂有如此高的看法，以至于无法想象这个信念若是错误，我们就要因此失去对它的尊敬了。人的幸福完全来自于对灵魂的这一敬意。"对蒙田来说，生活里虽然满是诱人跌落的深渊，恶灵在一旁守候，但日子得照样过下去；帕斯卡看到的，是蒙田的反转镜像，虽然太阳每天照常升起，但深渊一直在，恶灵也始终虎视眈眈。

对理性信心满满的伏尔泰，确诊帕斯卡是充满狂热想法的极端遁世观患者，他鄙视蒙田是因为他自己可鄙；在贝克韦尔看来，帕斯卡对蒙田的反对，是因为他"心中怀着神秘主义的惶恐和狂喜"。不过，跟其他追随者一样，帕斯卡肯定蒙田对人性的洞烛幽微："我在书中看到的并非蒙田，而处处是我自己。"他大概只是觉得，犹疑的蒙田不能给人确定的力量，而这个力量，却是他无比珍视的。怎么描述这个确定的力量呢？三十一岁时，帕斯卡在一家修道院度过了他生平极为著名的"激情之夜"。这一夜他究竟经历了什么，没人知道，我们只能从他后来一直缝在衣服里的一张纸上的话推测。这张抬头写着"火"的纸上，开头是这样的："确定。确定。感觉、快乐、和平。"出于对帕斯卡的信任，我相信这一非凡的时刻的确给予了他某种不可替代的确定感。抛开这一时刻包含的宗教性因素，帕斯卡未能在蒙田身上发现的，大概就是这个确定感，这也可能是他把蒙田作为"大敌"的原因。

还是引用艾略特《帕斯卡的〈思想录〉》一文中的话吧，它极其准确地写出了帕斯卡不断寻求的确定感究竟是什么：

"我想不出任何一位基督教作家……比帕斯卡更值得推荐给这样一些人，他们怀疑，但他们有心智去构想，有感受力去体会生活和痛苦的混乱、徒劳、无聊和神秘，而他们只有在全身心的满足中才能得到安宁。"然而，人无法期盼这样的幸运：一旦得到全身心的满足，安宁就会像跳动的火焰点燃了火把，自足地延续下去。更多的时候，我们不得不像蒙田那样"amor fati"（爱命运），不论发生什么，都泰然任之，因为"踩高跷毫无用处，我们还得用腿走路"。幸运的是我们，可以在感受蒙田的抚慰、向往帕斯卡的安宁之中，认认真真地走我们自己的人生之路。

在世俗的门槛上

—— 阿城《洛书河图》及其他

作为文学的学术

毫无疑问，阿城是个一流的小说家。如果怕这句话不够严谨，那在"一流"前面随便加上一个"汉语"或"中国"这样的定语好了。不过，作为小说家的阿城似乎没有表示出对此一文体的足够热情，以至于许多年前，作为好友的唐诺就有个担心："很长一段时日被我个人（以及朱天心等）认定为海峡两岸小说第一人的阿城，小说书写极可能也只是他对眼前世界的'公德心'部分，阿城极可能不会久居此地，毕竟，他太喜欢那个更火杂杂、更热闹有人的世界。"唐诺的担心有道理，不知是因为没有写成的"王八"挫伤了阿城的士气，还是因为常年的游荡磨损了虚构的热情，反正阿城不写小说了，起码我们看不到他的小说发表了。只是与唐诺担心的不尽相同，不写小说的阿城，没有全身心地投身于热闹的人间世，反而转向了一个初看起来跟他素来擅长的文学不太相同的地方。

如果在《闲话闲说》和《常识与通识》中，这个转向还不够明朗，那当《洛书河图——文明的造型探源》出版之后，大概可以毫无疑问地断定，阿城的注意力，的确已经从文学偏离。在《洛书河图》中，讲解完屈原的《九歌·东皇太一》，阿城说，把它"当诗歌文学来解，浪费了……文学搞来搞去，古典传统现代先锋，始终受限于意味，意味是文学的主心骨。你们说这个东皇太一，只是一种意味吗？"既然阿城如此慢待文学，《洛书河图》又有很多学术方面的内容，不妨就把这本新书当学术著作来读试试看。

这本书的学理，挑要紧的讲，是创造性地释读出天极和天极神符形，并在冯时的研究基础上，解开了素称难解的河图洛书之谜——洛书符形是表示方位的；河图的河，历来认为是黄河，书中将其指为银河，所出的图呢，是围绕北极旋转的星象。结论很斩截，论证却稍嫌不足。不过，既然天极和天极神符形是首次释读出来，论证粗略算不得什么了不起的漏洞。这一点，可以算是阿城独特的学术见解。但河图、洛书呢？先不管阿城是全面借鉴了冯时的研究成果，还是对其学术成果的"创造性转化"，只看这个结论本身好了。虽然我们无法从早期文献记载中得到有关河图、洛书较为确切的内容，但其流传，大概未必像阿城相信的那样充满阴谋论色彩。河图、洛书包含的数学思想，记载有序，确实古已有之，并非出于后来者的附会。而其中的精密象数结构，历来研究毋绝，近代以来更有最新的研究成果出现，不只是方位和星象可以解明的。类似这种发前人未发之覆的大翻案文章，总归让人有点没来由的怀疑，即便讲这话的人是阿城。

大概是因为阿城对天象太过着迷，在解释《易经》的乾卦时，他坐实了爻辞与苍龙七宿的关系，比如"初九，潜龙，勿用"，解为："这是说苍龙七宿处于日躔的状态，躔就是与太阳同升同落，观望不见为潜。汉代的《说文解字》龙部解释龙，其中说到龙春分而登天，秋分而潜渊。所以这个卦象表示秋分时的苍龙七宿状态。"以下依次解释了九二、九四、九五、上九和用九，说明都与这苍龙七宿有关。虽然书中配的那帧鱼眼镜头拍摄的"苍龙（星象）出银河图"气象宏阔，乍看之下确实会让人的心着实紧跳几下，但不知是出于疏忽还是故意，解释漏掉了九三爻。而这一爻，"君子终日乾乾，夕惕若厉，无咎"，确实很难用天象说明，不知聪明如阿城，有什么办法弥补这个漏洞吗？

即使不谈这个小小的漏洞，《易经》的取象于天文，也算不得什么稀奇，只是《易经》取象系统的一部分罢了。《系辞下》："仰则观象于天，俯则观法于地，观鸟兽之文，与地之宜，近取诸身，远取诸物。于是始作八卦。"其取象方法，上及天文，下及地理，旁及动植物，关涉人身和人事，错综复杂且洁静精微，历来有很多精深宏富的研究，不是一句天象就可以涵盖的。如此一来，《洛书河图》的学术价值就显得有点可疑。那么，这本书究竟该看成什么？

前面说了，因为所谈与天文有关，《洛书河图》的时空数量级就显得较一般作品大。先不说其中远至银河系的空间范围，大体统计一下，书里写到的最早时间，不是春秋、商周，甚至也不是新石器时代，而是十一万年前的末次冰期；最晚的时间，则是公元28000年。在现今人文学科的书里，这样的时空数量级已属罕见。何况，阿城并非凭空写下这些数字，后面有具体的天文、地质学基础，比如对岁差的认识。因为重力作用，"地轴并不是稳定不变的，它的指向会有微小的变化，就是所谓岁差"。岁差七十二年左右偏转一度，一个周期约两万六千年，变换期长，变化又极其微小，几乎不易觉察。一个人一生都未必能看到岁差的一度变化，更不用说看到岁差周期了。意识到地轴指向的恒定天极也会暗中变换，可以稍微去掉一点人的固执之心。对岁差有所体认，凭一己之力根本不够，必要与古人记载呼吸相接，那时身心一振，"鹊桥俯视，人世微波"。

不光是时空数量级，阿城在这本书里，仿佛用足力气往高处走，往一个自由的、神圣的状态里走。如《论语》中反复讨论的"仁"，阿城认为在孔子那里不过是个起点，艺术状态的"吾与点也"，才是孔子的志向所在，"孔子在这里无异于说，你们跟我学了这么久，不可将仁啊礼啊当作志，那些还都是手段，可操作，可执行，也需要学啊修啊养啊，也可成为某些范畴、某些阶段的标志，但志的终极，是达到自由状态"。讲屈原的《九歌·东皇太一》"穆将愉兮上皇"时，阿城甚至一下子讲到了极高："穆是恭敬的意思；愉兮上皇，上皇就是东皇太一，我们要恭敬地弄些娱乐让上帝高兴高兴……在巫的时代，是竭尽所能去媚神，因为是神，所以无论怎么媚，包括肉麻地媚，都算作恭敬。神没有了，尼采说上帝已死，转而媚俗，就不堪了，完蛋"。这是要把诗或艺术高推到神境吗？或许是。"（陶器上的）旋转纹在幻觉中动起来的话，我们就会觉得一路上升，上升到当中的圆或黑洞那去，上升到新石器时代东亚人类崇拜的地方去，北天极？某星宿？总之，神在那里，祖先在那里。"是不是觉得，阿城从《诗经》的"风"，一下子跳到了"颂"："美盛德之形容，以其成功告于神明者也。"

这种铆足了劲儿往高处走的劲头儿，不再像那个蔫头耷脑地喜欢在闹市里看女子的阿城，多了一种庄严的神情在里面。阿城这本书，甚至还有他那些锁在抽屉里从未公开过的篇章，按现下的学术或文学定义来评判，大概都不符合标准，却自有它天马行空的神骏和洒脱。我不知道该怎么称呼这种文章，只好来听阿城讲《洛神赋》。一篇长赋，不过讲了两句，第二句是"若将飞而未翔"。"你们看水边的鸟，一边快跑一边扇翅膀，之后双翅放平，飞起来了。将飞，是双翅扇动开始放平，双爪还在地上跑；飞而未翔，是身体刚刚离开地面，之后才是翔。这个转换的临界状态最动人。"阿城文章动人的地方，大概正在这似文学似学术，却非文学非学术的"神光离合，乍阴乍阳"的闪闪烁烁之间。

如果非要把阿城的这类文字定位，或许可以说，这是一本奇特的文学作品。在这本书里，我们习惯称谓的学术，有效地转化为一种文学质素，也让它脱离了单纯的意味状态，成了视界更为扩大、涵容更为丰富的文学，从而扩大了文学本身的容量，并有可能改变我们已经根深蒂固的、狭窄的关于什么是文学的成见。

残酷的常识

阿城喜欢谈论常识，谈论常识的阿城往往显得冷酷。常识不应该是平常的、温和的吗，为什么谈论常识的阿城居然显得冷酷？

在现代社会，尤其是现在的中国，被谈论得最多的常识，是托马斯·潘恩意义上的。潘恩在《常识》一书中，"要求读者作好准备的，只是摆脱偏见和成见，让理智和感情独自做出判断，持真守朴，不受现时代的拘束而尽量扩大自己的见解"，以普及他认为需要作为常识的现代政制基础。谈论这意义上的常识极其重要，因为人类最离不开的事情就是如何在一个共同体中生活，而一个共同体事务的重中之重，就是古希腊称为 politeia（政制）的问题。

乍看起来，阿城谈论的常识与潘恩不同，他的重点，在孟子"人之所以异于禽兽者几希"的"几"，深入的是人从生物性生发的种种情状。这些常识都是什么呢？思乡与蛋白酶，爱情与化学，艺术与催眠，攻击与人性，鬼与魂与魄与神的关系，情商与基因……多与人的生物性基础相关。思乡不过是思家乡的饮食，背后作怪的是胃里的蛋白酶；爱情呢，起因于人脑中的化合物；攻击性是人的本能；婚姻是基因利益的选择……这些常识，有些是极好的提醒，可以让我们在日常中不要任意而为："千万不要拿本能的恐惧来开玩笑，比如用蛇吓女孩子，本能的恐惧会导致精神分裂的，后果会非常非常糟糕。"其他的呢，多显得不近人情，起码对人构不成安慰。比如："爱情是双方的，任何一方都有可能败坏对方的记忆，而因为基因的程序设计，双方都面临基因的诱惑。我们可以想想原配婚姻是多高的情商结果，只有人才会向基因挑战，干这么累的活儿。"比如："青春这件事，多的是恶。这种恶，来源于青春是盲目的。盲目的恶，即本能的发散，好像老鼠的啃东西，好像猫发情时的搅扰，受扰者皆会有怒气。"

煞风景是吧，甚至有些残酷，不过真相却大概正是如此。让人稍许宽心的是，阿城所讲的常识建立在现代科学基础之上。既然是科学，就有被证伪的可能，将来或许会有所改变。不过，不管在这些常识被证伪之前还是之后，诚恳地认识人的生物性本然，进而与本能周旋，或许是人生不再那么残酷的起点。

即便是每个结论都看似从生活中摸索出来的阿城，较真起来，他的许多想法，也并非横空出世。比如他谈论常识的这个生物学起点，相似的意思，周作人就曾说过："我很喜欢《孟子》里的一句话，即是，人之所以异于禽兽者几希。这一句话向来也为道学家们所传道，可是解说截不相同。他们以为人禽之辨只在一点儿上，但是二者之间距离极远，人若逾此一线堕入禽界，有如从三十三天落到十八层地狱，这远才真叫得远。我也承认人禽之辨只在一点儿上，不过二者之间距离却很近，仿佛是窗户里外之隔着一张纸，实在乃是近似远也。"在周作人看来，道德高调唱了千八百年的中国，"应当根据了生物学人类学与文化史的知识，对于这类事情随时加以检讨，务要使得我们道德的理论与实际都保持水平线上的位置，既不可不及，也不可过而反于自然，以致再落到淤泥下去"。阿城谈论建基于生物性基础上的常识，大约用心与周作人有些相似。不过，除此之外，阿城提倡常识，还有另外一个指向，即他从自身经历的动荡中，发现了一种脱离常识改造社会的行为。这行为，不妨称之为"乌托邦催眠系统"。

较早的乌托邦设想，因为设计者的审慎美德，原本不会和煽动狂热的催眠系统联系在一起。在被认为是乌托邦源头的《理想国》里，柏拉图要建立的，不过是一个"言辞的城邦"，它只存在于言辞的领域，从来不在地上："柏拉图在《理想国》中描绘的一切必须被认为是神话，他只是借此表达出他的思想。如果你想创建这种国家，就可能上当受骗。"在莫尔提供了"乌托邦"一词出处的著作中，他也并不召唤针对现实的极度变革，遑论革命了。更何况，禀性温和的莫尔乌托邦的实施范围，跟柏拉图的《理想国》设想的城邦相同，也不过是局限在一个小岛上，并没有普世推广的雄心壮志。要到19世纪，尤其是20世纪以来，对理性越来越自信的人们，对乌托邦的热爱才到了狂热的地步，不但要求实施的范围一步步扩大，直至扩大到几乎全世界，而且推行的强度越来越高，差不多总是以大规模杀戮结束。

等这个乌托邦的狂热加温升级，借助一个据说是"宁静安详的人"，远兜远转地传到中国，跟中国所谓的"人皆可以为尧舜"结合，抟弄出了一个变本加厉的乌托邦催眠系统。这个催眠系统打破了催眠小型封闭空间的局限，无视世俗的复杂生态与人性的参差不齐，集中力量煽动狂热，对外要求世俗整齐划一，对内要求人变成一张"擦净的白板"（tabula rasa），以便在社会和人心上画出最新最美的图画。

难以避免的，这个庞大完美要落实到地上的乌托邦，会突破常识的禁忌，借助催眠导致的迷狂，造成难以避免的社会生态灾难。"无产阶级文化大革命，简单说，就是失去常识能力的闹剧。也因此我不认为文化大革命有什么悲剧性，悲剧早就发生过了。'反右''大跃进'已经是失去常识的持续期，是'指鹿为马'，是'何不食肉糜'的当代版，'何不大炼钢，何不多产粮。'"这一迷狂的背后，有强大的权力之剑，在这把剑面前，说出常识，有说出"皇帝没有穿新衣"的危险。即使这狂热造成的巨大迷狂已经时过境迁，借由意识形态的强大力量，人仍旧在乌托邦催眠系统的控制之下。阿城在被催眠的人群中讲常识，目的就是为了把人从包括乌托邦催眠在内的各种有害的催眠系统中唤醒，回到那个我们置身其中的、无法被化约的复杂真实世界。但陷入催眠狂热的人，怎么会愿意醒来呢，惊扰甚至惊起人的美梦，当然就显得冷酷。在这个冷酷里，我们大约会发现，起点与潘恩相异的阿城，在用心上却表现出某种一致。

虽然惊醒梦中人的常识讲得这样有板有眼，阿城却并不一例反对人在催眠中做美梦。他曾讲过一个巫医给知青治牙痛的故事：把牛屎糊在脸上，在太阳底下暴晒。后来，巫医说牙里的虫子出来了，知青的牙居然也不痛了。按现代医学常识，这有些荒谬。但是，阿城提醒，"不要揭穿这一切。你说这一切都是假的，虫牙不是真有虫，天天牙痛是因为龋齿或牙周炎。好，你说得对，科学，可你有办法在这样一个缺医少药的穷山沟儿里减轻他的痛苦吗？没有，就别去摧毁催眠。只要山沟儿里一天没有医，没有药，催眠就是最有效的，巫医就万岁万万岁。回到城里，有医有药了，也轮不到你讲科学，牙医讲得比你更具权威性"。这就是阿城对具体的人的体恤，他知道常识对有害催眠系统的祛魅，同时也知道不能在不具备祛魅条件的情况下讲常识。对催眠系统的点破或保留，要根据不同的具体，盲目地陷入或反对，都是"常识缺乏"。

如此看来，那个在谈论常识时显得冷酷，有时冷酷到有些庄重的阿城，背后深藏的，是他对这个世界的热心（跟阿城给人的印象不符是吧）。其实，对一个如此热心的阿城，面对中国社会的具体现实，我甚至不愿意把他所讲的这些称为常识，而是一个热心人的卓绝见识。当然，还是阿城自己说得更好："任何高见，如果成为了生活或知识上的常识，就是最可靠的进步。"

在世俗的门槛上

阿城对世俗的热爱是出名的，其俗态可掬也流传得很广。但是不是可以就此断定，阿城是个结结实实的世俗中人？

习惯了，或起码在想象中习惯了阿城对世俗的随和态度，听多了他不紧不慢的俗腔俗调，读到他《洛书河图》一段挖苦嘲讽又略显峻急的话，会不觉一凛："你们大概将来是要做艺术家的，志在画价一亿以上吧？其实只要恪守不损害他人为底线，无所谓对错。又或者留心文论，嘴能说诸多概念手能画各种文本渐渐成为公知，也是蛮艰苦的。其实追求虚荣等等都不是什么罪过，最终也是火葬烧成骨灰还算一生圆满，不在乎内心是否达到自由状态。如果你们的志向是这样，上面的算我白说。"

这话严肃，甚至有点愤世嫉俗，几乎让人看破了阿城不满世俗的一面，也差不多要毁掉此前阿城世俗中人的形象。不止如此，在这本据讲课整理、文字不算多的书里，阿城在辨认出青铜器上的天极符形之后，说完它"源远流长，又高贵又可爱"，便开始调侃："我看出来了，你们正琢磨着怎么抢先去注册个图形专利吧？"话锋一转，突然变得严肃起来："且慢，这个符形是中国从古到今的公产，虽然远古只有王才能祭祀它，同时也靠祭祀它来证明祭祀者的合法性，这个合法性又由社稷血脉承认，所以实际上它是保佑着我们的血脉流传，申遗还差不多。"说这番话的，还是那个衣敞缊袍、髭须不剪以与世俗处的阿城吗？

我们往往会把一个人平常喜好谈论的东西误会为这个人本身，认为阿城是世俗之人的想法，大概就源于这样的误解。没错，阿城是喜欢谈论世俗，他讲谈小说的《闲话闲说》的副题便命为"中国世俗与中国小说"。这本小书的胜义，我以为也正在对世俗的精深体察。阿城承认，不少评论里提到他小说《棋王》里的"吃"，"几乎叫他们看出'世俗'平实本义"。我们并不会把柏拉图笔下整日谈论铁匠、鞋匠和皮匠的苏格拉底当成工匠或其他什么人，而坚定地认为他是一个爱智的哲人，为什么阿城因为谈论了世俗就该是世俗中人呢？

阿城对世俗满怀情意，是因为他明白世俗是一个自为的完整生态，如天然的热带雨林，用不到置身事外的极力维护或大张挞伐，知道谨慎地爱惜就好了："我在云南的时候，每天扛着个砍刀看热带雨林，明白眼前的这高高低低是亿万年自为形成的，香花毒草，哪一样也不能少，迁一草木而动全林，更不要说革命性的砍伐了。"对阿城来说，"扫除自为的世俗空间而建立现代国家，清汤寡水，不是鱼的日子"，作为鱼的老百姓，也就难免老是进退失据。在他心目中，世俗应该是"无观的自在"，其中有男耕女织，也有男盗女娼；有快乐的瞬间，也有无奈的叹息；有种种的小烦恼，也有各色的小得意……总之，世俗是一个长期共生而长成的空间，人可以在里面宽裕地爱或恨，欢欣或失意，容得下放肆的举手投足。

阿城懂得，世俗的"糟粕、精华是一体，'取'和'去'是我们由语言而转化的分别智"。有这份见识和爱惜在，他当然不满于对世俗颟顸的指手画脚，更不用说借助强力推动的改造了，因为对世俗自以为是的规训会束缚世俗中人的手脚，生态复杂的自为世俗不免变得单调刻板。不过，爱惜并不等于溺于其中。柏拉图笔下的苏格拉底在为自己申辩时说："你们不会相信……你们听我省察自己和别人，是于人最有益的事；未经省察的人生没有价值，这些话你们更不会信。"把苏格拉底和他谈论的对象区分开来的，正是这个省察的态度。就像能省察"百姓日用而不知"的人并非百姓一样，不妨这么说，阿城谈论世俗，在起始意义上就有一种省察的态度在里面，并非他自己是世俗之人的声明。

虽然强调"世俗是自为的，是一种生态平衡"，有其勃勃生机，但阿城并没有陷入民粹式对世俗自上而下的赞赏，并进而单向地与世俗一致。他始终保持着对世俗的谨慎距离，因为知道世俗里也有人类共有的"生命本能在道德意义上的盲目"，有其肮脏和污浊，不只是赞颂的对象。在几乎被人看出阿城世俗用心的《棋王》里，有这么一段："家破人亡，平了头每日荷锄，却自有真人生在里面，识到了，即是幸，即是福。衣食是本，自有人类，就是每日在忙这个。可囿在其中，终于还不太像人。"这或许就是阿城与世俗的共生方式，懂得世俗的自为，自己也长在俗世里，却并不囿于其中，而是能跳出来观照。把阿城的谈论对象等同于阿城本人的人，大概是把阿城对谈论对象的真挚诚恳当成了他自身的选择，混淆了省察者与单纯置身其中者的不同。

需要强调的是，省察者并非可以借由省察获得置身世俗之外的特权。一个省察世俗的人必须认识到，由完全超越世俗的人组成的社会，不可能存在，世俗之所以是世俗，就因为它对超越世俗有一种本质性的、不可救药的抵抗。不管一个人有怎样卓绝不凡的内心世界，他一旦在世俗中出现，就必须，也只能置身于世俗之中。如果把世俗与自己超越的内心世界对立起来，所谓的超迈世俗者就与世俗悖谬地站在了一起。因而，一个超迈世俗的人该做的，不是对他以为不合理的世俗愤怒或指斥，而是必须倒转过来，其所作所为要经过世俗的检验。所有不懂得世俗和世俗人心的人，都配不上超越世俗者的称谓。

从这个方向看，阿城倒真是超越世俗的人。不过，这样说并不准确，经过世俗检验的阿城，确切地说，应该是在世俗之外又置身世俗之中的。他虽能跳出世俗来观照，却并不离开俗世，而是生长在里面，觉得自为的世俗从容宽裕，待在里面舒服——虽然近代以来，这个宽裕的世俗愈加狭窄。这正是阿城的方式，观看，理解，欣赏，可自己并不就是对象本身。阿城仿佛总是这个样子，跨在世俗的门槛上，一脚门外，一脚门里，我们刚刚觉得在某处抓住了他，他又在相反的方向出现了，蔫蔫的不言不语。

利玛窦的礼单，或万历二十九年

——李敬泽《青鸟故事集》

一

　　每一样事物都有它的开端，比如，《青鸟故事集》的开端，我觉得应该是下面这段话："历史的机微难测正在于此，真正重要的事件可能发生在已被遗忘的时间和地点，发生在那些被漠视、被蔑视的人之间。就如那位聆听者，在他的时代，这是个声名狼藉、遭人唾弃的家伙，但直到今天，我们还笼罩在他长长的身影之中……"或者也可以是这一段："所以我寻找他们，那些隐没在历史的背面和角落里的人，在重重阴影中辨认他的踪迹，倾听他含混不清、断断续续的声音……"

　　就是这样对吧——历史的某个角落，发生过一些什么事，时间的尘埃很快便把这一切掩埋起来，遗忘饕餮般吞噬了它们。可是有一天，那个角落复苏了，发芽抽枝，我们身上长出了那被掩埋者的肉，流着他们当年流的血，苍老的饕饕忽然惊觉，它吞噬的那些已在某个时刻全面复活。

1601 年 1 月 25 日，一个普通得不能再普通的日子。已经苦候了半年多的利玛窦终于等来好消息，仿佛已经消失在深宫中的万历皇帝忽然心血来潮，决定让他这个洋人（估计明朝还不会有人称他为意大利人）进京。尽管是洋人，不太懂大明的朝贡规矩，但既然已经决定进京面圣，礼物总归要带的吧？果然，利玛窦有备而来，他的礼物清单如下——

> 天主像一幅、天主母像二幅、天主经一本、珍珠镶嵌十字架一座、自鸣报时钟二座、《万国图志》一册、西琴一张。

这真是一份（送礼者可能并未意识到的）意味深长的礼单，深长到几乎预言了今后大半的中国历史。万历皇帝的反应，至少不比这礼单缺乏兴味。先是皇帝跟往常拒绝上朝一样，拒不接见利玛窦，却略显好奇地要知道洋人的样子。遣去画像的人尽管画得并不像，却也没有成为被安杀的毛延寿，万历表现出了足够的机敏，"皇上看了画，不禁叫道：'这不就是回民吗？'"至于利玛窦带来的天主像，对早已三教合一的明代来说，也算不得什么新鲜事物，把异教判入自教，原本就是当时人谙熟的手段，那受难的耶稣，皇帝就直接指认为"这是活菩萨呀！"可见经筵不是白开的，奄有四海的皇帝，早就为一切将来的新鲜事物准备好了大大小小的口袋，只要在合适的时候装进去就行。"所以，尽管利玛窦不曾承认，他真正带给这座皇宫的就只有那两座钟，自动鸣响的钟。"

经过传教士忙碌地调试，自鸣钟终于开始报时。接下来是《青鸟故事集》常用的写作（思维）方式，想象渗透进记载的间隙，一次次尝试（essai）回到历史的当下："像一个得到新玩具的孩子，皇上惊喜地听到其中一座钟准时发出鸣响，这其实也是现代计时器在中国大地上最初的、决定性的鸣响。它发自大地的中心、庄严的御座背后，声波一圈一圈无边无际地扩散出去，直到两三百年之后，钟表的滴滴答答声将响彻人们的生活。"很可惜，这时间的滴答声不是福音，而是邪灵的魔笛，连带这份礼单上的所有物品在内，都只是一个庞大不祥隐喻的不同细节。

利玛窦献上的大自鸣钟，是那时"世界最新科技成果"，表征着其时西方正日新月异的科学技术。即便是再不敏锐的头脑，也会记得我们近代史课本上反复提到的"船坚炮利"，那背后晃动的，就是这科技的影子。那张携带着近代地理新知的《万国图志》，看起来陈述的是中立的知识，却在经过连绵的岁月后，化身为魏源御敌图强的《海国图志》，含藏着无量无边的愤恨和有棱有角的大志。那张西洋琴不知后来归于何处，或许始终都不曾被人弹响过，而那与古琴不类的音声，却静默而激越地穿透了中国完善自足的艺术整体，让业艺文者不得不开始新内容和新形式的尝试——即如这本《青鸟故事集》，你能想象它会产生于较早期的中国？礼单的前四样是宗教用品，是一教的创始者（及其母亲）、经典和象征物，饱读诗书的万历皇帝当年没有看出这礼物的异质性，当然也不会知道近四百年后有人提出的"文明冲突论"。那么，把这意思换成那个受类风湿侵扰的皇帝能懂的语言吧——这几样物品，其实是企图更换一国的宗庙，耶稣会替代菩萨，素王孔子和道德真君当然也难以高枕无忧。如果连宗庙都变掉了，起码当时的人们会充满疑惑——他们将到哪里"以其成功告于神明"呢？遇到危难的时候，人又将如何"涣奔其机"？

那个时代，"知识的扩散相当缓慢"，即使人们的热情再高，高到像利玛窦那样，需要"抑制住剧烈的心跳，一步一步，走向他的梦想：中国的皇帝将皈依天主，然后……"，新事物的冲击仍然没看出加速的趋势，然而，似乎就在这迟缓的1601年，也就是万历二十九年之后，在中国，物和人已不再能像过去一样处于和谐共生关系，而是携带着西洋人异样的体味，变成了某种"不相配的东西"，等待人们（尤其是中国人）的，将是惊人的误解和骇人的灾变。

二

万历二十九年往前推十四年，就是著名的万历十五年。在黄仁宇笔下，那看起来平平淡淡的1587年，提示了中国此后历史的重点，也彰显出有明一代，甚至是整个古代世界的重大的问题："中国二千年来，以道德代替法制，至明代而极，这就是一切问题的症结。"对我们来说，或者（我猜）

对《青鸟故事集》的作者来说，这样的结论太宏大也太斩截了，即使正确，也大面积忽视了历史中那除不尽的余数，盛不了枝枝节节的其他人生状况，容不下被隐藏在历史角落里的各类人，比如大大小小的"通事"——翻译。

钱锺书《林纾的翻译》中写过——《说文解字》卷六《口》部第二十六字："囮，译也。从'口'，'化'声。率鸟者系生鸟以来之，名曰'囮'，读若'譌'。"南唐以来，小学家都申说"译"就是"传四夷及鸟兽之语"，好比"鸟媒"对"禽鸟"的引"诱"，"譌""讹""化"和"囮"是同一个字。"译""诱""譌""媒""讹""化"这些一脉相连、彼此呼应的意义，组成了研究诗歌语言的人所谓的"虚涵数意"（polysemy, manifold meaning），把翻译能起的作用（"诱"）、难以避免的毛病（"讹"）、所向往的最高境界（"化"），仿佛一一透示出来了。——《青鸟故事集》侧重的是翻译的"媒"与"讹"："两边传话，化不通为通。""一种语言和另一种语言的每次相遇都是深不可测的陷阱，匪夷所思的差错、误解、幻觉和欺骗在其中翻滚沸腾。'译'即是'讹'，中国古人的话虽然扫兴，但真是没错。"

1823 年，《华英字典》（*Dictionary of Chinese Language*）完整出版，编纂者马礼逊博士给朋友写信说："这是对世界的一次编纂。"一语道破天机，作为"媒"与"讹"的翻译，从来就不只是纸上的来去，一开始就携带着巨大的权力，会从根本上改变人们对世界和世界观的认识。一个人在书房角落里的笔耕，最终会像《盗梦空间》里在意识深处置入的念头，其更为深入的本质是对世界的重新编写。或许，这就是为什么清朝的法律会严防"番鬼"学习汉语，中国人帮洋人翻出的译稿，必须由外国人自己誊抄一遍，"然后把原件当着他的面撕得粉碎"。

需要强调的或许是，从开端起，《青鸟故事集》就不是要抒发感叹，它要表达的，是"那些隐没在历史的背面和角落里的人"埋下了干燥的种子，然后"根须和枝叶在历史中不为人知地暗自生长"——当然，其间经过了重重的艰难，无尽的折磨。那些看起来的"媒"与"讹"，或许在开始时并非故意，而只是因为不可译，某些东西"表述的意义在中文中无法找到对称的词语——英国人的'人类世界'在中文里会成为'普天之下'，而'普天之下'隐含的下文是'莫非王臣'……即使你是最忠实的翻译，你的译本也必然在有意无意之间偏离原文，生成另外一套意义"。新的语言携带着特定的知识背景、特定的世界模型，离开这一整套的新图景，翻译只能是殊途异归或者南辕北辙。因了这送来的美丽新世界，我们不得不被迫跟此后将君临天下的某些价值生活在一起，所有的承续和更新，必须在这几乎不可消除的隔膜中进行。

即便再怎样腾挪，人们似乎也只能望着那座巍峨的巴别塔，感叹人类的渺小和无能是吧？也不全是。伽达默尔在《哲学生涯》中说道："在苏格拉底这位西方哲学传统的决定性人物之外，还有耶稣、佛陀和孔子与其并驾齐驱。一个人在不掌握那种思想所依赖的母语的情况下，能摸到这种思想的哲学轮廓，他一定具有某种特殊的天赋。我把这种天赋称为相貌学（physiognomie，physiognomy）思想。正因为这种思想不是来自语词，而是懂得从轮廓处读出东西。无疑，这种释读方式无法掌握细节上独到的东西，但他能推断和描述出大概的线条，而这个线条蕴藏在所有人的思想运动中。这是一种不能在任何关系定位中理解的泛神论式的理性，它游走于时空之上，追随着内在的本源，因此它以对伟大者所有至诚的尊敬赢得了某种裁决者的尊严。存在回答存在。"沿着相貌学的方向，面对着不得不面对的新知识、新世界观、新生活方式，人们或许可以像当年翻译佛经一样，一点点格义，在不停变化的旧语言里妥善安置那个新世界，从而慢慢摸索出一条告别巴别塔的小径？

就像上面提到的《海国图志》，就像"1917年，一位名叫胡适的美国哥伦比亚大学博士发起了'白话文运动'，这棵（翻译的）谱系之树蓦然间变得遮天蔽日。这场运动从来不像它所宣称的那样，是要人们按照自己的所说去书写，它隐秘的目的是使汉语彻底地成为一种可以翻译和被翻译的语言，直到我们能准确无误地听清来自世界的声音和意义。"现在，那场被谈论得太多的运动也已经过去了整整一百年，我们的语言已经发展到能够兑换误解、消除讹误，抚平人心参差不齐的起伏，准确无误进行听说对话了吗？是耶，非耶，《青鸟故事集》给出的，始终是个大大的问号。

三

沿着万历十五年再往前推五年，1582 年，是几乎已经被人忘记了的万历十年。这一年，利玛窦带着他礼单上的礼物到达澳门，中西交流将会遇到的重重误会和寸寸进展，其实在这时已经全面登陆。也是在这一年，那两座自鸣钟背后的科技，检测出此前凯撒历的问题，经罗马教皇之手完成了历法变革，是为著名的格里高利改历。自此，这个更接近太阳运行规律、误差较小的历法慢慢在全世界通行起来。其实也是在这一年，大明权倾一时的首辅张居正去世，随着这位强势人物的离开和被清算，万历十五年描述的政制危机开始全面爆发，而"在大规模走私贸易中急剧膨胀的民间利益"，也渐渐冲垮了帝国的海防。

万历十年的改历，现在看起来似乎也没什么了不起，不过，它当年带着新事物的贼光乍临世界的时候，可并非现在这样灰扑扑的。为了抵制新历法，抵制这更新之后的时间感觉，新教国家展开了持久的斗争，如开普勒所说："新教徒宁愿不与太阳协调，也不愿同教皇保持一致。"直到一个世纪之后，在瑞士的一些村庄，还要用罚款和武力来推行格里高利历。这个改历故事的后续也出现在《青鸟故事集》中——1935 年 1 月 3 日，瑞典探险家斯文·赫定抵达甘州，发现那里的人们正处于节庆之中，原来"中国通过了一项法令，废止中国的旧历年（春节），改成与西方国家一样的时间庆祝新年"。其实中国采用这个历法，要比斯文·赫定的观察早了二十三年，那一年，中华民国成立，先期付出的代价是"无量头颅无量血"。

似乎就是这样，"自其变者而观之，则天地曾不能以一瞬；自其不变者而观之，则物与我皆无尽也"。从变的角度来看，那个让人吃惊的中国，仍然还有更让人吃惊的地方。当年，有个国家被认为是"一个神奇的国度，它的名字叫——'契丹'（Cathay）"。对明代来说，契丹不过是个统称，只是，对更早一些的人，比如生活在北宋的邵雍来说，那可是一个实实在在的威胁，因而《皇极经世》自邵雍出生开始的每一年，都写下了契丹纪年。如果把时间从万历十年往后再推一年，那时候，努尔哈赤的父祖被李成梁的部队误杀（此前，其外祖父因叛明被李成梁诛杀），他正当二十五岁的壮年——然后，是我们都知道的结局，努尔哈赤成了清太祖。

就是这个意思，清朝的崛起跟西方文化的大举涌入，正好处在差不多同一时期。只是对那时的明朝来说，利玛窦还是历史暗角里的人物，迫在眉睫的危险将是清军的入关，后面是翻译为"冲冠一怒为红颜"，或另外一些奇特借口的故事。有意味的是，入关的有清一代，要面对大明王朝早就该面对的利玛窦礼单。这份礼单的潘多拉效应显示出来，没有妥善处理这不祥礼物的大清因此为千夫所指，并终于就此走到了自己王朝的尽头。其实，如同从《青鸟故事集》可以看到的，那个让晚清士人感叹的"三千年未有之大变局"，在万历二十九年已经初露端倪，包括社会各个层面的参差错落状况，包括那即将到来的铺天盖地的"翻译"和"翻译"带来的误解。

对事实来说，所有的言说和想象都难免显得像浮词，如《青鸟故事集》切实的结论之一："对中国历史来说，一艘商船上的无名商人把玉米、番薯的种子带入中国，无数农民在漫长的时间里把它们撒遍大地，这沉默的过程使任何帝王将相、才子佳人都显得卑微，因为它所带动的生存条件的变化、人口数量的增长构成了中国历史演进的基本力量。"是这样没错吧？我们都在心里暗暗赞同。而这本书里的另外一个结论，或许恰好构成了极为不同的认识向度——

把一个盲目的历史转化为意识，使每个人的属于神的那一部分浮现出来。

"凭借艺术，凭借大胆的、肆无忌惮的、厚颜无耻的编造，我经历着我的'历史'，我是自由的，历史不能把我怎么样，相反的，你们所说的历史将越来越像我的书。你们把这叫做'吹牛'？也许是吧，但在我的词汇表中，我更喜欢选择另一个词，'行动'……"包括切切实实的行动，也包括意识的行动，远在世界被全面惊扰之前，就实验了一种独特的文字炼金术，"使每个人的属于神的那一部分浮现出来"，在纸上写下了清晰可见的未来——"几者，动之微，吉之先见者也。"

《三体》：大荒山寓言

1900 年的一天下午，四十二岁的马克斯·普朗克和他不满十岁的儿子一起在树林里散步。据传说，当时普朗克心事重重，神色忧伤。儿子禁不住好奇心的驱使，小心地问他怎么了，普朗克低声说道："如果没弄错的话，我完成了一项发现，其重要性可以跟牛顿的发现媲美。"是什么了不起的发现，让一贯冷静谦逊的普朗克几乎口不择言？

在研究物体热辐射的规律时，普朗克发现，只有当假定在辐射过程中，能量是以已知的不可分份额非连续——也即一份一份地——释放或吸收时，计算结果才能与试验结果相符。这一非连续释放或吸收的一份一份，后来就被称为"量子"（quantum），来源是拉丁文的 quantus，意为"有多少"，代表"相当数量的某物质"。没错，这个发现的意思是，我们在宏观世界感受到的连续能量，不过是无数一份一份释放或吸收的量子的集合，也就是说，在进入微观层面之后，世界连续性的幻象破碎，科学的巨大革命时代即将到来："革命之前科学家世界中的鸭子，在革命之后就变成了兔子……在一些熟悉的情况中，他必须学习去看一种新的格式塔（Gestalt）。在这样做了之后，他研究的世界在各处看来将与他以前居住的世界彼此不可通约（incommensurable）。"

不知道经过现代物理学一百多年的发展和普及，人们是不是早已对普朗克的这一发现见怪不怪，我得老实承认，此前只接触过古典物理学连续世界观的我，在初次看到这个结论的时候，豁然明白普朗克当时为什么会心事重重，神色忧伤。意识到普朗克带来的巨大变化之后，我陷入了震惊带来的酥麻之中，觉得脚下的土地无声地向远处开裂，一个跟此前头脑中完全不同的世界在眼前展现——虽然世界古老依然，但它跟人的相互关系却自此是全新的。类似的感觉，只有后来了解到广义相对论中的时空连续区时才出现过——我已经把话题扯得太远，因为上面的离题话只是个不恰当的比喻或开端，用来说明我读到《三体》时略微有点相似的心情。

一

该怎么形容《三体》的语言呢？像一个刚学会用语言表达自己复杂感受，陷入爱情的小伙子写给姑娘的情书；像一个偶然瞥见了不为人知的罕见秘密，却找不到合适语言传递回世间者的试探；或者像一个研究者发现了可以改变以往所有结论的档案，试着小心翼翼把档案携带的信息放进此前研究构筑的庞然大厦……不流利，不雅致，不俏皮，略嫌生涩，时露粗糙，如同猛兽奔跑之后，带着满身的疲累喘着粗气，而生机还没有完全停歇下来，其息咻咻然，偶尔有涎水滴落，在地面上洇开大大的一片。

没法简单说是幸运还是不幸（较大的可能，应该算是不幸），我的阅读不是从精巧雅致开始的，如果不说是源自粗糙简陋的话——并非图书馆里经过时间淘洗的高坟典册，而是路边摊上沾满汗污的各种出租读物。这类读物因为要抓住人的好奇心，因而叙事多直奔主题，人物的心思直接而显白，行动即是内心的反映，不曲折，不缴绕，即便对应着浅薄平庸的世界也浑然不觉。如此阅读启蒙带来的重大问题是，对繁复细腻的语言没有天生的亲近感，有时甚至会失去阅读精微作品的耐心，对众多巧妙的书写没有近乎本能的热爱（Eros），很多时候只能跟心思细密的作品擦肩而过。

未经指引的阅读摸索大概只带来一个意想不到的收获，就是培育了我绕过复杂的心智游戏，对小说构造的世界更为敏感，透过泥沙俱下的文字去看作者虚构中最初的世界构型，猜测它最终要长成的样子。或许我该说，幸亏我的阅读不是从细密精致开始的，因此对《三体》质直素朴的语言早有准备，开始不久，我就发觉，这本书诸多灰扑扑的、不起眼的角落，都蕴藏着某种指向阔大世界的力量，仿佛所有的细节都经过了轻微变动，而这些轻微的变动必将引起整个系统的雪崩，最终改变世界（宇宙）的模样。没错，那个世界起于大荒山无稽崖，起于东胜神洲傲来国，你不知道它将显现为什么形状，只觉得这所有的言辞，都是一个全无来由的庞大起兴。

《长阿含经》记载，须弥山周围有四大部洲，分别是东胜身洲、南赡部洲、西牛贺洲和北俱卢洲。其中的东胜身洲，就是前面的东胜神洲，而北俱卢洲，意译为胜处（美好的地方），"其土正方，犹如池沼，纵广一万由旬（计量单位，一由旬相当于一只公牛走一天的距离）。人面亦像地形，人身长三十二肘。人寿一千岁，命无中夭"。对身高不足五肘，寿命不过百岁，居住环境恶劣的人类来说，这真的是一个难得的胜处，几乎可以在其中一往无前地安心修行了不是吗？很可惜，这个地方，属于佛教所谓的"八难之地"——"谓见佛闻法有障难八处，又名八无暇，谓修道业无闲暇也"：一地狱；二饿鬼；三畜生；四郁单越；五长寿天；六聋盲暗哑；七世智辩聪；八佛前佛后。

一、二、三、六、八不难理解，因为处境艰难或时机错失而无法精进，甚至五是外道修行所抵之处，七因为聪明小巧而不能接受大法，都好理解，但四郁单越，也就是北俱卢洲，就有点难以思维了对吧？为什么"以乐报殊胜，而总无苦"也属于难呢？没有苦难的地方，怎么反而是修行的障碍？胜处而为障难，一定有极其特殊的原因，古德的解说是："为着乐故，不受教化，是以圣人不出其中，不得见佛闻法。"正因为环境太好了，优越到没有想起去接触，更不用说是钻研修证佛法——人类如果一直生活在伊甸园，物质生活丰足，精神上极其愉悦，大概不会想着去发展什么科学技术吧？

　　现在，来想象两个互不相干的世界，各自因应自己的环境发展着，有费尽心机的进步，也有迫不得已的中断，并各自经历着自己的的幸运和不幸。终于，其中一个世界的不幸大大超出了部分人能够承受的范围，"人穷则反本，故劳苦倦极，未尝不呼天地"，于是向宇宙发出了呼求的信号。两个不相干的世界经过光年级别的传递，终于有了联系，而这个联系，非常可能是某种致命危险的开端。即便提前获得了警告，呼求者也没有停止自己的步伐，甚至更为变本加厉。只是，我们似乎无法去责怪那个发出信号的人，因为悲惨的遭遇已经让她确信，"我的文明已无力解决自己的问题，需要你们的力量来介入"。即便经过怎样遥远的传递，原因亘古未变，就像在莎士比亚的《亨利四世》里，叛乱的约克主教给出的理由——

　　　　我并不愿做和平的敌人；我的意思不过是暂时借可怖的战争为手段，强迫被无度的纵乐所糜烂的身心得到一些合理的节制，对那开始遏止我们生命活力的障碍做一番彻底的扫除。再听我说得明白一些：我曾经仔细衡量过我们的武力所能造成的损害和我们自己所深受的损害，发现我们的怨忿比我们的过失更严重。我们看见时势的潮流奔赴着哪一个方向，在环境的强力的挟持之下，我们不得不适应大势，离开我们平静安谧的本位。当我们受到侮辱损害，准备申诉我们的怨苦的时候，我们总不能得到面谒国王的机会，而那些阻止我们看见他的人，也正就是给我们最大的侮辱与损害的人。新近过去的危机——它的用血写成的记忆还留着鲜明的印象——以及当前每一分钟所呈现的险象，使我们穿起了这些不合身的武装；我们不是要破坏和平，而是要确立一个名副其实的真正和平。

习惯了被侮辱与被损害，不表明对任何侮辱和损害都无动于衷，到了某个极限，人们会不断地问自己——我还剩下多少耐心，是不是有必要穿起那些并不合身的衣装来？或者，当我无力自己穿起那身衣装，是否有必要向未知的、可能极其危险的力量呼告？

二

如果因为语言问题，或者和平的渴望导致的灾难性变故出人意料，《三体》引起的感觉还只是某种不适，那么《三体 II：黑暗森林》可能会引起极为明显的强烈反应，因为在这一部，人类早就信以为真的诸多道德底线或人性不可逾越的部分，我们对世界有可能拥有的美好理想，将不得不然地破碎在一个更大、更黑、更无垠的世界里。在这样的情境下，刘慈欣的文字越具象，越有表现力，带来的后果就可能越严重，听惯摇篮曲和童话故事、习惯日常温煦时光的人，会出现非常典型的发呆、愤怒、眩晕等症状，感受力更为敏锐的，甚至会有明显的恶心呕吐感，就像多年前刘慈欣做的思想实验引起的感觉一样。下面节引的话，差不多足以说明刘慈欣让人惊惧到至于厌恶的逻辑推理——

可以简化世界图景，做个思想实验。假如人类世界只剩你我她了，我们三个携带着人类文明的一切。而咱俩必须吃了她才能生存下去，你吃吗？

宇宙的全部文明都集中在咱俩手上，莎士比亚、爱因斯坦、歌德……不吃的话，这些文明就要随着你这个不负责任的举动完全湮灭了。要知道宇宙是很冷酷的，如果我们都消失了，一片黑暗，这当中没有人性不人性。现在选择不人性，而在将来，人性才有可能得到机会重新萌发。

这是很有力的一个思想实验。被毁灭是铁一般的事实，就像一堵墙那样横在面前。我表现出一种冷酷的但又是冷静的理性，而这种理性是合理的。你选择的是人性，而我选择的是生存。套用康德的一句话：敬畏头顶的星空，但对心中的道德不以为然。

尽管我非常确信，如果真的出现这种极端状况，已经在

142

思想中演练过这个实验的刘慈欣肯定不会第一个做出如此极端的选择，甚至也不会是最后一个——在高强度的竞争性运动中，你是相信坚持高强度训练的人会做出更有利于群体的选择，还是会相信一个对体能作用于思维的力量一无所知的人？答案不言而喻。可是，因为这个思想实验，我已经很难再向善良的朋友解释刘慈欣并非恶魔，反而可能是直面这个世界最危险部分的那个人——没错，就像这本《黑暗森林》里的罗辑，对这个世界的真相知道得越清楚，想要告知人们越多，就会发现世界愿意理解你的就越少，甚至会把你当成敌人，最终，你将在所有人们累积起来的隔离式孤独里过完自己的一生，即使你满怀着对世界的善意，即使你已经承担着拯救世界的责任。

想起来都有些让人沮丧，即便这个世界上真有所谓先知，即便这先知已经洞察了宇宙的真相，这真相却无法告知更广泛的人群，所以先知其实一直是不受欢迎的。或者也可以用柏拉图的洞穴比喻来说，有人因为偶然的机会看到了洞穴外的世界，意识到了洞穴的局限，企图把看到的秘密告知洞穴内的囚徒，希望把他们带到地面之上，"他不会遭到笑话吗？人家不会说他到上面去走了一趟，回来眼睛就坏了，不会说甚至连起一个往上去的念头都是不值得的吗？要是把那个打算释放他们并把他们带到上面去的人逮住杀掉是可以的话，他们不会杀掉他吗？"对，《黑暗森林》描述的人群关系跟洞穴比喻一样，没有什么美好的幻象，只有冰冷的事实，如列奥·施特劳斯所说："少数智者的体力太弱，无法强制多数不智者，而且他们也无法彻底说服多数不智者。智慧必须经过同意（consent）的限制，必须被同意稀释，即被不智者的同意稀释。"

在《黑暗森林》中，招人讨厌的先知或少数智者洞悉的秘密被称为宇宙社会学公理："第一，生存是文明的第一需要；第二，文明不断增长和扩张，但宇宙中的物质总量保持不变。"这两条看起来无甚高论的公理，再加上两个重要概念，"猜疑链"和"技术爆炸"，善于高度抽象思维的人已经能看见宇宙的暗黑景观了。现在，刘慈欣把那个抽象思维中出现的冰冷宇宙图景用文字表达出来，那慑人的寒光击破了书中人和不少读者脆弱的精神防线，即便接下来是宇宙级的洪水滔天，我想不少人也愿意暂时摆脱这可怕的想象，起码希望一切灾难出现于自己身后。只是，我们大概用不着苛责刘慈欣为什么要写如此冷酷的东西，或者用不着对刘慈欣的想象力过于迷信，因为在数个世纪之前，人们早就该从霍布斯的《利维坦》中辨认出这个宇宙社会学公理的雏形——

> 最糟糕的是，（在自然状态下）人们不断处于暴力死亡的恐惧和危险中，人的生活孤独、贫困、卑污、残忍而短寿。自然会如此解体，使人适于相互侵犯，并相互毁灭，这在一个没有好好考虑这些事情的人看来是很奇怪。因此，他也许并不相信从激情出发进行的推论，也许希望凭经验来印证结论是否如此。那么我们不妨让他考虑一下自己的

情形——当他外出旅行时，他会武装自己，并设法结伴而行；就寝时，他会要把门闩上；即使在他自己的家里，他也把箱子锁上。他做这一切时，分明知道有法律和武装的公共官员来惩办一切他所遭到的损害——那么，他带上武器出行时对自己的国人是什么看法？把门闩上时对自己的同胞们是什么看法？把箱子锁上时对自己的孩子和仆人是什么看法？

只要领略过《黑暗森林》毁灭性的华丽，你就会知道，上面面这些干巴巴的文字里，究竟蕴含着怎样的杀伤力，会爆发出怎样摄人心魄的能量。我不徒劳地解释《黑暗森林》的崇高之美了，只试着把上面的逻辑往下推——如果把残酷的自然状态推向整个地球世界，再进一步推向在第一部中因为呼求而出现的两个星球间的关系，再进一步推向几艘航行在茫茫太空中的星舰，会是一幅怎样的景象呢？人类凭靠思维和科学技艺搭建的遮风避雨之所，那些看起来理所当然的伦理和道德选项，在这样的时空尺度上还能成立吗？如果不成立，人会在何种程度上完成自己的剧烈演化，变成此前地球伦理无法能辨识的人类或者别的什么物种呢？维持人类底线的某些特殊的天赋和善意，会在这样的背景下如"水滴"击溃联合舰队一样荡然无存，还是如星海中的一叶扁舟，载着这点乘除不尽的余数不绝如缕地行走在太空之中呢？

三

从《三体》到《黑暗森林》，再到《三体Ⅲ：死神永生》，虽然里面的人物和情节都有似断似连的关系，但等到第三部结束的时候，你肯定觉得已经跨过了无限漫长的时间，在第一部中感受到的洪荒气息，经过第二部残酷的展开，最终等到了第三部的无比辉煌。看完第三部，我才确信无疑，这次临盆的是大山，产下的是整个宇宙，就仿佛那块大荒山无稽崖青埂峰上的顽石，那东胜神洲傲来国花果山上的仙石，在光阴中经历了尘世的一切，等再回到各自的所在，就又堪补苍天，足孕灵胎。阅读《死神永生》是一次认识天地不仁的痛苦煎熬，也是一次见识春来草自青的欢喜享受，那感受太过复杂，原谅我无法用单一的、不互相矛盾的词语来形容。

《三体》三部曲起码可以让我们意识到，人世间的道德和伦理设定，建立在将太阳系作为稳固存在的基础之上，一旦这个巨大系统的稳固性出现问题，所有看起来天经地义的人伦设定，都不免会显得漏洞百出。在这种情况下，人是该坚守自己的道德和伦理底线，还是该根据情境的变化产生新的伦理道德？如果人类数千年累积起来的对更高存在（比如神）的信任不过是谎言，人该如何应对这极端无助的状态？刘慈欣合理想象了这种极端状态下不同人的反应，在思想实验意义上重新检验了人群的道德和伦理设定，并探讨了人类总体的生存和灭亡可能，扩展了人对此类问题的探索边界。与此同时，刘慈欣也暗中给自己埋下了被质疑的种子——在更高级的存在层面，会不会有不同于人类级别的善恶或判断标准？如果有，那个跟更高级存在相适应的道德和伦理标准，会像人类这样设想宇宙的状态吗？如果不是，那个标准会是什么样子，又将如何影响在人类看起来是黑暗森林状态的宇宙呢？

为了避免损害阅读的乐趣，我就不对作品的细节展开讨论了，这也是文章始终在远兜远转的原因。只有几个问题需要提示：如果开始读《三体》时有不适感，甚至有点眩晕，不要急着放弃，这非常可能是进入虚构新世界时没被辨认出来的惊喜感；如果对第二部发现的道德难题和冷酷图景心有余悸，不妨暂停一下，因为这一切将在第三部变本加厉；如果觉得前两部已足够震撼，不用担心，可以肯定三部曲是一个越来越出色的书写过程，迎面而来的时空尺度将更为恢弘……让我换个方式再把这意思表达一遍，如果《三体》第一部是地球人自身的离经叛道，那第二部就是对离经叛道的宇宙公理的认识和利用，而到第三部，我们将会发现，公理本身已经发展成为离经叛道的原因——在这里，我们要准备放下所有可能的成见，宇宙的冰冷气息以及这冰冷气息中透出的人的顽韧，会冻结我们的幻梦、点燃我们的想象。

我很想选一段作为《死神永生》辉煌叙事的抽样，可挑来挑去，虽然任何剧透都不会有损小说整体的雄伟，但我怕被聪敏的阅读者猜到小说的构思，不小心会流失掉一点点阅读的乐趣，就还是决定引那个辉煌而又苍茫的起头部分，因为从这里开始，此后的所有都只是必然的展开——

> 歌者把目光投向弹星者，看到那是一颗很普通的星星，至少还有十亿时间颗粒的寿命。它有八颗行星，其中四颗液态巨星，四颗固态行星。据歌者的经验，进行原始膜广播的低熵体就在固态行星上。
>
> ……
>
> 二向箔悬浮在歌者面前，是封装状态，晶莹剔透。虽然只是很普通的东西，但歌者很喜欢它。他并不喜欢那些昂贵的工具，太暴烈，他喜欢二向箔所体现出来的这种最硬的柔软，这种能把死亡唱成一首歌的唯美。
>
> ……
>
> 歌声中，歌者用力场触角拿起二向箔，漫不经心地把它掷向弹星者。

这段引文里出现的"歌者""弹星者""二向箔"，以及《三体》三部曲中的另外很多词语，"黑暗森林""智子""水滴""面壁者""破壁人""执剑人"……将以文学形象的方式，成为当代汉语的常用词，参与一个民族语言的形成，像"阿Q""祥林嫂""华威先生""围城""白毛女""东邪西毒""小李飞刀"……进入汉语的状况那样，只要提到这些词，我们心中就会有一个鲜明的形象出现。如果这个说法可能成立，或许关于《三体》的语言猜疑可以就此告一段落——有创造了鲜明形象的语言真的是粗糙浅陋、破败不堪的吗？换个方式，是不是可以说，书中的鸿蒙气息和浩淼之感，让《三体》的语言朴素到了庄重的地步？

庄子《寓言》的开头，我看用来说《三体》再恰当不过了："寓言十九，重言十七，卮言日出，和以天倪。"——借助已知的科学重言，以寓言的方式讲述现代人眼中的世界，从而让作品成为眼前的卮言，和以当下的天倪，读之可以大其心志，高其见界，触摸人类想象力的边缘地带，让我们有机会心事重重，神色忧伤。那座在思维中存在的大荒山，从不同时代的寓言中变形过来，经过无数岁月的磨砺，以横无际涯的苍翠之姿，坐落在现代的门槛上，显现出郁郁勃勃的无限生机。

备忘抄

半年前，一位朋友跟我说，我某篇两三千字的文章写得不错，可惜太短了，论证也不周密，建议我改用论文的形式再写一遍，把文章中的好意思完整表达出来。前段时间稍有空闲，我就把那小文章拿出来改，改好后却发现，虽然篇幅增加了，论证也似乎严密了点儿，可对我自己的认识提高并没有任何帮助，甚至，因为要迁就论文的格式和特点，其中有几句我觉得非常必要的话不得不删除。这发现让我陡然一惊——是不是在严格意义上，每篇文章只有一种最适合的方式（当然未必是作者找到的那种）？一旦文章改作，格于新形式，原先不漏不余的表述方式必然遭到破坏？

朱熹有一次对弟子说："寻常读书只为胸中偶有所见，不能默契，故不得已而形之于口。恐其遗忘，故不得已而笔之于书。若读书先有立说之心，则此一念已外驰矣，若何而有味耶？"这不禁让我揣测，是否我们称为文章的这个存在本身就已经是局限？兴致勃勃写一篇文章，有时候可能并非为了认知真相，而是"以己意敷演立说"，甚者"只是要作好文章，令人称赏而已"。这或许就是章学诚发现的问题："周秦诸子之学，专门传家之业，未尝欲以文名。苟足以显其业而可以传授于其徒，则其说亦遂止于是，而未尝有参差庞杂之文也。两汉文章渐富，为著作之始衰。"

话绕得有些远了，其实我只是想说，因为上面的一惊，我去翻看这两年为或不为写文章记下的笔记，发现居然忘记了很多当时触动很大的话，还把其中不少重要的话误以为是自己想出来的。这样一来，我就很想把这些笔记整理一点儿出来，不是写什么文章，只略加规整，用札记的形式，回忆或再次思考有些话为什么触动了我，现下是否还有作用。当然，这些首先是抄下来给自己看的，因命之为"备忘抄"。

一

多年之前，因为遇到种种困境，我经师友提示意识到，"古之学者为己"应该毫不犹豫地置诸座右。或许是因为潜意识的重视，凡是看到与此有关的话，都会不自觉地记下来。其中时时回想起来的，是维特根斯坦的话："就改善你自己好了，那是你能为改善世界所做的一切。"

偶然看到威斯敏斯特教堂无名墓碑上的文字，觉得跟维特根斯坦的话如出一辙："年轻时我梦想改变世界。成熟后，我发现不能改变世界，便将目光缩短，决定只改变我的国家。进入暮年，发现无法改变国家，我的愿望仅仅是改变一下家庭，但这也不可能。行将就木，我突然意识到：如果一开始我仅仅去改变自己，我才有可能改变家庭、国家甚至世界。"

真要比较起来，维特根斯坦说得更为清晰果决，没有丝毫幻想色彩（改善你自己并非改善世界的充要条件，甚至连可能也不承诺，只是说如果有改变世界的可能，改变自己是一个人能做的一切），但对每个可能需要经历漫长一生的人来说，威斯敏斯特教堂墓碑上的话或许有广泛的借鉴意义，因为几乎把"为人"的各个阶段都讲到了。何况，鉴于碑文与教堂和死亡相关，这段话大概可以延伸出更为特殊的意义。

相似的话在书中往往可见，有时表现得更为神秘幽眇，比如柏拉图笔下的苏格拉底说："不是神决定你们的命运，是你们自己选择命运……美德任人自取。每个人将来有多少美德，全看他对它重视到什么程度。过错由选择者自己负责，与神无涉。"或者伊玛目·冉巴尼的《书信集》里写："一旦目光长期盯着外在事物，即使在自身中观看几眼那是不会有成就的，最好还是把目光从外在彻底收回。"无论使用了怎样不同的概念，也不管牵扯到的诸神是什么样子，在这些话里，那个"为己"的核心，始终没变。

每个人的"为己"都可能遭到双向的阻碍，既构成自身向上的环境障碍，也可能因不够为己而成为自身障碍，比如权力、财富、虚荣。也或者如勒庞《乌合之众》描述的那样，是跟上面一切都相关的名声："名望的特点就是阻止我们看到事物的本来面目，让我们的判断力彻底麻木。群众就像个人一样，总是需要对一切事情有现成的意见。这些意见的普遍性与它们是对是错全无关系，它们只受制于名望。"

外在的东西并非不重要，甚至非常重要，可一旦忘记切身，就都极其可能反回来吞噬自己。我记得有一次跟一位才华出众的哲学研究者聊天，他非常自信地说，哲学最终是复杂的思维游戏，只有那些足够聪明的人才能领会，跟有用无用无关，也跟信不信无关，否则就会落入世俗权力的陷阱。我大惊失色，心虚地问道："如果我们说的自己都不信（相信不相信，不是信仰不信仰），那这套复杂的东西还有什么意义呢？"

我后来意识到，幸亏我因为知识储备不足没有质疑对方的说法，否则可能会陷入相对主义（或绝对主义）的雄辩陷阱。有用和无用、信和疑之间的问题，原本就无法说服对方。学而为己并无推广的可能，差不多只能在局限范围内安顿自己的身心或跟少数朋友商量。即便一个人部分克服了权力、财富、虚荣、名声等的影响，仍然会有更高层级的外在阻碍"为己"的可能，在这条道路上，几乎没有一劳永逸可言。

尽管困难重重，一些人还是会由于为己带来的安顿时刻付出该有的努力，抵达破除部分障碍而来的某些特殊时刻——那些不依赖于外在的内在时刻，如里尔克笔下的罗丹："或许正因为他的发展是在不断的寂静中进行的，当大众为了他而争辩，或反对他的作品的时候，他后来才能有那么坚定的态度去应付一切。因为众人开始怀疑的时候，他已经没有丝毫怀疑了。他什么都置诸度外了。他的命运已经不依赖众人的赞许或咒骂了；当人家以为可以用讥诮和仇视来践踏他时，他已经坚定不移了。"

二

人一旦意识到自己性情中的问题，很容易忍不住加以辩解，就像吃痛的人会不经意回护自己的伤处。回护的动作做得多了，渐渐地就会形成习惯。比如像我这种性躁的人，就时时想着克服这一问题，并不停地抄下提示耐心的话来告诫自己——抄得多，正是因为变得少。

俞正燮《癸巳存稿》云："高欢与长史薛琡言，使其子洋治乱丝，洋拔刀斩之曰，乱者必斩。夫违命不治丝，独非乱乎？其意盖仿齐君王后以椎解环，不知环破即解，乱丝斩之仍不治也。《汉书·龚遂传》云，臣闻治乱臣犹治乱丝，不可急也，缓之然后可治。"世事无限纷繁，企图一刀而决，往往会因颠顶鲁莽而偾事。这是对事的耐心。

阿城说民间剪纸，"往往形扭曲了，而意识没有扭曲。造型上的扭曲，成为一种幽默，一种心智。艺术中有妄想表现类型，例如现代绘画中的超现实主义，但在中国民间剪纸艺术中还没见到。现实对老百姓再残酷，再不合情理，但情绪在民间剪纸艺术中不转化为妄想。这是一种什么样的心力？"不轻易把极端情绪转化为妄想，却能涵容幽默与心智，这是艺术的耐心。

T.S. 艾略特《四个四重奏·东科克 III》："我对我的灵魂说，别作声，耐心等待但不要寄予希望，/ 因为希望会变成对虚妄的希望；/ 耐心等待但不要怀有爱，/ 因为爱恋会变成对虚妄的爱恋；纵然犹有信心，/ 但是信心、爱和希望都在等待之中。/ 耐心等待但不要思索，因为你还没有准备好思索：/ 这样黑暗必将变得光明，静止也将变成舞蹈。"等待但并不抱有必然成就的希望，等待而不陷入对美好的虚妄期待，这是灵魂的耐心。

其实想清楚了，就差不多会认同章太炎书写的一副对联："性躁皆因经历少，心平只为折磨多。"或者听得进徐梵澄的劝告："凡事一定要从容做来，一定急不得。"缺乏耐心而又不愿承认，往往会在遇到问题时抱怨不休，这就是为什么常见的情形"多是唠叨诉怨长"。

《明史》载，"（夏）原吉有雅量，人莫能测其际"。"或问元吉，量可学乎。曰：'吾幼时，有犯未尝不怒。始忍于色，中忍于心，久则无可忍矣。'"缺乏耐心如我，其实原本没什么对治的良方，要有所改进，弄不好就要加上意志，用耐心来克服没有耐心。

当然了，意志也没有那么可信，不过总归可以试试——不试，又怎么能知道是否有效呢？我在唐诺的书中看到一句话，觉得或许提示了一种可能："人的意志力通常是一年生的草木，总是禁不起季节偷换会凋谢枯萎，你得想办法抢在意志力消失之前，让它成为一种生活习惯才行，并小心在颠沛造次和休假时刻别破坏它。"

三

是《五灯会元》里的故事——（香严智闲）屡乞沩山说破，山曰："我若说似汝，汝已后骂我去。我说底是我底，终不干汝事。"师遂将平昔所看文字烧却。曰："此生不学佛法也，且作个长行粥饭僧，免役心神。"乃泣辞沩山，直过南阳睹忠国师遗迹，遂憩止焉。一日，芟除草木，偶抛瓦砾，击竹作声，忽然省悟。遽归沐浴焚香，遥礼沩山。赞曰："和尚大慈，恩逾父母。当时若为我说破，何有今日之事？"

我最钦佩的，是香严一把火烧掉所读书的果决，有一股刚烈的挺拔之气。我想说的是，虽然悟不悟不是凡人可以想象，但不妨把上面的故事看做耐心之一种。接受教育的过程中，人往往会迫不及待地希望外界提前确认自己是否具有某种过人的天赋，或者能有权威人士预言自己能否在某个领域取得成功。弄不好，这恰恰是永远无法成功的标志。

我在朱天文书里看到的故事，或许可以回应上面的问题——日本女画家小仓游龟，曾问她的老师安田韧彦，她学画到底有没有才能，是否遐想而已？安田正在作画，闻言搁笔，回头怒喝她："你入我门来一共画过几幅画，来问这个？成功不成功是画到死后别人说的话！"

毛姆《人性的枷锁》写到过，菲利普在巴黎学画，因目睹女同学死于饥贫，心下不安，便去问老师："请您诚实地告诉我，我有没有画画的天赋？"老师看过他的画之后，跟他说："要是你想听我的忠告，我得说，拿出点勇气来，当机立断，找些别的行当碰碰运气吧。"然后，或许是为了让这断然的说法有点儿缓冲的余地，就又补充道："如果我年轻时，有人能告诉我这句话，我愿意以现在的一切来换。"

尽管有些不情愿，我们或许不得不承认，上面两位老师说出了某种事实。并且，即便已经拥有或者被确认有天赋，好的老师仍然不会提前给出必然成功的保证。在一次讲课中，布洛克发现了一位极有写作潜力的学生，她的天赋和经验都足以支持她写下去，可这个学生说，"如果她的文学前途没有保证，就不想浪费时间在写作上"。布洛克虽然告诉了她是多么优秀，却由此觉得，她"永远不会达到自己的目标，因为她缺乏那种非达到目标不可的决心"。"在创作成功之前，几乎每个人都得经历一段非常崎岖的道路。如果还没动笔写，她就开始担心自己的努力最终会付之东流，又怎么指望她走到那段崎岖道路时，面对挫折和失望，还能站起来？"

那么，在学习是否能够成功这件事上，到底怎么做才是对的呢？我想来想去，完全想不出办法，似乎任何可能的答案都会变成敷衍，甚至会给学习者造成不必要的成功幻觉。没什么好办法，就借冯内古特的一个故事来结束吧："我曾经问过画家悉德·所罗门这样一个问题：如何区分一幅作品的好坏……在这个问题上他给了一个我所能想到的最好的答案，他说：'看过一百万张画，你就不会再出错了。'"

<h1 style="text-align:center">四</h1>

　　曾在某处读过一则寓言——蝎子要过河，找青蛙帮忙，青蛙不干："你会蜇我的。""不会的，我蜇你我自己也完蛋啊。"青蛙想了想，同意了。游到中间，蝎子蜇了青蛙。下沉的时候青蛙问："为什么？现在你也死了。""我不知道，我只是忍不住。"这寓言真有经过世事者的锐利，锐利到尽管你觉得绝望，却几乎没有办法置疑。

　　说实在的，我很长一段时间怕看到这类直率的真话，像"可怜之人必有可恨之处"，像"人性的曲木造不出任何笔直的东西"，每看到一次就觉得对人世失去一点温暖的幻想，也对笨拙的自己能否好好走进这样的世界持严重怀疑态度。我当然知道，这不是因为说者的问题，而是我不能承受太多真实所致。与此同时，我也渐渐认识到，这大概就是人间世的基本情形，无论你怎样惊惧，都不得不学着跟这些事实相处。

　　慢慢看得多了，也就偶尔能意识到，这些乍看起来令人绝望的话，其实有时反而会对人形成帮助。冯班《钝吟杂录》中有一个说法："小人至恶，然其所为，可以情理揣量。必有不利，彼亦不为也。惟愚人为不可知。愚者自以为智，其恶往往出人意外，不可不防也。先兄每戒人勿近愚人，吾始谓不然，及更事多，然后信之。不惟愚人，老而耄（昏）者，亦不可近。"意识到这一点，是不是起码可以有助于我们远离愚人和"老而耄者"，不致因自己精神的柔弱落入二者无意挖出的陷阱？

另外还可以设想的一层，是对世事和自我反应的洞察，可以避免很多不必要的人事纠缠。司马光《涑水纪闻》载："吕蒙正相公不喜记人过。初参知政事，入朝堂，有朝士于帘内指之曰：'是小子亦参政耶！'蒙正佯为不闻而过之。其同列怒，令诘其官位姓名，蒙正遽止之。罢朝，同列犹不能平，悔不穷问，蒙正曰：'一知其姓名，则终身不能复忘，因不如无知也，不问之何损？'"吕蒙正并非完人，也会记仇，但他知道该如何对待自己的问题。我不知道吕蒙正的行为是不是可以称得上相体，但可以知道的是，这样的处理方式不但给了对方机会，也给了自己精神上较为从容的空间。

另一个宰相的故事，是丙吉的："吉逢清道群斗者，死伤横道，吉过之不问，掾史独怪之。吉前行，逢人逐牛，牛喘吐舌。吉止驻，使骑吏问：'逐牛行几里矣？'掾史独谓丞相前后失问，或以讥吉，吉曰：'民斗相杀伤，长安令、京兆尹职所当禁备逐捕，岁竟奏行赏罚而已。宰相不亲小事，非所当于道路问也。方春未可大热，恐牛近行用暑故喘，此时气失节，恐有所伤害也。是以问之。'掾史乃服，以吉知大体。"现代人看到这样的事，大概会觉得丙吉是故意装糊涂或有意做样子吧，但古人把这叫做知大体。

我们或许可以不必纠缠在这样的古今不同评价上，而是考虑人因不同的身位对问题的不同思考方式。《明史》邹元标传："初，元标立朝，以方严见惮，晚节务为和易。或议其逊初仕时，元标笑曰：'大臣与言官异。风裁（风纪）踔绝（卓绝），言官事也。大臣非大利害，即当护持国体，可如少年悻动（怒形于色）耶？"当然，只看一个人说的，并不能说明什么，还要听其言而观其行，邹元标后来在朝"不为危言激论，与物无猜（与世人无所争竞）"，可见其言行之一致，并非以和易博取名声也。

五

翻朋友圈的时候，看到有人抄写《齐民要术·种瓜》里的一段话，觉得好玩，就翻出全文来看："瓜引蔓，皆沿茇上。茇多则瓜多，茇少则瓜少。茇多则蔓广，蔓广则歧多，歧多则饶子。其瓜会是歧头而生；无歧而花者，皆是浪花，终无瓜矣。"茇（bá）是草木的根，这里指谷子收割后留下的高茬。歧是瓜蔓分叉的地方。浪花是不结果实的花，也叫狂花或谎花。

瓜生长的时候，蔓遇到谷茬的阻碍，就沿着攀援而上或岔开去生长。谷茬多，瓜蔓就多，因而分叉就多。那些结果的花，都是分叉处开出来的，非分叉处开的花是浪花，不结果实。如果可以引申，是不是可以说，那些人世间必然会有的磕磕绊绊，是一种作为障碍的缘起，反而可能成就一个人开出歧头之花，结出丰饶的果实？

不过，这样的结果也并非必然，一个人遇到障碍的时候，最好不要期待必然的美好结局。东方志功有一幅版画，上题"花深处无行迹"，这是不是说，那些美好的所在，处处挂着"此路不通"的标志？在这里，大概需要河井继之助那样的勇力："浮心最无用。死后入棺中，棺盖打铁钉，百尺深埋于地下，然后浮心去尽，乃生真心。此之谓地下百尺之心。"

这死尽偷心的决绝方式，大概最容易成事，不过也可能会给人过于激烈的印象，那就不妨如王阳明所说，并不期待什么必然的结果，却每时每刻暗暗提示自己深厚培育："后生美质，须令晦养深厚……花之千叶者无实，为其英华太露耳。余尝与门人言：人家酿得好酒，须以泥封口，莫令丝毫泄露，藏之数年，则其味转佳，才泄露便不中用，亦此意也。"

人生之隐显出处，或语或默，恐怕并无一定之规，差不多只是一种不得已。我在某处看到一段话，觉得深邃从容，足以释我之疑，就顺手抄了下来："古典哲人们并不对自己在实在过程中的作用抱任何幻想。他们知道，他们的参与式行动，就其范围而言，仅限于对个人生存与社会生存中的无序保持敏锐的警觉，准备好对神显事件做出回应，以及实际做出回应。他们既无法掌控启示运动本身，也无法掌控那些使他们能做出这种回应的历史条件；他们通过这种回应面对大众秩序施加的影响，并不会比对话式说服（经过文字著作的增强）达成的影响更深远。在这种近乎完美的现实主义中，唯一明显的瑕疵是，这些哲人终究还是愿意为社会设计各种秩序范式，尽管他们明知，这个社会在精神层面不会接受这些范式，而在历史层面注定要没落。"

有了上面这段话，我觉得这小小的备忘抄写可以结束了，因为不但说得严密，仔细思考起来还有某种危险的味道——或许正因为严密，才危险。我记起今年在都柏林的时候，看到三一学院的玻璃窗扇上，写着毕业于此的王尔德一句话，精警机智，显示出思想的某种本质，足以用来结尾了："An idea that is not dangerous is unworthy of being called an idea at all."

目前无异路

金庸小说里的成长

　　许多年过去了，我仍然忘不了初读《笑傲江湖》时的激动。小说开头，福威镖局惨遭血洗，林家一门，只林平之劫中逃生，乘坚策肥的公子哥变为刚毅果决的江湖客，让人几乎就要喜欢上这个牙关紧咬的少年子弟。恰在此时，令狐冲在别人的谈论中出现，使酒任气，豪气干云，林平之的风采随之被掩，洒脱不羁的大师哥让人心荡神摇。传统小说里，我看过的只有托尔斯泰的《安娜·卡列尼娜》，敢把竞争力极强的人物置于主角之前，然后用雄厚的笔力，扭转人们可能已经形成的移情。

　　这个激动的情绪持续到"传剑"一节，仿佛激流之中忽又翻出一层巨浪，一个注定的高潮时刻到了，惊喜的感觉席卷而来。我至今清楚地记着读到这节文字时的情形——当时我躺在床上，正为令狐冲被罚上玉女峰愤愤不平，因岳灵珊移情别恋而耿耿于怀。情境转移，田伯光的出场引出风清扬，令狐冲进入习武的高峰体验。写作此节时，金庸仿佛神灵凭附，在恩怨纠葛的世情之外另辟出一片天地，成长的环节丝丝入扣，清冽的气息在书中流荡。此前的心理阴霾一扫而空，一个明亮的世界铺展在眼前。读完之后，我从床上爬了起来，一边振奋地重读，一边把风清扬的话抄写下来。后来翻看抄写记录，发现我把"放他妈的狗臭屁"之类的话也郑重地写在了本子上。

这真是阅读中难得的惬意时光，此前储备的经验和知识似乎全部调动了起来，在跌宕的情节中贯穿为一体，世界如同被清洗过一遍，街道山川历历分明，让人耳目为之一新。很幸运，我跟着金庸笔下的令狐冲经历了这样一次神奇的旅程，也是从那时起，我开始关注金庸小说里人物的成长。

不算没有列入"飞雪连天射白鹿，笑书神侠倚碧鸳"的《越女剑》，除去人物出场时武功级别即已定型，以江湖恩怨为故事核心的《书剑恩仇录》《雪山飞狐》《鸳鸯刀》《白马啸西风》和《连城诀》，金庸十五部小说的其余九部，都有人物成长的线索，写作也有一个不断进阶的过程。

开始写成长，金庸走的是典型"气宗"路线，讲究内功为主，招式为辅，走逐步提高之路。表现在作品里，则是人物先把武功基础全部打好，为未来准备好一个完满的自我，才去江湖历险。《碧血剑》的主角袁承志，天资卓绝，拜"神剑仙猿"穆人清为师，修内功，练剑术，同时随木桑道人博习暗器及其他杂项。又偶得金蛇郎君所留秘笈，习而有成，武功正邪兼备。十年后学成下山，江湖几无对手。大概嫌作品连载时为袁承志准备的武功还不够周全，在他遇到困难时，金庸还顺手把此前疏漏的部分补充进来："当年穆人清传艺之余，还将当世各家武功向承志细加分拆解说，因此承志熟悉各家各派的技法招式。""造适不及笑，献笑不及排"，如此预先设置充分的成长，颇有"先学养子而后嫁"的味道，缺了先进于礼乐的洪荒气息，显得太过精巧。

与《碧血剑》相似，《飞狐外传》《侠客行》里的成长，依然单线直进，缺少曲折。胡斐聪明颖悟，凭一本刀谱，练成其父胡一刀留下的"胡家刀法"；石破天性情淳厚，凡事逢凶化吉，最终因不识字而练成奇功"侠客行"。主角或凭禀赋，或因天性，得逢奇遇，心想功成，成长看不出层次，吸引人的，是作者把"弱而强，愚而智"的传统智慧用在小说里的巧思。

这三个作品篇幅都嫌不够长，以超长篇擅场的金庸，还未及展现自己的才华和见识，小说已匆匆结束。要到那些长篇巨制，金庸小说里的成长故事才几乎个个精彩。

成长的魅力在金庸作品里初试啼声，是《射雕英雄传》，武林人物不断递进的技艺层级，第一次在金庸小说里充分展现，原先以混沌整体面貌出现的江湖，也变得层次分明，仿佛白光经过三棱镜折射，一旦异彩纷呈。出场各具异相的江南七怪，至丘处机出现，顿时相形见绌；而当桃花岛逐徒梅超风登场，仙风道骨的丘处机，光彩便为之一暗；随后，东邪西毒南帝北丐渐次亮相，大匠宗风，渊渟岳峙，此前登场的人物，立刻风神尽失，整个江湖的景深也随之变化。郭靖的成长，就是在这样一个层级不断递进的江湖中。

郭靖天性淳厚类乎石破天，却并不总能得无心之福。长于大漠，天生神力，随哲别（蒙语"神箭手"）学箭术，迅速成就，转而习武，却扞格难入。各怀绝技的"江南七怪"倾囊相授，但六人（七怪中一人早逝）武功花样繁多，且多有奇技淫巧，郭靖心思单纯、性格拙诚，恰与此路数背反，不免动辄得咎。幸遇全真首子马钰，根据郭靖性格，授以正宗内功。内功培植获益虽慢，但勤于练习，不陵节而施，总能不断进步，郭靖得以踏上适合自己的成长之路。

　　此后，机灵的黄蓉半逼半诱，明睿的洪七公半推半就，蒙在鼓里的郭靖糊里糊涂学了"降龙十八掌"。"降龙十八掌"思想根源是儒家，内则至刚至阳，外则大开大阖，正与郭靖偏于儒家的朴实诚笃性情相投，因而习焉有成，得以进入武林高手之列。再之后，郭靖去桃花岛，与"老顽童"周伯通结为兄弟，学得"双手互搏"——一种心思单纯的人才容易学会的武功。又因周伯通逼迫，阴差阳错地背熟武林秘笈《九阴真经》，日就月将，终于在《神雕侠侣》中练成，卓然成一代武学宗师。

　　郭靖的进步路线，是气宗式成长的完美体现，自内而外，先基础后提高，先理论后操练，由累土而至于九层之台，法度森严，气象郁勃。金庸在小说里把武功层级、人物性情交叉组合，也产生了炫目的效果，故事跌宕起伏，高手各有风度，成长光彩夺目。这样的成长方式并无不妥，甚至是诸多躁急之人的良药。只是，一个人未必总有可以逐步前进的条件和机缘，"一宅而寓于不得已"恐怕更是成长的常态。对这个常态的体察，要到《神雕侠侣》里的"剑宗"式成长，才缓缓浮出水面。

《神雕》主角杨过聪明绝顶，不但娴于古墓派剑法，且旁学各类武功，很快江湖秀出。不过，他真正步入顶尖高手行列，是在被郭芙斩掉一臂，得到"剑魔"独孤求败的异代传授之后。这个独孤大侠，也正是《笑傲江湖》中剑宗高手所习"独孤九剑"的创始者。

独孤求败无敌于天下，遂埋剑"剑冢"，刻字于石："纵横江湖三十余载，杀尽仇寇奸人，败尽英雄豪杰，天下更无抗手，无可奈何，惟隐居深谷，以雕为友。呜呼，生平求一敌手而不可得，诚寂寥难堪也。""剑魔"持四柄剑驰骋江湖，第一把"长约四尺，青光闪闪"，"凌厉刚猛，无坚不摧，弱冠前以之与河朔群雄争锋"。第二把"紫薇软剑"，因"误伤义士"，被"弃之深谷"。持第一、二把剑时，独孤求败血气方刚，争勇斗狠，终因误伤义士，发心忏悔。

知悔有吉，独孤求败得以四十岁前练到第三把剑的程度。这柄伴随独孤纵横天下的怪剑，"两边剑锋都是钝口，剑尖更圆圆的似是个半球"，与轻锋利刃的寻常宝剑截然不同。独孤对此剑的提示，也极为奇特，"重剑无锋，大巧不工"。剑术向重灵快，独孤于此翻转，大有"处其厚不处其薄，居其实不居其华"之概。这真是奇怪的指导，即使杨过"想怀昔贤，不禁神驰久之"，也不免略略生疑："想世间剑术，不论哪一门哪一派的变化如何不同，总以轻灵迅疾为尚，古墓派玉女剑法尤重轻巧，这柄重剑却与常理相反。"

机缘巧合，大雕开始引导杨过习练独孤剑术。这次修习，实在大违常规，不是教授内功，不是指示剑招，只是大雕不断与杨过拆招。练习过程中，杨过功力渐长，"越来越觉以前所学剑术变化太繁，花巧太多，想到独孤求败在青石上所留'重剑无锋，大巧不工'八字，其中境界，实远胜世上诸般最巧妙的剑招"。杨过心领神会，终于由博返约，转巧为拙，自轻灵上窥朴厚，认识上更新一层。在这进步的兴奋时刻，小说却斜出一笔，写杨过因上窥而爽然若失，多少体会了独孤求败的寂寥之感，也道出无数高手达至孤峰绝顶时的心理状态："武功到此地步，便似登泰山而小天下，回想昔日所学，颇有渺不足道之感。"

虽然武功不断进步，但杨过对武林、人世及自身的认识却始终未变，"向来极重恩怨，胸襟殊不宽宏"。武功境界的提高，并未促进他对人世和自身的深入认知，也导致其命运略显悲苦。金庸看到了技艺程度与心性本然的背反，洞察人心的复杂，故有此冷冽一笔。

所遗之剑，尚有第四把，木剑，已"不滞于物，草木竹石均可为剑"，独孤求败于四十岁后用之。飞花掷叶，皆是高明剑招，却仍不是最高境界，须"自此精修"，才能"渐进于无剑胜有剑之境"。武功，甚至任何一门技艺，达至一定程度，此种技艺本身就是局限。在一个局限里"惟精惟一"，开出自己的特色，并不断进步，在达至最高时，轻轻一动，破除技艺本身可能带来的局限，从而颖脱而出，才见识到最为动人的景致。面对这一至高境界，心高气傲的杨过也只能感叹，"前辈神技，令人难以想象"，并"将木剑恭恭敬敬地放于原处"。这真是引人深思的一笔。"天之苍苍，其正色邪？"如武功修习达至木剑的程度，后天的修习是否会改变人的先天格局，杨过的心理图景是否会有所改变，器宇是否会由此而趋于宽宏？这问题，大概永远不会有答案了。独孤大侠指示的至高剑术，只好仍遗憾地处于孤独之地。

杨过的成长，已全然不同于郭靖的循序渐进，而是剑宗的跃升式进步，教者只指示出武功的各种境界，并给出关键性提点。这种窍要性的指导，在《天龙八部》中扫地僧点化萧远山、慕容博一段，又别有一番巧妙。

萧远山是萧峰之父，辽国高手，为中原群豪忌羡，截击于雁门关，妻死子失，于是潜入少林，偷学绝技，伺机报仇。慕容博是鲜卑燕国皇裔，图谋复兴，也偷入少林，暗盗武功。正当萧远山、慕容博即将大功告成之时，扫地僧突然现身，"窗外长廊之上，一个身穿青袍的枯瘦僧人拿着一把扫帚，正在弓身扫地。这僧人年纪不少，稀稀疏疏的几根长须已然全白，行动迟缓，有气没力，不似身有武功的模样"。这不起眼的老和尚，却是挫锐解纷、晦名遁世的顶级高手，不免谈言微中：

> 本寺七十二绝技，每一项功夫都能伤人要害、取人性命，凌厉狠辣，大干天和，是以每一项绝技，均须有相应的慈悲佛法为之化解。这道理本寺僧人倒也并非人人皆知，只是一人练到四五项绝技

之后，在禅理上的领悟，自然而然地会受到障碍。在我少林派，那便叫做"武学障"，与别宗别派的"知见障"道理相同。须知佛法在求渡世，武功在求杀生，两者背道而驰，相互制约。只有佛法越高，慈悲之念越盛，武功绝技才能练得越多，但修为上到了如此境界的高僧，却又不屑去多学各种厉害的杀人法门了。

扫地僧指出慕容博、萧远山从少林偷学的诸般绝技，告诫道："本派上乘武功，例如拈花指、多罗叶指、般若掌之类，每日不以慈悲佛法调和化解，则戾气深入脏腑，愈隐愈深，比之任何外毒都要厉害百倍。"随后说出两人隐疾。二者性格有异，反应也自不同。萧远山犷悍豪迈，经老僧说明病况，"全身一凛"，道："神僧明见，正是这般。"但仍朗然不惧："老夫自知受伤，但已过六旬，有子成人，纵然顷刻间便死，亦复何憾？"慕容博阴沉尖刻，受伤更深，被老僧点中心病，"脸色大变，不由得全身微微颤动"。

救治萧远山与慕容博，老僧于施治前后反复指点，武功越高，越要用佛法化解，如此才能消除戾气，对人身有益。扫地僧并告诉两人，"佛由心生，佛即是觉"，"旁人只能指点，却不能代劳"，修习之责在己，终须在自己身上解决。得此指点，萧远山与慕容博望峰息心，枯杨生稊，重得生生不息的力量。成长不为年龄和走过的弯路所限，能在绝境中触动关键，把此前的错误和问题一一收拾干净，剑宗式成长崭露锋芒。而金庸将佛法移入武侠，任其层层聚变，种种裂变，顿显威力无穷。

抛开身世，只论武功的进步，《倚天屠龙记》中张无忌的成长要幸运得多，年少时即得以亲炙无数绝顶高手。大概为了塑造张无忌绾合正邪的形象，金庸几乎又要回到写袁承志的老路上去，把张无忌写成身通诸多武林奇技的妖人，什么"九阳神功""乾坤大挪移""太极剑法"……无数高手往往穷一生之力也练不精其中一项，张无忌却都福至心灵，一学就会。如此特殊机缘，世间或许是有的吧，但写在小说里，毕竟少了抽丝剥茧的韵味，让人意犹未尽。

不过，张三丰临危授张无忌剑法一段，仍有其翩翩风姿。张三丰不但在教授太极剑时，两次示意的剑招完全不同，且不问张无忌记下多少，而是关心他忘了几成。直至张无忌满脸喜色地叫道，"我可全忘了，忘得干干净净的了"，张三丰才允许他下场比试。原来张三丰传授的是"剑意"，而非"剑招"，"要他将所见到的剑招忘得半点不剩，才能得其神髓，临敌时以意驭剑，千变万化，无穷无尽。倘若尚有一两招剑法忘不干净，心有拘囿，剑法便不能纯"。危急之下授受，于险境中横出一路，正是剑宗所长，也是人被逼至绝境时的不得不然。而遗形取意，学剑术在招法套路之外，于忘中约束心思至于专注纯粹，正是剑宗式成长动人的潇洒。

现在，我们终于要讲到《笑傲江湖》那个激动人心的成长故事了。令狐冲的性情与其师岳不群大相径庭，岳不群号称"君子剑",行事似恂恂儒者,强调武功之道内力为先,一切须按部就班,不能躐等而进,乃"气宗"嫡传。令狐冲放浪跳脱,临大事不拘小节,在《笑傲江湖》中甫一出现,便是戏弄"青城四秀","坐斗"田伯光,举手投足,放浪笑谑,更像道家人物。岳不群因其肆心,惩其玉女峰面壁。

令狐冲面壁时,田伯光受人之迫邀其下山,令狐冲坚拒不出,遂至二人动手比武。令狐冲不敌,"剑宗"前辈风清扬出面指点。他们刚开始的对话,差不多是性情测试。风清扬让令狐冲行剑时"如行云流水,任意所至",要多所变通,不能"拘泥不化"。不袭成法,率性而为,正是"剑宗"心要之一。令狐冲依言而行,因与自己活泼的心性相投,"感到说不出的欢喜"。

风清扬指点令狐冲华山剑法,谓"招数虽妙,一招招地分开来使,终究能给旁人破了",令狐冲"隐隐想到了一层剑术的至理,不由得脸现狂喜之色"。风清扬于令狐冲自己悟解之时,借机传授剑术之要:"活学活使,只是第一步","要做到出手无招,那才真是踏入了高手的境界。你说'各招浑成,敌人便无法可破',这句话还只说对了一小半。不是'浑成',而是根本无招。"不及事先安排,无法提前准备,临战当机而断,直取要害,这才是剑宗所长。心思活泛的令狐冲,只听得"一颗心怦怦乱跳,手心发热","陡然之间,眼前出现了一个生平从所未见、连做梦也想不到的新天地"。

令狐冲越练越振奋,"他从师练剑十余年,每一次练习,总是全心全意地打起了精神，不敢有丝毫怠忽。岳不群课徒极严，众弟子练拳使剑，举手提足间只要稍离了尺寸法度，他便立加纠正，每一个招式总要练得十全十美，没半点错误，方能得到他点头认可……不料风清扬教剑全然相反，要他越随便越好，这正投其所好，使剑时心中畅美难言，只觉比之痛饮数十年的美酒还要滋味无穷"。《史记·货殖列传》谓"善者因之，其次利道之，其次教诲之，其次整齐之"。岳不群的教法，类似后世儒家的教诲整齐，有其长，也有其不可避免的副作用；而风清扬的指导，仿佛菩提老祖不教孙悟空"跌足"，而是根据他会"丢连扯"的本性，直接教授"筋斗云"，是道家高明的因之之道。

"独孤九剑"的窍要，是"料敌机先"，"这四个字，正是这剑法的精要所在"。东汉黄宪《机论》，或可笺此："善弈者能出其机而不散，能藏其机而不贪，先机而后战，是以势完而难制。"随后，风清扬借机对剑法细加解说，令狐冲"只听得心旷神怡，便如一个乡下少年忽地置身于皇宫内院，目之所接，耳之所闻，莫不新奇万端"，正是进入高一层境界的身心振拔之感。为争取时间多加学习，令狐冲用计谋骗取了一日一夜的时间。此时，书里有段非常有意味的对话，其中就有我抄下来的那句粗话：

> 风清扬微笑道："你用这法子取得了一日一夜，竟不费半点力气，只不过有点儿卑鄙无耻。"令狐冲笑道："对付卑鄙无耻之徒，说不得，只好用点

卓鄙无耻的手段。"风清扬正色道:"要是对付正人君子呢?"令狐冲一怔,道:"正人君子?"一时答不出话来。风清扬双目炯炯,瞪视着令狐冲,森然问道:"要是对付正人君子,那便怎样?"令狐冲道:"就算他真是正人君子,倘若想要杀我,我也不能甘心就戮,到了不得已的时候,卑鄙无耻的手段,也只好用上这么一点半点了。"风清扬大喜,朗声道:"好,好!你说这话,便不是假冒为善的伪君子。大丈夫行事,爱怎样便怎样,行云流水,任意所至,甚么武林规矩,门派教条,全都是放他妈的狗臭屁!"

逼问虽以风清扬的大喜结束,但此后极长一段时间,令狐冲就一直纠结在正邪之争里。而这段动人的成长经历,也并未就此结束,在洋洋盈耳的急管繁弦之中,金庸忽又冷峭地宕开一笔。令狐冲击败此前武功高出自己极多的田伯光,有意随风清扬继续学习。这时,风清扬忽然问道:"你要学独孤九剑,将来不会懊悔么?"令狐冲确信不会,风清扬便不再问,将九剑倾囊以授。风清扬上面的一番话和这句问话,仿佛起于青蘋之末的一丝不祥微颤,预言了令狐冲的来日大难。学成独孤九剑后,令狐冲便诸事不顺——内力失调,师父嫉恨,师妹他顾,师母惨死……武林中的深层激荡,随着他的进步,不可避免地展现在眼前。一次阶段性成长,几乎涵盖了此人日后的命运,而进步的方式与程度,竟与进步者的命运反复纠缠在一起。剑宗式成长，显露出自己极为真实果决的一面，从不许诺一劳永逸，也没有什么可以预先准备充足，即使准备充足也无济于事。一个人的成长之路，或许就是这样一步一步趔趄踉跄走出来的。令狐冲后来武功盖世，与美丽聪慧的任盈盈结为眷属，回首往事，他是不是真的并不懊悔呢？

《笑傲江湖》是金庸小说里成长故事的顶峰，很遗憾，也是结束。封笔之作《鹿鼎记》，主人公韦小宝是江湖混混，不识字，武功也不甚高，一点也看不出成长轨迹，却总能凭极高情商逆境上扬。这是绝妙的社会写照，也是不少聪明人的成长实情，遗憾的是，那些激动人心的复杂成长故事，也在此书中消失殆尽，我们讲述的金庸小说里的成长，也就方便地到这里结束了。

斯蒂芬张的学习时代

——读张五常

　　大约是不久以前吧，读书忽然变得奇怪起来。不再只关心作者的结论，而是从结论出发，倒推他学习的历程，还原出作者的学习时代，从而体察其学习的独特心得和可能的局限。然后，把作者一生的学与思在脑海里酝酿，渐渐拼贴成一幅完整的图案，再把这图案与知道的小镇景观相比，衡量这图案的位置和边界。有时，逆推作者学习时代的过程中，睡梦中都是作者的身影。等到要把自己的思索和体会写下来的时候，我甚至忘记了哪些真是作者写过的，哪些是我睡梦中的印象——在某种意义上，睡梦中的印象与阅读得来的同样真实。出于展示真实而不是事实的目的，我决定写写小镇人的故事。为避免有人用事实核对真实，小镇人的具体行为是高度抽象的，几乎不可还原。当然，在开始之前，我得先说说小镇的事。

　　很久以来，世界上已经存在着一些小镇。这些小镇悬浮空中，却与真实世界有着直接而坚实的联系。她们经常移动，只显现于那些勤于建设她的地方。小镇不拒绝任何人，但不是任何人都能看到她的存在。有些人即使获知小镇的存在，也未必能走得进去。这些小镇会在阳光不甚明朗的时候在某些地方投下虚幻的影子，吸引一部分人的关注。这些小镇有大有小，但任何小镇都四通八达，甚至有人断言，如果知晓某种心灵的秘密，星布的小镇会变成一座，展现出奇幻的色彩——据说那是人类能看到的最高秘密。有人说，进入过小镇，并为小镇的发展做出贡献，就进入了不朽的行列。

要写的第一个小镇人，是斯蒂芬张。

惊　奇

无论何人，进入小镇的第一条件，都是惊奇。

斯蒂芬的童年，时局板荡、民生多艰，逃难是生活的常态。有段时间，斯蒂芬在一个边远的村子里住了下来，白天涉水寻食、山上拾薪、晚上给一位逃难的古文教师生火，听老先生朗诵古诗和古文。在山火黯淡的光影里，斯蒂芬暗自记诵了很多古诗文，这为他未来的小镇之路提供了最基本的文化条件。可火光照亮的不只是古代诗文的美与温馨，在山火燃尽的白昼，斯蒂芬要面对饥饿和问题。在这个村子，斯蒂芬认识了一个小女孩。小女孩家贫，很快要饿死了。她有一天问斯蒂芬："我快要死了吗？"斯蒂芬如实回答。小姑娘又问："我做错了什么呢？"无言以对，斯蒂芬哭了出来。这些早期经历给了斯蒂芬最早的现实图景，为他未来的小镇事业奠定了坚实的身体感受。

除了早年最直接的感受，一个人的性情也会选择自己的机缘，而机缘会带来独属一个人自己的惊奇。斯蒂芬不喜欢循规蹈矩的生活，逃难归来，他就在一条深巷里认识了许多奇人。这些奇人算不上成功，起码当时的社会还无法识别他们。但他们凭着自己对某一方面的热爱深入钻研，对各自喜爱的领域有着独特的见解，并享受着这些独特带给他们的幸福。这些独特的见解因为脱离了照例的繁复和迁执，在抵达思想的深处时往往快速而准确。斯蒂芬日益跟这些朋友谈天说地，也跟他们辩论。与此同时，他还跟一些父执学习一些古老的文化技艺，并钻研一种先进的艺术样式。与这些奇人的交往唤醒了斯蒂芬内心的某种潜质，"一年而野"，斯蒂芬逐渐变得头脑灵活，胸怀也日益宽广起来。

但社会辨识系统永远落后于"先进"（用《论语》"先进"义）的人们，拥有了独特惊奇的斯蒂芬并没有因为这些换得好成绩，反而因为成绩差而调皮，几乎成了老师们的"眼中钉"。但是，性情却以无限巧妙的方式安排了适合斯蒂芬自己的社会情境。虽是大部分老师眼中的沙石，但仍有些老师不以成绩论英雄，他们大概懂得某种独特的"相人术"。因此，在这个时期，斯蒂芬还是得到了几位老师的鼓励，其中一位老师非常赏识他的才华，常把他的写作当成范本，在同学们中间传阅。虽然不安分的斯蒂芬最终仍免不了被逐出校门的惩罚，但这位老师的话后来成了他成长中的生机：

"你的学习方式与众不同，我不知道怎样教你。但你的想法不同于我认识的所有学生，只希望你不要管他人怎样说，好自为之，将来你或许会有幸进入那些小镇。"此为斯蒂芬知道小镇之始。这让他有了自信，更对老师口中的小镇有了最初的惊奇体验。

因为家中子女多，斯蒂芬自小没什么人专心管教，虽然因此给了他独自思想的机会，但来自血亲的鼓励，是每个人都需要的。血脉里的某种东西，会给人基本的奋进激励，也让人能够持续地发展下去。可十六岁之前，因为学习成绩差，重视人才的父亲认为斯蒂芬没什么希望，几乎没有正式地跟他谈过话。有一次，斯蒂芬的书法无意间被父亲看到了，父亲便仔细了解了他这方面的情况。从此以后，父子对谈的机会增多了。有一天，母亲劝斯蒂芬陪父亲下棋解闷，父子开擂，斯蒂芬连胜三局。父亲询问了儿子的学棋情况后，喜出望外，正色道："我以前低估了你，现在改变看法了。虽然下棋是小道，但你将来做什么都会有成就的。要告诉你的是，我对小镇人佩服得五体投地。"

父亲的话，加深了斯蒂芬对小镇的惊奇，也改变了他的一生，是他志学之始。

攻 读

二十三岁那年，斯蒂芬只身来到一个小镇。这个时期，正是这个小镇发展最兴旺的时候。到达小镇不久，因为参观小镇前辈们的图谱，斯蒂芬震惊于自己的所见。他发现，自己在世界中由好奇而获致的知识，正是小镇前辈们的处理对象。这个令人眼界大开的发现，让斯蒂芬很快就喜欢上了这些图谱，并开始花大量时间研读。

随着研读的深入，图谱背后不同性情的前辈缓缓展现在斯蒂芬面前。这些前辈有的渊博，有的深湛，有的睿智，有的厚重，而他们的共同点是对真相的好奇。这些各不相同的前辈提供的不同思维图谱，在斯蒂芬面前展现了一个全新的图景。夜以继日，小镇前辈们留下的图谱渐渐读完了，斯蒂芬头脑中形成了复杂的小镇景观，精妙无匹。更为巧妙的是，这些景观与斯蒂芬此前对世界的印象渐渐融洽在一起，仿佛整个世界都得到了完满的解释。展现在斯蒂芬面前的，是一个完美无瑕的世界景观。

志得意满的斯蒂芬一度置图谱于不顾，整日到小镇外游玩，用他读图谱得来的新眼光重新打量世界。但这时，斯蒂芬发现，小镇外的世界跟他进入小镇前完全不一样了，虽然所有事物的位置都没有改变，但每一处细节都有细微的变化，小镇读谱获得的知识竟与现实世界格格不入，那个完美无瑕的世界只是一个虚幻的设想。这样游荡了不短的时间，若有所悟的斯蒂芬重新回到小镇，又坐下来攻读前辈们的图谱。

而这时，更奇特的情景出现了。斯蒂芬原先心仪的诸多前辈的图谱不过是遵循某些规则的游戏，跟小镇外的世界毫不相关。而另外一些略显笨拙的前辈们的图谱却有着更强的生命力，只要把其中因时间变化而略显陈旧的某些色彩变化，这些图谱就会重新焕发出夺目的光芒，并跟小镇外的世界有更深入的联系，在根柢上，这些图谱的血脉与小镇外的世界联结在一起。

就这样，斯蒂芬书桌上的图谱满了又空，空了又满。寒暑移易，最后，斯蒂芬心目中只剩下三位前辈。而当他更深入钻研下去的时候，却发现这三位前辈操着不同的语言，通向各不相同的方向。这些差别，斯蒂芬起初怎么也无法拼接在一起，他们仿佛通向不同的远方，讲着互不相干的故事。于是，斯蒂芬每日都沉浸在三位前辈的思维世界中，把他们留下的图谱左读右思，前后贯穿。在此过程中，图谱有时变得广阔无边，有时又变得简单直接。斯蒂芬有时思量整幅图谱，有时又盯住图谱的某个细节反复观看。

这段时间，斯蒂芬昼夜不分，由博而专，由专而博，反复数次。光阴匆匆，春秋再易，小镇的整个建设图谱渐渐在斯蒂芬心中完满起来。

问　学

在斯蒂芬进入小镇的前后五十年间，小镇由两组相互竞争的人群建设得越来越坚实。这两组人数量并不一致，一组由一人独撑大局，一组由一群天才组成。奇怪的是，在后来的时代进程中，一群天才组成的一组人对小镇脉络的影响，始终与另一人旗鼓相当。斯蒂芬当时进入的，是天才成群的一组。凭着自己体悟的小镇图谱，斯蒂芬对小镇的规则有了基本的了解，也免不了略有了些顾盼之心。就在这时候，一位老师进入了斯蒂芬的视野。

这位老师述而不作，影响这个小镇的方式是讲授。他的教学方法非比寻常，总是先假设学生已经学过高深的知识，然后引导学生回头思考那些基本的前提是否存在问题。更奇特的是，不管是哪一批学生，他问的问题永远相同。有人问他原因，他说："问的问题年年相同，但答案却会不同。不管你怎样回答，我都可以根据你的回答知道你对小镇规则的理解程度。"另外，几乎很少有同辈或学生拿自己的研究成果给这位老师看，因为据说他眼光异常锐利，匆匆看过一眼，很多小镇人深研有得的结论，会变成老师课堂上不经意的一句话，组合进他讲述时那深不见底的序列中去。偶然的机缘，斯蒂芬听了老师的一节课，如受电击。他三年间读破前辈高手图谱所累积的心得，几乎被老师全盘推翻。乍看起来，斯蒂芬对前辈图谱的理解并无问题，但当这位老师提起某部分内容的时候，他发现，自己的心得总像在哪里差了一点。很多这种偏差累积起来的时候，斯蒂芬不得不承认，自己仍然是这个小镇规则的门外汉。

心雄万夫斯蒂芬，当然不甘心永远做门外汉。他时常回到父亲的鼓励和朋友们的谈论中去，让自己从复杂的小镇景观中振拔起来。因为老师的奇特，斯蒂芬渴望登堂入室，获知老师胸怀间的小镇秘密。但这位老师并不平易近人，甚至有些拒人于千里之外。有一段时间，斯蒂芬经常把自己从小镇里习得的规则向老师请教，但所有这些都会被老师三言两语打发，他每每讪讪而归。老师的拒绝，让斯蒂芬开始反思自己所学。为了彻底认识那些规则，每在发问之前，斯蒂芬都会再回到前辈高人或同辈高手的图谱中间，通宵达旦地翻阅，并将问题改了又改，直到自己再也无法修改才去问。渐渐地，斯蒂芬认识到，问题比答案重要，学会了问，其实已经走到了答案的门口。就这样，老师对他的提问留意的时间越来越长。因为有些问题一时说不清楚，斯蒂芬得以与老师坐下来讨论。最后，当斯蒂芬的问题涉及老师讲述的那个深不见底的序列时，他得以入室与老师单独讨论。

与老师的日夕谈论，让斯蒂芬看到了老师那个惊人的序列，小镇的规则在他眼前又一次展现出不同的面相。但志向不凡的斯蒂芬不满足于知道这个序列，现在，他要知道的，是老师怎样想到了那个序列。从这时开始，斯蒂芬不再单纯学习这个序列的一切，转而关心起老师思考的方式来。渐渐地，斯蒂芬发现，这位老师不但想得深广，而且想得准而快。老师拥有如此奇特的思维能力的原因，斯蒂芬在亲炙中慢慢摸索出来。他发现，老师永远从最浅近的问题入手，然后一层层推进去，会把某一方面的问题推到一个外人极难想到的层面，最后归结到几个最基本的概念，所以想得深广。同时，不管什么人提出如何奇特的结论，老师都能不存成见地站在对方的立场上考量，并随着不同的角度站在不同的立场上得出自己的结论，然后归结到他那深湛的序列中去。斯蒂芬慢慢地把这些独特的心得按自己的性情组合进自己的知识结构，这时，他已经由读图谱时的博而专，变成了现在的专而听，以至于听而不闻，开始营造自己的小镇图谱。这样的斯蒂芬，很快在小镇崭露头角。

　　不久，斯蒂芬遇到了平生第二次重大的选择机会。随着学习的深入，斯蒂芬发现，小镇前辈的图谱虽是属于这个小镇的，但有些图谱在最深处却四通八达，从边缘延伸出去，与另外一些小镇的图谱有着千丝万缕的联系。而这时，需要斯蒂芬的一个决断——是把这些图谱四通八达的脉络斩断，只关心这个小镇的一切，还是跟着这些图谱延伸的方向，到另外的小镇去探险。斯蒂芬在这个问题上反复思量，最终还是委决不下，于是不得不去请教老师。老师郑重地说："现在你有两条路可选。一条是去小镇另一边跟从另外一位老师，并让自己有机会到另外的小镇学习。一条是把你在这个小镇学得的规则细致化，并以之在世界上演习。选择这两条路等于选择不同的人生，第一条路会让你跟小镇建立更坚实的联系，但或许会让你终生默默无闻。而以你的天赋和能力，选择第二条路可以很快成名，但小镇更深入的秘密，那是另外一个问题了。"在这里，性情又一次做出了属于自己的选择，对这个小镇魅惑力的体认和强烈的用世之心，让斯蒂芬决定把自己的思想广度留在小镇上。

切　磋

现在，斯蒂芬开始准备自己的小镇建设方案了。而一旦投入建设，他便发现，自己攻读和问学得来的所有知识，脱离了虚拟的语境，突然变得与世界方枘圆凿。矛盾的处境让斯蒂芬废然而止，暂时离开小镇的建设，街头巷尾地观察，并反思自己的所学。

半年后，斯蒂芬卷土重来，提供了一份简略的小镇建设方案。这个方案引起了小镇一阵小小的骚动，质疑和赞许接踵而至。不同的反响刺激了斯蒂芬，他把这份简略的方案详化，并送给自己的老师阅读。不久，老师的改稿来了，斯蒂芬打开退回的手稿，顿时心头冰凉。他耗尽心血写的详细方案，被老师改得密密麻麻。沮丧的斯蒂芬夜间重新打开老师改动的方案，仔细研读每一处质疑，越读越心惊，因为每处改动都牵扯到这个小镇最深远的序列。于是他整顿心情，仔细消化老师改动的每一处，并把这些修改处最终归到自己问学得来的基础序列。等把这些修改消化完毕，斯蒂芬大有脱胎换骨之感，觉得自己的水准上升了一个级别。

此后，斯蒂芬每设计小镇某处的图谱，都会从老师的角度重新审视一下，改了再改，想了再想。在这个时期，斯蒂芬化繁为简，渐渐把自己攻读和问学得来的结论简化到少数几个原则上。等把这些结论放入小镇建设方案的时候，根据世界的实际情况，加上变化，斯蒂芬自己的方案幻化出奇幻的色彩，开始有了小镇的光芒。

更让人高兴的，是斯蒂芬在这过程中有一批天才的同辈可以互相交流。他们日夕相处，把自己的心得与大家交流，然后各逞机锋，互相逼问，把发言者的结论推到一个此前想不到的高度。"君子以朋友讲习"，身边这批天赋卓越的朋友，让斯蒂芬穿上了幸运的套鞋，走入了一个梦想的世界。在这过程中，他也渐渐明白，一个人生活在这个世界上，不是孤独的个体，外界的声息，会将养一个人的精神，鼓励一个人走得更远。就像他后来写的："到了思维的艰深高处，如果没有一个识者在旁不断提醒和鼓励，不容易成事。"

"如切如磋，如琢如磨"，美玉经过精心雕琢，渐渐显露出完美的样态，斯蒂芬已经为未来准备了一个完满的自我。后来，因为老师的鼓励，他离开小镇，到一方真实的世界上为小镇贡献自己的力量，而那，是另外的故事了。

尾 声

未来的某个时间，白发苍苍的斯蒂芬有机会问老师自己对小镇的贡献。老师告诉他："不知你是否还记得我当时问你两条路的选择。你选择了这个小镇，那么，对小镇的建设你能做的只是粉刷和擦洗，让小镇保持常新的姿态。简单地说，你做的事情是小镇的图谱说明，而不是重绘。真能重绘小镇图谱，需要另外的际遇。"斯蒂芬点头称是，认为这是对他最准确而深刻的评价。

　　老年的斯蒂芬锋芒不减，继续着进退自如的小镇图谱说明。有一天晚上，当年的小女孩来到斯蒂芬梦中，对他说："谢谢你的工作，我现在脱离了饥饿。但你回答的只是我的一部分问题，因为我问的是幸福，你给我的只是富足。"言犹在耳，斯蒂芬从睡梦中醒来，决定把自己的经历写出来，给有耳能听的年轻人，让他们在求学的路上知道一点路径。

　　如果有人能听到这些，斯蒂芬的故事，就可以结束了。

海中仙果结子迟

——胡兰成的两本通信集

一

胡兰成《今生今世》："在香港，我惟结识了唐君毅。我是看了他发表在杂志上的文章，也不用介绍，就登门去见……第一次我去只谈了十分钟，把《山河岁月》的稿本留下请他指教。第二次又去，坐谈了两小时……翌日他夫妻来看我，自此就常相见。"

据唐君毅日记，胡兰成登门的时间，是1950年9月7日。经过一段很短时间的密集见面，当月19日，唐君毅日记载："上午送胡兰成行。"26日，胡兰成抵日，28日致信唐君毅夫妇："已于中秋节平安到达东京。"信中言及对唐氏夫妇的想念，并谈自己初至日本的感受。这是胡唐通信之始。自此，尽管胡信频而唐信稀，胡兰成的信也先密而后疏，但通信结束，要到胡兰成赴台湾讲学的1974年。

不管胡兰成见唐君毅是不是像给梁漱溟写信一样，为的是结识新人，事先布置自己的将来，他们之间相互的评价却颇不恶。胡兰成对唐君毅的印象是："君毅的人远比他的文章更好……他小我两岁，诚挚像梁漱溟。"唐君毅对胡兰成的评价是："天资甚高，于人生文化皆有体验。"彼此的好感，是此后两人通信的基础，也是此后唐君毅愿意把自己的弟子请胡兰成指教的原因。

胡唐通信十年之后的 1960 年，黎华标入新亚研究所读书，师从唐君毅。唐氏遂介绍其与胡兰成通信，"执后辈礼"。当年 8 月 28 日，胡兰成致信黎华标，望其能善待师："侍师是养成自身对世人及天地万物的亲与敬，此最是格物致知之初。"此为胡黎通信之始。两人通信的结束，要到胡兰成离台的 1977 年。

胡兰成致唐、黎的书信，分别结集为《天下事，犹未晚——胡兰成致唐君毅书》和《意有未尽——胡兰成书信集》，于 2011 年出版。

二

据胡兰成自述，其学问有两个比较明显的转折。细细勘察，这两个阶段，都跟他对时代的认识和自身在时代里的升沉起伏有关。

1936 年，三十一岁的胡兰成告别平民生活，应当时第七军军长廖磊之请，"兼办《柳州日报》，我就鼓吹发动对日抗战，必须与民间起兵开创新朝的气运结合"，此为胡兰成厕身政事之始。此后他历任多种报纸主笔，1939年起，追随汪精卫。自此至1943年被汪下令逮捕，是胡兰成一生政治活动最频繁，也是争议最大的一个时期。这一时间段，按1964年胡兰成致黎华标信里的说法，仍然属于"飞扬的时代"，"过去辛亥、五四、北伐、抗战至解放初期，皆有一代人们的意气飞扬"，"凡有革新，皆四方风动"。胡兰成自以为赶上了这飞扬的时代，虽然已经是尾巴，所以他才会对生于此后时代的后辈说："现有的世风不同，我为你感觉寂寞。"

1944年获释后，形格势禁，胡兰成应该是有些落寞的。他连续写了很多文章，以谈论文艺的居多。这一年对他来说最重要的事，就是认识张爱玲并结为夫妻。结识张爱玲，是胡兰成学问第一次转折的契机："我给爱玲看我的论文，她却说这样体系严密，不如解散的好，我亦果然把来解散了，驱使万物如军队，原来不如让万物解甲归田，一路有言笑。"（《今生今世》）这就是后来胡兰成所说的，"我知文章是四十岁后"。

1945年，抗战胜利，胡兰成避居乡间，开始写作《山河岁月》。这样隐姓埋名的生活，持续到他1950年的离港赴日。至日本之初，虽然他自己说，"先还是茫然了好些年"，但表现却并不显得无所适从。在给唐君毅的信里，他常称自己忧国忧民，言自己的工作是研究国际形势，欲"争国运于旦夕"，"与今时世界霸权争一日之短长"，觉如此"为万世开太平之语始不落空"。同时，胡兰成频繁会客、燕谈、讲话，期望自己能在国际交流中折冲樽俎，挽狂澜于既倒，并因忧虑战祸再起，向唐氏许诺，由其在日筹备，一旦战争爆发，俾"留港诸友有地可避"，大有运筹帷幄之概。

但他的这番筹划，并未获致理想的效果，也没有得到唐君毅的热烈响应。年与时驰，意与岁去，胡兰成经纶之心渐息，外放的心志内收，心思也慢慢收拢到学问上了。经过不短时间的沉寂，胡兰成完成了其学问的又一次转向，"第一是在筑波山梅田开拓筵读了《古事记》，才豁然明白了中国的礼乐是祭政一致的理论学问化。第二是相识了世界的数学者冈洁与世界的物理学者汤川秀树，使我对数学与物理学生出了欢喜之心"（《革命要诗与学问》）。这一转折，用胡兰成自己的说法，"知大自然与易经礼乐的理论学问，以之再建文明之世的新案，则是六十岁后"（《今日何日兮》）。

这一转折，早在他与唐、黎的通信中已显端倪。1960年与黎华标通信后，胡兰成还在信中说："我向来没有与人结诗社或谈道论学，徒以邂逅君毅先生，亦不觉爱之至耳，以此几乎堕入论学的葛藤里去。"1965年，胡兰成却在信里向唐君毅坦承："弟……今年忽忽遂已六十，乃觉干戈之事他人可代我为之。惟文明创业之道，无与有化，乐以礼成之教，如何可见之于今日之世界，此才是极大的大事。"

我们不禁要问，第二次的学问转向究竟有什么奇特的魅力，竟让胡兰成狠心放弃了自己一直心心念念的具体事功？

三

《今生今世》写成不久，胡兰成在致黎华标的信里说，"我的决心是《山河岁月》与《今生今世》出版后，即从此投笔，虽然未必目前就从戎"，可见他仍不忍心放弃参与飞扬时代的可能。但检视其文字，完成《今生今世》的1959年前后，"反省"已成为胡兰成最核心的词语之一。

胡兰成后来说，他是"经过了几十年"，才明白什么是反省。但胡氏的所谓反省，并不好理解。在1964年致黎华标的信里，他说，"这反省很难被说明，惟有礼记的'俨若思'仿佛是。西洋有祈祷与忏悔，但非反省。反省是在罪福以上"。并用唐君毅的例子说明，"君毅先生的是研究思想，其于儒学是在作的历史的回忆，还有他是学的西洋哲学者的冥想与推理。可是回忆、冥想及推理，合起来亦非即反省"。这个在罪福之上的反省，究竟是什么意思？

胡兰成1966年完成日文《心经随喜》，已译成汉语出版。在解"度一切苦厄"一节时，胡兰成说："'度'和《易经》中既济未济的'济'字同义，意思是并非要征服苦厄，而应该度苦厄。"后面在谈到"无明"时又讲："佛超度众生，使众生都成佛，是说佛的光明普照众生，众生亦可相好庄严。山川草木禽兽在李白与芭蕉的诗中都成了文明，并非山川草木禽兽自身成就文明。"胡兰成所言的反省，也应该放在他所谓的"度"和"文明"的意义上理解。时代、学问和人生本身并不就是人世，要须经过反省，才能被除其肮脏和不洁。

胡兰成确信，他其时置身的时代，主题已从飞扬一变而为反省。1959年在给唐君毅的信里，胡兰成说："民国以来，至于今天，是要有一全面的反省。"1964年8月28日，胡兰成致信黎华标，确认："现在是一个反省的时代。"同年9月4日，胡兰成跟唐君毅讲，自己欲着手写一部《晋南北朝演义》，将反省之意用于历史的一段，"要以晋南北朝的事为反省之资"，因为"今天不是飞扬的时代。今是革命退潮时，今天要反省的是时代"。1970年，胡兰成更是把对历史的反省与当时的思想状况结合起来，较为完整地表达了他的反省观："今日诚乃二千年来文明再反省之时期。此事必须对于西洋之民主与自然科学作一最后的交代，不得一点含糊。"

借助反省，胡兰成始能清晰地表达出自己学问与众不同的地方，而攻错的入口，正是与他通信的唐君毅。在这一时期致黎华标的信里，胡兰成还说得比较含蓄："现时若有大事可做，我想就是从事于这时代的反省，使我与世人能彼此相知，使历史的三世十方皆能生于一个现前，以此开出新的礼乐之世。但此决非学究所能。"其后，唐君毅与胡兰成在日会面，胡兰成在谈话中强调了反省时代的必要，矛头直指与唐共事的新亚诸先生："你们新亚把五四时代轻视，这很不该。牟宗三先生才气逼人，其历史哲学独有其精辟处，而于战国时代惟有恶辞。可是中国文明正从战国时代生出秦汉。所以我以为承认战国，承认秦汉，承认五四等时代的价值，最为大事。"面晤不久，胡兰成致信唐君毅，明确揭出了他认为新亚学问，甚至是时代学问的病根："《论语》首句提出一个'学'字，开千古法门，亦种下了儒生的病根，以为可有这么一种东西叫做学问，如牛黄狗宝，如树瘿。老庄破之甚好。学问往往容易自成一物，此最是大忌。"

或许是为了救治他看出的新亚学问之偏颇，胡兰成警示新亚弟子黎华标，戒其于知识不亲不真："学问、逻辑是一障，文字是一障，名词是一障，要能于此斩关而过，始得学问于身亲耳。"并问："你学圣贤之学，能言语于身亲乎？"

这样的知识与身相亲，正是反省的成果。沿着对时代和学问的反省，胡兰成居留日本时期最有心得的一个问题呼之欲出。

四

1964 年 9 月之前，胡兰成与唐君毅的通信早已逐渐疏落下来。然而，自此年 9 月 4 日始，胡兰成连写三信，与唐讨论学问。第三封信写于 9 月 29 日，胡兰成因为唐未复其前两信，罕见地表露出一点怨气："九月二十日寄上一信，言格物致知，并前信言南北朝史事，皆尚未得覆，兄亦稍稍过忙矣。"抱怨过后，在这封长信里，胡兰成仍原原本本追溯了自己体悟格物致知的过程，可见他对这一问题的重视程度。

1962 年 9 月 24 日，胡兰成致唐君毅："弟自乱离以来，始若有得于格物致知。"早在 1951 年，胡兰成就在致唐君毅的信里强调格物了，"孔子则开头即云有朋自远方来，格物亦是来物，格理亦是来理"。1955 年，又言："格物，弟以为亲与敬，亲则无隔，敬则万物历然存在，亲要毋不亲，敬要毋不敬，惟行于远近尊卑，故有五伦五常，且使万物各得其所。"1961 年，在主要谈禅宗的一封信里，胡兰成又一次讲："禅宗的本质，原来不过老子'身与货熟亲'或《大学》'在亲民'的一个'亲'字，而亦即是格物。"在上面提到的 9 月 4 日的信里，胡兰成说："《礼记》有两句话最好：'毋不敬，俨若思。'可是这敬若当真落于曲礼三千，这思若当真落于思维，造成了理论的体系，那文化就自成一物，人与境，能与境，不知怎的起了阻隔，那文化就成了身外之物，于身不亲了，如此就要招来毁灭，只为从新要有一个亲字。"这"亲"字，是胡兰成反省时代和学问的心得，也是他体认格物的基础。

对物能亲，才能抛开学与思，在"感"和"觉"上用工夫，取消主客体的区别，而能格物。在上述 9 月 20 日和 29 日的信里，胡兰成以数学为喻说明："数学的点，有位置而无面积，数学的线有长而无阔，这样的点、线即佛经的'如'，非有非无，可是真实不虚。数学的点、线，无漏无余，无大无小，至成极定，绝对的精密。"这数学的点线，"乃是我所创造的，因其为现实所无……但亦非我所创造，因为数学的 0、点、线、圆并非空幻。此数学的 0、点、线、圆亦可说是存于我心内，亦可说是存在于我的心外，更不能以之为对象而我格之。格物只是一个字，非可分为主宾造作"。经此而来的格物状态，按胡兰成的表述，是"人我历然"，主客体"亲冥为一，泯尽思虑分别，而惟有一念耿耿不昧"。如此，才有"无漏无余，无大无小，至成极定，绝对的精密"。这绝对的精密，才是格物。

惟其能格物，时代、学问和人世种种，才是诗里的山川草木，脱离无明而进为文明，度得过自然界的成与毁，人也才能"与一个大的人世风景可以这样的没有阻隔，叫喊得应"，如此才能言致知。"数学的演算虽是致知，其所用之0、点、线，无一不是数学的，若有一处是用的非数学的0、点、线，则所演算的即刻成为可疑，摇动乃至崩坏，所以致知的背境无一处不是格物"。

落实到中国，胡兰成认为，"乾坤阴阳仁义皇极是格物，而齐家治国平天下则是致知"，"中国文明以乐最为大事，是格物，礼则致知也"。这样的中国，"是以仁义为点、线而建设的人世（仁者无外，义者至善）"，所以能无漏无余，避免粗恶的无明。

胡兰成在上述三封信里多言格物，少言致知，容易让人生出其重格物而轻致知的印象。在我看来，这时期胡兰成突出格物的原因，大概是因为他觉得唐君毅于学问多有阻隔，不能与身相亲，这才多加提醒，以为对治之方。但从胡兰成自身学问的发展来看，致知与格物有着同等的重要性。这从他此前很多信里的话可以看得清楚。1951年致唐君毅："圣人罕言性与天道，并非不言，在其能化性与天道于粟菽水火。"1957 年又言："孙行者虽一筋斗云十万八千里，亦算不得正果，要服侍唐僧步行骑马挑担取经，始成得正果。"1964 年致黎华标："儒家非可生于研究室，而惟有是生于天下。"生于天下的儒家，这才得了证明，不再是空头的许诺，狡黠的辩护——"致知行于齐家治平下，此知即得了证明"。

持以相较印度文明，胡兰成要表达的意思更为显豁："自格物至修身，为印度文明与中国文明之所同，而自齐家至平天下，则非印度所有。""佛出家，无国与天下，其知无事物，可以之实践取证，故须以因明来辨证之。此是以法证法，而时又回到格物，以格物证致知。格物与致知，似是一而是二，自格物而至致知，其间似有一跳跃，佛经辨证此跳跃而不可得，遂并致知亦不承认。最后惟剩下格物，去了致知的格物是涅槃。"

解明了格物致知，胡兰成的学问形成了牢固的根基。1969 年，胡兰成在致唐君毅的信里说，"凡事先求自己能有真知灼见，无一点疑惑，然后可以谈到有谁能听用我言也"。正是在这个层面上，胡兰成的学问与事功成为一体："并非从政、办杂志或办学校即是行；亦非不做这些，学即是不行。如庄子他什么都不做，但是他所学的是与当时天下事的盈虚消长刻刻呼吸相关，此即是其学可见之于行了。"或者可以这样说，正因为解通了这一层，胡兰成才说服自己，狠下心来放弃了恋恋不舍的具体事功，成就了第二次的学问转向。

五

按胡兰成的说法，他对学问的绝对自信，在 1964 年之后又经过三次锤炼，这就是前面所说的 1966 年前后读《古事记》，1968 年和 1970 年结识冈洁和汤川秀树。此后，结合对禅宗机的理解，益以对格物致知间一跳跃的认知，并其后来反复提及的修行（这是另外的题目了），胡兰成的学问已然花开果结。

一生心热的胡兰成当然会积极寻找机会。1969 年 12 月 30 日，胡兰成在致唐君毅的信里表露心迹："弟今年六十四矣，为学晚而始成，乃有授徒之能，倘在台湾有可任教之机会，乞兄一留意焉。"1975 年，胡兰成已至台湾，仍在致秦孝仪信里说："仆信在六经，行爱荡子……衰年对人无求，而自有可悦……倘值圮上少年，吾其为黄石公矣。"

在 1977 年致黎华标的最后一封信里，胡兰成写道："在台湾，教得朱天心等五六人……已在台湾文坛建立了权威……诸人之意，固不止于此，惟为格于环境，故先以文学为时代开风气耳。"不知胡兰成欲为黄石公之愿最终实现了没有，但赴台之后的胡兰成，确实开始了另一段意兴扬扬人生。

有这样一个老头

——《书读完了》前言

一

读书的时候，一个学哲学的朋友经常到我的宿舍聊天。像任何喜欢书的年轻人一样，我们的话题最后总是到达自己心目中的学术大家。有一次，他信誓旦旦地对我讲，在当代中国，只陈寅恪和钱锺书堪称大家，其余不足论。他讲完后，我小心翼翼地问，这两人后面，可不可以再加上一个呢？他毫不犹豫地说，不可能，中国再也没有这个级别的人物了。然后，我给了他一个老头的小册子，并且告诉他，我认为这个老头也堪称大家。

第二天，这个朋友又到我的宿舍来了。他略显得有些疲惫，但眼睛里却充满了光芒。他兴冲冲地告诉我，他有点认同我的看法了，这个老头或许可以列到他的当代大家名单中。临走，他又从我的书架上抽去了这个老头的几本小册子。等我书架上这老头的书差不多被借完的时候，他也开始了辛苦地从各个渠道收集这老头的书的过程，跟我此前一样。

不用说，这个老头就是这本书的作者金克木。为了看到更多如那个朋友样充满光芒的眼睛，我起意编这样一本书。

二

金克木，祖籍安徽寿县。1912 年生于江西，1930 年北平求学，1935 年在北京大学图书馆任馆员，1938 年至香港任《立报》国际新闻编辑，1939 年到湖南省立桃源女子中学和湖南大学任教。1941 年，经友人介绍，金克木到印度加尔各答的中文报纸《印度日报》任编辑，1943 年至印度佛教圣地鹿野苑钻研佛学。1946 年，金克木回国任武汉大学哲学系教授，1948 年起任北京大学东方语言文学系教授。1949 年之后，金克木的经历跟中国大多数知识分子没有什么两样。20 世纪 70 年代以还，金克木陆续重印和出版的著作有《印度文化论集》《比较文化论集》《旧学新知集》《末班车》《探古新痕》《孔乙己外传》《风烛灰》等，译作有《摩诃婆罗多·初篇》《印度古诗选》《伐致呵利三百咏》《三自性论》《通俗天文学》等。金克木的一生值得好好写本传记，肯定好玩和复杂得要命。现在，我们来看看这个奇特老头的几个人生片断。

1936 年，金克木和一位女性朋友到南京莫愁湖游玩。因女孩淘气，他们被困在一条单桨的小船上。两人谁也不会划船，船被拨得团团转。那女孩子"嘴角带着笑意，一副狡黠神气，仿佛说，'看你怎么办？'"年轻气盛的金克木便专心研究起了划船。经过短时间摸索，他发现，因为小船没有舵，桨是兼舵的，"桨拨水的方向和用力的大小指挥着船尾和船头。明是划水，实是拨船"。在女孩的注视下，金克木应对了人生中一次小小的考验。

1939 年，金克木在湖南大学教法文，暑假去昆明拜访罗常培先生。罗常培介绍他去见当时居于昆明乡间、时任历史语言研究所所长的傅斯年。见到傅斯年，"霸道"的傅所长送了他一本有英文注解的拉丁文《高卢战记》，劝他学习。金克木匆匆学了书后所附的拉丁语法概要，就从头读起来。"一读就放不下了。一句一句啃下去，越来兴趣越大。真是奇妙的语言，奇特的书。"就这样，金克木学会了拉丁文。

20 世纪 40 年代，金克木在印度结识"汉学"博士戈克雷。其时，戈克雷正在校勘梵本《集论》，就邀请金克木跟他合作。因为原写本残卷的照片字太小、太不清楚，他们就尝试从汉译本和藏译本先还原成梵文。结果，让他们吃惊的"不是汉译和藏译的逐字'死译'的僵化，而是'死译'中还是各种本身语言习惯的特点。三种语言一对照，这部词典式的书的拗口句子竟然也明白如话了，不过需要熟悉他们各自的术语和说法的'密码'罢了"。找到了这把钥匙，两人的校勘工作越来越顺利。

上面三个故事，看起来没有多大的相关性，但如果不拘泥于表面的联系，而把探询的目光深入金克木思考和处理问题的方法，这些不相关的文字或许就会变得异常亲密。简单说，这种方法是"目前无异路"式的，集全部心力于一处，心无旁骛，解决眼前遇到的问题。20世纪70年代末，金克木把自己解决问题的特殊方法和丰富人生经历结合起来，写出了一篇篇珠玉之文。我们选编这本书的目的，就是把这些珠玉相关的一些收集起来，看能否穿成一条美丽的项链。在编选过程中，我小心翼翼地克制自己，把选文控制在谈读书的范围内——否则，这个选本将是全集的规模。

三

在一个知识越来越复杂、书出版得越来越多的时代，我们首先关心的当然是读什么书。如果不加拣择，见书就读，那每天以几何数量增长的图书，恐怕会炸掉我们的脑子，还免不了庄子的有涯随无涯之讥。那么，该选择哪些书来读，又如何读懂呢？

"有人记下一条轶事，说，历史学家陈寅恪曾对人说过，他幼年时去见历史学家夏曾佑，那位老人对他说：'你能读外国书，很好；我只能读中国书，都读完了，没得读了。'他当时很惊讶，以为那位学者老糊涂了。等到自己也老了时，他才觉得那话有点道理：中国古书不过是那几十种，是读得完的。说这故事的人也是个老人，他卖了一个关子，说忘了问究竟是哪几十种。现在这些人都下世了，无从问起了。"可是，光"中国古书"就"浩如烟海"，"怎么能读得完呢？谁敢夸这海口？"夸这海口的，正是嗜好猜谜的金克木——"只就书籍而言，总有些书是绝大部分的书的基础，离了这些书，其他书就无所依附，因为书籍和文化一样总是累积起来的。因此，我想，有些不依附其他而为其他所依附的书应当是少不了的必读书或则说必备的知识基础。""若为了寻求基础文化知识，有创见能独立的旧书就不多了。"就中国古书而言，不过是《易》《诗》《书》《左传》《礼记》《论语》《孟子》《荀子》《老子》《庄子》等数种；就外国书而言，也不过《圣经》《古兰经》和柏拉图、亚里士多德、笛卡尔、狄德罗、培根、贝克莱、康德、黑格尔、荷马、但丁、塞万提斯、莎士比亚、歌德、巴尔扎克、托尔斯泰等人的著作。

略微深入接触过上列诸书的人都不免生疑，这些"'太空食品'一样的书，怎么消化？"选在第一辑"书读完了"里的文章，前一部分是金克木勾画的"太空食品"系谱，有了这个系谱，我们可以按图索骥，不必在枝枝杈杈的书上枉费精神。后一部分，则是对这些书的消化之道，体现了金克木自己主张的"生动活泼，篇幅不长"风格，能让人"看懂并发生兴趣"。认真看完这些文章，直接接触原作（即便是抽读或跳读），再配合简略的历史、哲学史、文学史之类，"花费比'三冬'多一点的时间，也可以就一般人说是'文史足用'了"。照此方法读下去，不知道我们是不是有幸某天会惊喜地发现——"书读完了"。

可是，古代的书跟我们的时代差距那么大，西方的书跟我们的思维习惯那样不同，印度的书有着各种不可思议的想象，如何拆除这些壁垒，明白作者的弦外之音，从容地进入书的世界，跟那些伟大的写作者共同探讨人心和人生的奥义呢？金克木提供的方法是"福尔摩斯式读书法"与"读书得间"——这是本书第二辑的内容。

四

在金克木看来，要真正读懂一本书，不能用"兢兢业业惟恐作者打手心读法，是把他当作朋友共同谈论的读法，所以也不是以我为主的读法，更不是以对方为资料或为敌人的读法。这种谈论式的读法，和书对话……是很有趣味的"。"一旦'进入角色'，和作者、译者同步走，尽管路途坎坷，仍会发现其中隐隐有福尔摩斯在侦探什么。要求剖解什么疑难案件，猜谜，辩论，宣判。"这里面有两层意思，一层是要有尚友古人的胸襟和气魄，敢于并且从容地跟作者交朋友（但并不自认能比作者更好地理解他本人）；一层是跟着作者的思路前进，看他对问题的描述或论证能否说服我们。这样做也有两重收获，一是读书时始终兴致盎然，二是读会的书就成了自己生命的一部分。

有字的部分读会了，怎么读那些书间的空白呢？——这或许是一个更大的问题。

"古人有个说法叫'读书得间'，大概是说读出字里行间的微言大义，于无字处看出字来。其实行间的空白还是由字句来的；若没有字，行间空白也没有了。""古书和今书，空白处总可以找出问题来的。不一定是书错，也许是在书之外，总之，读者要发现问题，要问个为什么，却不是专挑错。"这就是金克木的"得间读书法"。用这个方法读书，可以明白写书者的苦心孤诣和弦外之音，进而言之，说不定会发现古人著述的秘密。

　　金克木曾提到佛教文献的一个特点："大别为二类，一是对外宣传品，一是内部读物。"照此分类，金克木认为，佛教文献里的"经"，大多是为宣传和推广用的，是"对外读物"。"内部读物"首先是"律"，其次是算在"论"里的一些理论专著，另外就是经咒。如此一来，佛教典籍，除了"经"，竟大部分是"对内"的（"经"里还包含很多对内部分）。对内的原因，或是记载了"不足为外人道"的内容，外人最好不要知道；或是满纸术语、公式，讨论的问题外人摸不到头脑，看了也不懂。更深层的原因是，"佛教理论同其他宗教的理论一样，不是尚空谈的，是讲修行的，很多理论与修行实践有关。当然这都是内部学习，不是对外宣传的"。

　　"不但佛书，其他古书往往也有内外之别。讲给别人听的，自己人内部用的，大有不同。这也许是我的谬论，也许是读古书之一诀窍。古人知而不言，因为大家知道。"在金克木看来，凌空蹈虚的《老子》和《公孙龙子》，里面本有非常实在的内容，"不过可能是口传，而记下来的就有骨无肉了"。现在觉得浅显，仿佛什么人都能高谈一番的《论语》，也因为"是传授门人弟子的内部读物，不像是对外宣传品，许多口头讲授的话都省略了；因此，书中意义常不明白"。连公认为历史作品、仿佛人人了解的《史记》，金克木也看出是太史公的"发愤之作"，所谓"传之其人"，就是指不得外传。正因如此，书中的很多问题，"'预流'的内行心里明白，'未入流'的外行莫名其妙"。知道了这些古人的行间甚至字间空白，或许书才会缓缓地敞开大门，迎我们到更深远的地方去。

当然，读过了书，如果不能让书活在当下，"苟日新，又日新"，那也不过成了"两脚书橱"。如何避免这个问题，怎样才能在书和现实的世界里出入无间？这正是本书第三辑的内容——"读书·读人·读物"。

五

金克木写过一篇题为《说通》的小文章，里面说："中国有两种文化，一个可叫'长城文化'，一个可叫'运河文化'。'长城文化'即隔绝、阻塞的文化。运河通连南北，是'通'的文化。"他反对隔绝、阻塞，倡导"通"的文化。对读书，金先生也如此提倡。

金克木出版的书中，如《旧学新知集》《探古新痕》《蜗角古今谈》等，书名都蕴含着"古""今""新""旧"的问题。如他自己所说，他的文章，"看来说的都是过去……可是论到文化思想都与现在不无关联"。"所读之书虽出于古而实存于今……所以这里说的古同时是今。"金克木关注的，是古代与现在的相通性，且眼光始终朝向未来。对他来说，"所有对'过去'的解说都出于'现在'，而且都引向'未来'"。脱离了对"现在"的反应和对未来的关注，古书不过是轮扁所谓"古人之糟粕"，弃之也不足惜的。

只是，在金克木看来，单单读通了书还不行，"物是书，符号也是书，人也是书，有字的和无字的也都是书"，因此需要"读书·读人·读物"。"我读过的书远没有听过的话多，因此我以为我的一点知识还是从听人说话来的多。其实读书也可以说是听古人、外国人、见不到面或见面而听不到他讲课的人的话。反过来，听话也可以说是一种读书。也许这可以叫作'读人'。""读人"很难，但"不知言，无以知人也"，"知言"正是"知人"和"知书"的重要一步。最难的是读物，"物比人、比书都难读，它不会说话；不过它很可靠，假古董也是真东西"。"到处有物如书，只是各人读法不同"。读书就是读人，读人就是读物，反过来，读物也是读人，读人也是读书。这种破掉壁垒的读书知世方法，大有古人"万物皆备于我"的气概，较之"生死书丛里"的读书人，境界要雄阔得多。

钱锺书力倡"东海西海，心理攸同；南学北学，道术未裂"，意在沟通东西，打通南北，要人能"通"。金克木"读书·读人·读物"的"通"，与钱锺书的东西南北之"通"，是一是二，孰轻孰重，颇值得我们好好思量。毫无疑问的是，有了这个"读书·读人·读物"的通，金克木那些看起来不相联属的人生片断和东鳞西爪的大小文章，就有了一个相通的根蒂。

当然，书是否真的能够读完，书、人和物是不是真的能通，是"如人饮水，冷暖自知"的事，要亲身体味领受才好。能确定的只是，金克木提示了一个进入书的世界的方便法门。

从艰难的日常里活出独特的生命形状

1932 年 8 月，沈从文写完《从文自传》。那时他刚及而立，已是备受瞩目的作家，他爱的"正当年龄的人"也回应了他的爱，是春风得意马蹄疾的时光。2005 年出版的张新颖《沈从文精读》，第一讲就是"《从文自传》：得其'自'而为将来准备好一个自我"，这个自我是"为已经可以触摸到的将来而准备的"。而这个准备里包含的，不只是写作的坦途和美满的婚姻生活，还有为应对十几年后将降临的困顿和艰辛埋下的伏笔。《沈从文精读》已经提到了这个伏笔，却还不是那本书的主体。时隔九年，张新颖出版了他的《沈从文的后半生：一九四八～一九八八》（广西师范大学出版社，2014 年 6 月版），那个若有意若无意的伏笔，成了眼下这本书的主体。

世界上大概没什么一劳永逸的事，也没有人可以用一次自我确立应对所有的未来，尤其是沈从文后半生所处的那样一个龙蛇起陆的时代。《沈从文的后半生》起始，写的就是沈从文的第二次自我确立。不止沈从文，一个不断发展中的个人，生命中会有很多天然的成长节点。比较明显的有两次，一次在三十岁左右，《从文自传》就是写于这个时期；另一次，差不多会发生在五十岁前后。沈从文的第二次自我确立起始很早，按张新颖的说法，从 1930 年代中期开始，沈从文就较为明显地把重心从文学转到了思想。这个思想过程因为始终和现实粘连在一起，往往不够圆通，却也可以从中看出他调整期的挣扎和积于其中的能量。

现在已经无法揣测，如果不是 1949 年的社会大变动，沈从文会在第二次天然成长节点完成怎样的自我确立。能从本书看到的只是，沈从文第二次自我确立的过程，相较第一次，内中含藏的，更多是痛苦不堪。他要在时代的剧变中"应对各种各样的挫折、苦难和挑战，要去经历多重的困惑、痛苦的毁灭和艰难的重生"。

一个被选中的文学天才往往是不幸的，因为一个敏感的灵魂会先于他人感受到即将来临的巨大变化，所以不得不具备"感受无限痛苦的能力"。沈从文对时代即将大变的感受，在 1940 年代前期完成的《长河》里已经表露无遗，他明明确确地感受到，"那个要来了"，"他好像已经预先看到了些什么事情，即属于这地方明日的命运。可是究竟是些什么，他可说不出，也并不真正明白"。至 1940 年代末，远远而来的"那个"不再朦胧模糊，而是借助政治加速器，以更直接的方式，更快地"来了"，并用粗暴的方式直接加诸沈从文身上，以致把他逼到了精神崩溃的地步。这个煎熬阶段最为明显的表现是 1949 年，对其中的种种，本书有仔细的梳理，大概可由沈从文以下的诗句标志尾声："它分解了我又重铸我，/ 已得到一个完全新生！"但这个重生的过程远未结束，甚至在以后的岁月里，精神上的问题还时有反复。《沈从文的后半生》致力的，就是沈从文怎样以弱小之躯，慢慢学着跟这个天地翻覆的社会相处，最终从时代洪流的席卷之下慢慢站立起来，完成了一个独特的自我。

无论后来沈从文完成了怎样一个独特的自我，却再也没有回到原来的文学创作轨道上来，而是"转业"从事文物研究去了。对沈从文的转业，后人有悲愤，有感慨，也有理解，而所有这些，恐怕内里都含着对一个文学天才中途退场的无奈。对沈从文自己来说，在当时的处境下从事文学创作，"他不写，他胡写"，都"完了"。张新颖明白这个无奈，却着力辨识这个选择中的主动部分，这就是他从沈从文的书信中拈出的"有情"二字，"这个情即深入的体会，深至的爱，以及透过事功以上的理解和认识"。沿着这个方向，张新颖看到："沈从文的物质文化史研究，是用自己的生命和情感来'还原'各种存留形式的生命和情感，'恢复'它们生动活泼的气息和承启流转的性质，汇入历史文化的长河。""一个人感受屈辱和艰难，不知疲倦地写着历史长河的故事，原因只有一个：他爱这条长河，爱得深沉。"对这条历史文化长河的爱，正是《从文自传》中埋下的那个伏笔，因为那时，他就"对于人类知识光辉的领受，发生了极宽泛而深切的兴味"，千里伏脉，结穴于此。

不是每个人都能从旧文物中"还原"和"恢复"出活的气息，能如此，仍与沈从文天才的感受能力有关。或许对沈从文来说，在经手无数文物时，敏锐的感觉让他可以开启尘封，不仅对文物的"制作过程充满兴味，对制作者一颗心，如何融会于作品中，他的勤劳，愿望，热情，以及一点切于实际的打算，全收入我的心胸。一切美术作品都包含了那个作者生活挣扎形式，以及心智的尺衡，我理解的也就细而深"。沈从文看到那些他喜欢的文物的时候，大概会像当年看到小银匠锤制银锁银鱼，"一面因事流泪，一面用小钢模敲击花纹"。写《长河》时，沈从文说他要来写写"一些平凡人物生活上的'常'与'变'，以及在两相乘除中所有的哀乐"。不妨这样推想，研究文物的沈从文，把自己此前自身经验的对哀乐的体味，扩展到了一个更大的时空范围里，由"懿文德"的"文"转为"多识前言往行"的"史"，走向一个更宽阔的世界。沈从文的才情，也在这个世界里放出浑厚的光。

沈从文走向这个世界，有他的勉强，却也从中获得欢欣，而所得的欢欣，或许可用他"八十岁的惊喜"来代表。1982年初，湖北荆州马山一号墓发掘，八十岁的沈从文赶赴荆州，亲眼目睹了其中的丝绣制品，尺幅见千里，神思接千载，他振奋地给朋友写信赞叹："图纹秀雅活泼，以及色高明处，远在过去所见十倍高明，恰恰可证明当年宋玉文章提到楚国美妇人衣着之美，均为写实毫不夸张。还有双用漆涂抹而成的鞋子，鞋尖、鞋帮、底全用乌光漆精涂过，上用锦缎装饰，摩登到简直难于令人相信是公元前四世纪生产！"张新颖说，做学问并非是一种消耗，"如果学问做得足够好，就会滋养人的生命和精神"，这个滋养，或许就来自这些发自内心的欣悦。

不过，在《沈从文的后半生》里，张新颖有意不把这欣悦戏剧化，而是深深地隐藏在沈从文密密麻麻的日常生活里，如此，偶尔显现的欣悦才扎实妥帖，是那个艰难时代应有的样子。生活不是戏剧，传记也不是，沈从文独特的生命形状，不是惊惊乍乍地跳跃完成，而是从艰难的日常里一天一天活出来的。

1950年，沈从文被安排到华北大学政治学习，理论测验的成绩在"丙丁之间"，却感动于厨房的炊事员"临事庄肃"，"为而不有"，他们"终日忙个不息，极少说话，那种实事求是朴素工作态度，使人爱敬"。沈从文自己呢，也是这样庄肃地做着事，有一时，他"总是在两株大松树下去看四十万言稿子，一行行看下去，一字字改下去"，从中得到欢喜和平静。这也正是沈从文跟很多文人不同的地方，他不但不会偷闲，且"一生最害怕是闲"，因为"一闲，就把生存的意义全失去了"。1970年农历十月，沈从文改毕旧体诗《喜新晴》，在跋语中，他感叹大哥沈云麓和姐夫田真逸的去世，却在临结尾时写道："死者长已，生者实宜百年长勤，有以自勉也。"这句话，真堪摘出，置于任何一个对人世有情者的座右。

我们无法断定，沈从文百年长勤的主张和实行，是出于天生的性情还是后来的修习，从上面提到的旧体诗中读到的是："只因骨格异，俗谓喜离群。"那么，是天性的原因了，生来就"别有根芽，不是人间富贵花"？如此说来，性无适俗韵的沈从文后半生与社会格格不入，也就是难免的了。这个格格不入不光表现在他对当时的各类务虚活动不能适应，即便他试图简化自己的头脑，照张新颖的说法，也是因为他一贯坚持自己的表达形式才敏感到的，结果呢，"沈从文还是那个沈从文，要'简化'也不容易"。拿沈从文的文字来说吧，不但他从文学转向文物研究之后的文字仍能很容易地辨识出来，即使写检查，下面这种沈从文式的话，还是会不时流露："让我工作，头脑还担负得下。写思想检查，实在担负沉重，不知如何是好。"这种历困苦而不变的文字风格，或许如金介甫所言，是因为沈从文"对湘西的乡音所特具的敏感性，使其语言升华并对其绝对忠实"。

尽管如上所说，转业文物研究后，沈从文仍然保持着他的文字风格，甚至重读自己写下的论文，他觉得"如同看宋明人作品一般"，但文物研究对社会的影响，无论如何也无法与文学相比。沈从文因其直感从文物中获得的欣悦，又实在难以描摹传达，而他在文物研究方面的贡献，也只能由专家来评价。很多人对沈从文转业的遗憾之感，或许就来源于此。这本书当然也没有给出让人不遗憾的理由，我只是想起作者曾在《初心》中引过的一段话："中国现代文学的一些作家，他们的作品虽然享有盛名，在我看来还算不上好。但是他们在大变动时代中的生活本身，如果能看得透彻，倒是极好的'诗'。青年时代离开家乡的憧憬呀，中年遇到环境压力的种种反应呀，晚年写不出作品的焦虑呀，所有在作品中被遮掩而没有表达的东西，在实际生活中都已经表达出来了，这本身就是'诗'。"《沈从文的后半生》，大约可以看成一首把在实际生活中表达的沈从文写成的诗。为了写好这首特殊的诗，作者有意收敛起自己的才华，始终贴着传主，把研读的欣悦和心得，细细密密地放置在这个特殊的生命流程里。

还有一个关于本书的细节不妨一提。在写到沈从文疲于应付种种无奈的日子时，张新颖会适时地提到当时海外对沈从文作品的研究和翻译情况。在几乎令人窒息的叙述情境里，读到这些，会觉得有温暖升起，却也在这不绝如缕的人间消息中，觉察到时间不同寻常的力量，以及它壁立千仞的冷峻。

开阔健朗与细心耐烦

——《沈从文的前半生》的启示

如果可以大胆一点，放弃虚构和非虚构的严格界限，我很想说，张新颖的《沈从文的前半生》和《沈从文的后半生》合起来，应该恰当地看做一个独特的成长（修养）小说（Bildungsroman），因为它几乎拥有成长小说的所有重要元素——除去其中大量使用了引文："主人公首先接受家庭和学校教育，然后离乡漫游，通过结识不同的人、观察体验不同的事，亦即通过主人公在友谊、爱情、艺术和职业中的不同经历和感受，认识自我和世界。主人公的成长，是内在天性展露与外在条件影响交互作用的结果。外在影响作用于主人公内心世界，促使其不断自我省察和反思。错误和迷茫是主人公成长道路上不可缺少的因素，是其走向成熟的必由之路。"

有意思的是，以沈从文为主角的这个成长小说，并非按时间顺序依次写下来的，而是先有了"后半生"，再有了"前半生"。原因呢，是作者觉得，"沈从文的前半生，在已经出版的传记中，有几种的叙述相当详实而精彩；再写，就有可能成为没有必要的重复工作"，但"《沈从文的后半生》完成后，这一想法有所改变。不仅是因为近二十年来不断出现的新材料中，关涉前半生的部分可以再做补充；更因为，后半生重新'照见'了前半生，对后半生有了相对充分的了解之后，回头再看前半生，会见出新的气象，产生新的理解"。或许可以说，正是有了这个"照见"，《沈从文的前半生》让我们在以往习见的形象之外，看到了一个不太一样的沈从文。

拿沈从文三十岁时完成的《从文自传》来说吧，读这本书的时候，我们大概能明显感觉到沈从文对自然风物的感知力和喜爱程度，也能领会其中的"别具一格，离奇有趣"。张新颖却在肯定这本书让"传主的形象已经确立起来"之后，特别指出，"这部自传带有强烈的此时、此地写作的特征，选择写什么、不写什么，哪些地方详细、哪些地方粗略，都与这个阶段写作者的生命状态关联密切；特别是，叙述的语调、风格，或隐含或表露的信息，都是这个而立之年的自传作者有意识传达出来的"。等到世易时移，回看这本自传，进入晚年的作者想法也发生了变化，已经不再是"我在这地面上二十年所过的日子，所见的人物，所听的声音，所嗅的气味"，而是"只有少数相知亲友，才能体会到近于出入地狱的沉重和辛酸"，他笔下那些堪称奇妙的湘西经历，也成了"二十年噩梦般恐怖黑暗生活"。

如此显而易见的判断变化，其原因，应该不是此前的自传叙事有丰富到让人惊异的"创造性记忆"，而是一个人应对过"各种各样的挫折、苦难和挑战"，经历过"多重的困惑、痛苦的毁灭和艰难的重生"之后，对人生的审慎反顾，如同经由后半生而对前半生的"照见"。或者按成长小说的经典说法，晚年的回顾是主人公"不断自我省察和反思"，走过了无数"错误和迷茫"之途后更为准确的表述；更进一步，或许也可以说，《从文自传》为未来准备的是一个充分意识到自己卓越感性天赋的自我，此后，天赋将自觉不自觉地转化为责任（the Duty of Genius），向沈从文提出了更高的要求，他得完成作为知名作家进入社会之后的第二次自我确立——从这个角度上，或许更能看出后半生是如何"照见"了前半生。

最容易看到的"照见"，是沈从文后半生的"转业之谜"，绝非一时心血来潮或只是被迫，而是可以从前半生里看到草蛇灰线。湘西时期，沈从文的小包袱里就"有一本值六块钱的《云麾碑》，值五块钱的《圣教序》，值两块钱的《兰亭序》，值五块钱的《虞世南夫子庙堂碑》。还有一部《李义山诗集》……"居住北京期间，琉璃厂和前门大街的大小挂货铺是沈从文喜欢驻足的地方，"就内容而言，实在比三十年后午门历史博物馆中收藏品，还充实丰富得多"，他"用眼所能及，手所能及的一切，作为自我教育材料"。即便在慌乱的迁徙途中，沈从文也时有自己独特的留意之处，"在黔滇边境一个小客店中，发现当地煮烤茶用的白瓷罐，大开片厚釉，竟完全和北平古董商认为'明代仿哥瓷'

同一形制。又在一个小县城公用水井旁，看见个妇人用大瓷罐取水……看看罐耳蟠夔纽，竟十分精美，式样完全如宋制，刻画花纹尤奇古精巧"。

有后半生的转业作为提示，这些文字应该不难为人关注吧，只是这里有个隐藏的问题，可能就未必有人特别注意了，即沈从文对文物的喜爱并没有因此发展成古董收藏，相反，他自己买下很多东西后会随手送人，看到好东西也会推荐好友去买。更有意味的是，他对文物的喜爱，也没有坠入文人的收藏趣味里去，而是早在湘西时期就已留心其中含藏的源远流长历史文化："我从这方面对于这个民族在一段长长的年分中，用一片颜色，一把线，一块青铜或一堆泥土，以及一组文字，加上自己生命做成的种种艺术，皆得了一个初步普通的认识。由于这点初步知识，使一个以鉴赏人类生活与自然现象的乡下人，进而对于人类智慧光辉的领会，发生了极宽泛而深切的兴味。"

到这里我们不难发现，以往对沈从文长于感性而疏于文化的印象，应该是一个很大的误解，就像认为他仅凭自己出色的敏感就走过了后来的漫长岁月是很大的误解一样。《长河》完成之后，沈从文从"多产作家"变得作品相对稀少，一方面跟当时的战局有关，另一方面，就可能与沈从文的第二次自我确立有关。"对于人类智慧光辉的领会"固然是第二次自我确立的重要组成部分，但在我看来，更为明显的标志是他慢慢脱离了较强依赖天赋性情的"别具一格，离奇有趣"，思想进入了更深的层面。

早在《从文自传》之前，沈从文已经从与青年学生的接触中意识到一个问题："做文章也很有人，但当我告他们要成天苦写，苦思索，求对于事物与文字的理解，写三年也莫以为成功，再看成绩，听到这话他们的趣味消尽了，因为他们都相信天才，我却告他们没有天才，只是忍耐，大约具这耐心去工作的是不会多的。"此后，沈从文会经常强调这个耐心，"我真为我自己的能力着了惊。但倘若这认识并非过分的骄傲，我将说这能力并非什么天才，却是耐心"；有时，他也会用耐心来评价人，"主妇的身心既健康而朴素，接受生活应付生活俱见出无比的勇气和耐心"；道义见乎事功，他的学生，也会用这个词来议论他，"沈先生做事，都是这样，一切自己动手，细心耐烦"。

当然，还是可以把这个耐心看成天赋性情的一部分，属于第一次的自我确立，而不是后来的自觉选择——那就不妨再看下去。在《湘行书简》中，沈从文说："我希望活得长一点，同时把生活完全发展到我自己这份工作上来。我会用我的力量，为所谓人生，解释得比任何人皆庄严些与透入些！"慢慢地，这个心思变为一种自觉的选择，就成了沈从文反复强调的"责任"。如对新文学，他觉得需要"不逃避当前社会作人的责任，把他的工作，搁在那个俗气荒唐对未来世界有所憧憬，不怕一切很顽固单纯努力下去的人"。安慰战中受到伤害的亲人，他说："因战事日子还长，死者尽责而死，生者也应尽责求生……得余职责所在，无可避免，也自然之理也。"这个责任感，沈从文显然是越来越自觉的，并逐渐扩大到更广的范围里去，如张新颖在书中所说："这种自觉的责任逐渐生长成型，把他的关注中心，从个人的文学事业扩大到他置身其中的新文学的命运和前途，更推至国家和民族的命运和前途。"

有了这耐心和责任的自觉，沈从文获得了踏实的安慰，或者起码是切实的鼓励。写完《长河》后，他在《题记》里说："横在我们面前许多事都使人痛苦，可是却不用悲观。骤然而来的风雨，说不定会把许多人的高尚理想，卷扫摧残，弄得无踪无迹。然而一个人对于人类前途的热忱，和工作的虔敬态度，是应当永远存在，且必然能给后来者以极大鼓励的！"在陷入困局的时候，他相信自己"尚能充满骄傲，心怀宏愿与坚信，来从学习上讨经验，死紧捏住这支笔，且预备用这支笔来与流行风气和历史上陈旧习惯、腐败势力作战，虽对面是全个社会，我在俨然孤立中还能平平静静来从事我的事业。我倒很为我自己这点强韧气概慰快满意"。沈从文相信，他"攀住的是这个民族在忧患中受试验时一切活人素朴的心"，由此，他也就"仿佛看到一些种子，从我手中撒去，用另外一种方式，在另外一时同样一片蓝天下形成的繁荣"。

在引了上面一段话之后，张新颖接着写道："'从我手中撒去'，这是对自己作为一个作家的工作与民族大业息息相通的关系的认同，是对自己的责任和使命的确证。"想来不至于误会，这些话不是一个初入世者的盲目乐观，而是一个经过世事的人谨慎的自我鼓励。正是有了这些自觉的来来回回的证实，我们或许才可以说，这第二次的自我确立，让沈从文把他敏感的天性，对历史长河的兴趣，自觉的耐心和责任混合起来，形成了一个新的自我，"不再沉溺于恶劣的心绪而不可自拔，不再那么自我感伤，不再那么自己可怜自己；脱掉了青年时期紧张而脆弱的浮表外皮，本性坚强沉实的质地愈发清晰，人显得开阔健朗起来"。或许也正因如此，在进入风云更为翻覆的后半生时，沈从文才虽遭艰难而没有一蹶不振，以成长小说主角该有的坚韧，作为一个"弱小的个人从历史中站立起来，走到今天和将来"。

用使人醉心的方式度过一生

除非一个人有冯·诺依曼那样的冷硬心肠，为原子弹的内爆完成了关键计算，同时敢于说，"你不需要为身处的世界负任何责任"，否则，他就不该在原子弹的研制过程中扮演任何角色。但原子弹对科学家的吸引毕竟是致命的，那是炼金对炼金术士的诱惑，很多人要到事后才感受到那尾随而至的、无力承受的道德责任。盟方原子弹项目的主要科学负责人奥本海默，就被这个巨大的怪物折磨得形销骨立。原子弹试爆成功，他脑海中浮现出《薄伽梵歌》的经文："现在我就是死亡，世界的毁灭者。"参与计划的一个年轻物理学家，在原子弹投放之后，难过到在树丛中呕吐。不过，例外仍然存在。一个性情柔顺的女性，就事先做出了决定，她斩钉截铁地表示："我绝不和一个炸弹发生任何关系。"

说这句话的，是丽丝·迈特纳，汝茨·丽温·赛姆的《丽丝·迈特纳：物理学中的一生》提到了她上面的事。1878 年，丽丝出生于维也纳的一个犹太家庭，关于童年，她一直记得自己"父母的非凡善良",以及兄弟姐妹成长于其间的"特别鼓舞人的精神氛围"。虽然从小就对数学和物理学有明显的爱好,但19世纪末的奥地利,仍把女性排除在高等教育之外,丽丝的早期求学经历,十四岁就终止了。20世纪伊始,奥地利终于打开了那扇对女性关闭的大门,迈特纳也于1901年进入了维也纳大学。她即将选择的物理学,不是什么显赫的学问,这门学科在当时更多是一种爱好,还算不上事业。极少数的"学生之所以学了物理,是因为他们想象不出更使人醉心的方式来度过他们的一生"。大概是天生的直觉起了作用,"1902年,丽丝·迈特纳知道了,她就是这种大学生中的一员"。

这种缘于性情的选择并没有为她带来即时的荣耀,在对待女性的态度上,陈旧的社会并没有与物理学的突飞猛进保持同步。迈特纳虽然在德国找到了工作,但仍在很长一段时间里需要父母的补助。这种无法自立的生活较为显著地影响了她的精神状态。1910年,父亲去世,迈特纳负疚地写道:"我做的每一件事只对我、对我的野心和我在科学工作中的乐趣有好处。我似乎选择了一条道路,它和我最深信仰过的原则背道而驰,那原则就是每人都应该为别人而存在。这并不是说一个人必须无缘无故地牺牲自己,而是说,我们的生活应该以某种方式和别人联系,应该是别人需要的。然而我却像鸟儿一样自由,因为我对任何人都是无用的。这也许就是一切孤独中最坏的一种孤独。"

不过,大部分时间,迈特纳忙得顾不上这些消极想法。

她已经在1907年与化学家奥托·哈恩合作，进行放射性方面的研究，并且深深地投入其中。一战期间，哈恩仍在战区，迈特纳已经退役，就独自继续他们共同的研究，哈恩只在偶尔休假时过问一下。1918年，迈特纳研究发现了新的放射性元素，并将之命名为镤。当时，一种新元素的发现有可能带来一个诺贝尔奖，但因为这是他们合作的成果，哈恩的职位又稍高于她，因此，论文署名时，迈特纳慷慨地把哈恩的名字放在前面。

一战结束之后的一段时间，对迈特纳的学术和生活来说，都是极为舒适的。她成了教授，开始独立研究她最感兴趣的核物理。1934年，费米用中子照射元素周期表上的各种元素，有了很多有趣而重大的发现。这些发现引起了迈特纳的关注，并意识到，进一步的研究需要杰出化学家的协助，她便劝说哈恩重新开始了他们的合作。这次成功的合作在1938年出现了转折，因为纳粹对犹太人日益彰著的恶意，迈特纳被迫于7月份匆忙离开德国。在瑞典，马恩·席格班研究所许诺给她一个职位。这一年，迈特纳五十九岁。

虽然迈特纳早就意识到了流亡生活将有的困顿，但她没想到的是，因为席格班的冷落，在斯德哥尔摩，除了一间近乎空房的实验室，她什么也没有，当然无法进行任何物理研究，甚至连生活都需要朋友照顾。她写信给哈恩说："如果一个人必须依靠友情，他就必须或是非常自信或是有很大的幽默感；我从来不具备前者，而在我的当前处境下唤起后者也是很难的。"在这样的窘境中，1943年，盟方邀请迈特纳前往洛斯阿拉莫斯，参与原子弹的研制。对迈特纳来说，这个邀请意味着"令人神往的物理学、可敬的同事们和脱离瑞典的困境"。就是在这样的情境中，迈特纳说出了"我绝不和一个炸弹发生任何关系"，断然拒绝了邀请。

凑巧的是，迈特纳逃亡的这年年底，哈恩和斯特拉斯曼有了一个重大的发现，他立刻写信通知了迈特纳。收到信不久，迈特纳和她的外甥、物理学家奥托·罗伯特·弗里什就此深入讨论，精彩地阐释了哈恩的重大发现，并将这一现象命名为"裂变"。这个重大发现，正是迈特纳当年提议哈恩重新合作结出的硕果。即使在离开德国后，她仍然以各种形式参与了这一发现。就像斯特拉斯曼后来写的："丽丝·迈特纳并没有直接参与'发现'又有什么不同呢？她的倡议是她和哈恩的共同工作的开始——四年以后她仍然属于我们的集体，而且她是通过哈恩-迈特纳通信而和我们联系在一起的……[她]是我们集体的精神领袖，从而她是属于我们的——即使她没有在'裂变的发现'中亲临现场。"

哈恩却不这么认为，他很快就声称，裂变是"纯化学"的，他"根本没有接触物理学"。二战末期，他更是暗示，如果迈特纳当时还在德国，裂变的发现将是不可能的。1944年，哈恩因为这个发现获得诺贝尔化学奖。但这也没能促成他的大度，据说，哈恩在晚年竟然宣称，丽丝可能会禁止他做出发现。迈特纳本人对此谈得很少，她确信，哈恩完全配得上诺贝尔奖，只是偶尔会指出，这一发现需要物理学和化学的相互协助，并相信，"弗里什和我在阐明铀裂变过程方面是做了一些并非没有重要意义的贡献的"。战后，迈特纳一直维持着自己和哈恩的友谊，只是作为朋友，劝说他为了自己的声誉，考虑自己在纳粹统治期间的所作所为，并建议德国的科学家群体"发表一项公开声明，表示你们认识到由于自己的消极退让，你们对所发生的事情负有责任"。不过，哈恩没有收到这封情深意茂的信，对丽丝后来的相似说法也并不领情。历史向来喜欢偏袒，它习惯选择高亢的声音而遗忘羞涩的人，在关于裂变的问题上，世人更多记住的，是哈恩的名字。

这个遗忘的过程有个反向的高潮。1945年原子弹投放之后，立刻引起轩然大波。因为与原子弹制造基础的"裂变"千丝万缕的联系，又是从德国逃亡的犹太人，有人就想当然地把迈特纳称为"原子弹的犹太母亲"，在一些报纸的照片里，丽丝竟和穿着农民服装的妇女"谈论原子弹"。尽管有些荒诞，但她的显赫声誉竟然打动了好莱坞，他们决意投拍一部以她为主角的电影，在脚本里，迈特纳把炸弹藏在钱包里逃出了德国。已经明显笼罩在哈恩阴影中的迈特纳，并未借机显扬自己，她跟自己的朋友说："我宁愿赤身露体地在百老汇走一趟 [也不愿出现在那部影片中]！"

从对待原子弹到对待宣传，迈特纳的态度一以贯之，她清晰的道德感始终向内，从不外求。晚年，迈特纳多次拒绝了请她写一篇自传，或为她的传记提供材料的请求。她觉得，一本关于活人的传记："不是不诚实就是不得体，通常是既不诚实又不得体。"她从这个世界获得的奖赏，绝非虚荣，而是她醉心的物理学："科学使人们无私地追求真实和客观；它教给人们接待实在，带着惊奇和赞美，且不说事物的自然秩序带给真正科学家的那种深深的喜悦和敬畏。"

晚年的迈特纳获得了诸多奖项，她坚持认为，年轻人更需要这些奖励，"一个人在年轻时需要外界的承认，以便发展他在所选道路上的信心"。1968年，迈特纳以九十岁的高龄谢世，因为她卓越的工作和清晰的道德感，即使用最严格的标尺衡量，她也配得上弗里什给她选的墓志铭，"一位从未失去其人性的物理学家"。

附

录

内心的指引

——《我的团长我的团》三人谈

汪广松：我这次来算是游学，昨天学习了，今日无事，听说你们两个书呆子最近迷上了国产电视剧，这倒新鲜。恰好我今年也看过几部，我们不妨就此闲聊一番。

张定浩：说到电视剧，《我的团长我的团》（以下简称《团长》）是我今年看过的最好的国产剧，并深受感动。此剧的市场反应颇有些高开低走的味道。年初第一轮播出引发了前所未有的三大卫视抢播的混战，但热闹没多久，它忽然遭到了自上而下非常一致、非常奇怪的冷遇，并在年末的诸多奖项上颗粒无收。

黄德海：据说观众对这部电视剧也是褒贬不一，有人很喜欢，有人压根儿就厌恶，有人开始看不下去，后来看进去了又觉得非常好。相比起来，《潜伏》的口碑要好得多，从大学教授到商场白领，凡聚饮处皆有人谈论。

汪广松：说到《团长》和《潜伏》，我就想到今年类似题材的另一部电视剧《人间正道是沧桑》（以下简称《人间》），落脚在黄埔军校，大开大阖，好像也轰动一时。

张定浩：我们就从这三部电视剧开始谈如何？

一、三部电视剧和我们的时代

黄德海：一部作品来到世上，它的命运如何，并非其自身可以决定，不过，我觉得我们可以暂时不去揣测外在看不清的波谲云诡，先把注意力放在作品本身。

张定浩：我对《团长》的评断，正是对其作为电视剧本身的评断。对这个剧，网上有些批评，是站在电视剧专业编剧的角度上的，他们觉得，在做一个电视剧的时候，应该先设定类型，战争片、喜剧片、爱情片等，再在这个类型里评断好坏高低。但是，他们觉得《团长》没法类型化，因此就批评说：这不像个电视剧。可是，现在没有人会这么要求小说吧。另外，《团长》最受人诟病的地方，是中间部分的冗长。当龙文章带着残存的炮灰们从缅甸归来，当虞啸卿的部队在禅达和对岸南天门的日军隔河对峙，到底何时打到对岸去，怎么打，就成为故事的焦点。但这个焦点，硬生生延宕了好多集，失焦了。从坏的方面讲，这似乎是导演恶意注水，为了多卖几集拷贝的钱——首播一集据说达到一百万的天价呢。略微拖沓一下，说点废话就多一百万，这当然是巨大的诱惑。

黄德海：经济效益是巨大的诱惑，但也是拍出好电视剧的保障。写作，可以在最基本的生存条件下进行，但在目前的形势下要拍电视剧，必须有相对较丰裕的经济保障，那才可能获得相对的创作自由。

张定浩：经济导致的外在自由与否是一方面，但还有另一方面，也就是艺术创作的内在自由。我倒是觉得，《团长》中存在的冗长、延宕，似乎与20世纪小说美学的发展相通，从追求故事的精彩，到塑造典型人物，再到抛开束缚之后的更为广阔和自由的描述，《团长》似乎横跨了小说美学发展的诸多阶段。概而言之，我从《团长》这里看到一种和现代小说相似的艺术自由性，这种自由性是否也会让电视剧朝一种更为成熟的艺术形式迈进呢？

黄德海：这让我想到了伊恩·瓦特那本著名的《小说的兴起》。小说的兴起，跟文学本身的发展有关，但很重要的是，工业革命以后，因为绝大多数生活必需品都由机器制造，这使得女仆、家庭主妇等从繁琐冗长的家庭劳作中解脱出来，她们的闲暇大量增加，那么，如何打发时间？就这样，可以消闲的小说（novel）应运而生了。电视剧对于我们时代的意义，是不是有点像小说之于18世纪？小说的兴起跟当时的社会状况，跟人们当时的闲暇状态有关，电视剧的兴起和引起关注，是不是跟我们现在的闲暇状态有关？

汪广松：现在电视剧之于我们的生活，有点像年轻时小说之于我们的生活。如果说在我们此前的习俗教养中，小说占了很大的比重的话，那么现在电视剧和动漫等就反映了不同人群的日常教养水准。这个日常教养的水平，决定了一个时期社会平均思想的高度。如今，电视剧这个新兴的媒体方式，因为强大的经济诱因，其实也吸引了相当一部分有天赋的创作者加入，他们的思想高度到了什么程度，被接受到什么程度，客观上也意味着我们社会平均思想的高度。

黄德海：起码，今天的电视剧分有了1980年代我们曾给予文学的热情。最近这些年大家对当代文学的态度，多持悲观，觉得文学衰退了，其实或许不是衰退，只是转向。原先文学中虚构、想象和思考的热情，如今部分被投入电视剧、动漫等新的艺术样式中了。其实每个时代真正具备文化禀赋的人，大约都会通过两种途径进入另外一个灵魂序列，一种是阅读"伟大的书"，薪传一类心灵的珍贵和王气；一种是"预流"新的艺术样式，点燃某种新的可能。

张定浩：等等，你刚刚说——"预流"？

黄德海：这词源自陈寅恪的《陈垣敦煌劫余录序》："一时代之学术，必有其新材料与新问题。取用此材料，以研求问题，则为此时代学术之新潮流。治学之士，得预于此潮流者，谓之预流（借用佛教初果之名）。其未得预者，谓之未入流。此古今学术史之通义，非彼闭门造车之徒，所能同喻者也。"把这个词挪用到艺术上，是指那些对艺术有着独特判断的创作者，会在时代的潮汐中创制属于自己，也属于这个时代的艺术形式。

张定浩：既然说到预流，我就想到，现在已经是2009年年底了，21世纪的第一个十年即将过去，这十年的学术潮流走向，慢慢也会清晰起来，那么，有人已经预流了吗？另外，2009 年又是思想解放三十周年，从三十年为一世的角度来看，这一世的整体思想文化潮流又是如何？我们有没有可能把 2009 年出现的《团长》《潜伏》和《人间》这三部电视剧，放在这样一个辞旧迎新的门槛上来观察？不知你们注意了没有，这三部电视剧涉及的基本是同一段历史时期，而导演们各自的讲述，却又多少和我们从小接受的教育有点差距。

汪广松：这让我想到了王夫之的一句话："韵意不容双转。"无论是《潜伏》里的李涯，还是《人间》里的杨立仁，我们从小受到的教育就认为他们是特务。虽然我们成人后也慢慢认识到特务是个中性词，但问题在于，一旦导演把这些"特务"们往品质好的方向塑造，哪怕是真实的，我在情感上还是不能接受。《团长》也是如此，虽然我意识到《团长》中对某部分人的塑造可能较此前的作品更全面一些，但潜意识里还是有些抗拒。

黄德海：这说明了我们历史教育的成功。《人间》的导演，就是《走向共和》的导演，"走向共和"是孙中山的话，"人间正道是沧桑"是毛泽东的诗句，从这大约可以看出导演的野心。《走向共和》之所以风传一时，重要的一点我觉得就在其对李鸿章、袁世凯、孙中山等历史人物的"还原"上。《人间》的定位和《走向共和》一脉相承，重心在历史上，和我们当下的境况联系相对较弱。《潜伏》的好处，在它能和我们的现在息息相关，这个讲历史的片子诱发了对当下办公室政治的热议，不是偶然的。而我之所以对《团长》更感兴趣，就因为它既不是为了反映现在，也不是为了复原历史，而是沿着自己内心的某种要求来进行的，换句话说，这部电视剧有可能是面向未来的。

张定浩：还原历史，这个态度本身没错，拥有过去才有未来。但还原历史的悖论在于永远无法真实地还原，还原的过程总是另一种扭曲。

汪广松：我倒认为，所有对于历史的还原，最终是争取对历史的解释权。重要的不是还原出什么，而是看谁来还原，为什么这么还原。这三部片子，对历史的还原是不一样的。

张定浩：《人间》一剧，无论是其中的美学观，譬如家和国的呼应、个人成长和大时代的对应等等，还是其中的精神志向，我们都可以看到导演受1980年代思想影响的浓重痕迹。

黄德海：我们必须明确一点，所谓的1980年代的思想，包括我们的主流教育赋予的一部分，在这个意义上，《人间》的导演展现出来的某种"独特"，正表明我们的教育也哺乳出了自己的思想"逆子"。如果可以深入推测《人间》的内在理路，我们是不是可以说，这个理路正是1980年代启蒙思想的一个流向？这个流向因其对主流思想的反叛，从而或多或少带有"主流"的影子。

汪广松：我觉得，这个流向的根源是某种理想主义。这种理想主义与我们的主流思想合流，共同主导了那个时代的思想流向，并形成了我情感和理智分歧的一个内在原因。对这种理想主义，一些人仍念念不忘，更多的人已将之抛弃，因此《人间》在反响上就毁誉参半。

张定浩：前阵子我看到有学者用犬儒主义来概括1990年代的思想走向，主要是"吃饭哲学"，那种"活着就是一切"的精神，从《活着》的成功到王朔的走红，再到《潜伏》中余则成所说的"我信仰生活"。似乎可以说，《潜伏》之所以能在当下获得如此巨大的共鸣，正是1990年代的主流思想一点点在民众间生根发芽并在当下开花结果的产物。

黄德海：如果把1980年代看成理想主义占主流的时期，那么1990年代的思想状况是不是可以看成"从理想主义到经验主义"的转向？1980年代萌芽的"主体"意识逐渐在市场经济的大背景下被吸收和改造，并逐渐遗忘了这一问题提出时的时代针对性，从而变成了所谓的"犬儒主义"。

汪广松：每一种思想，从萌芽到开花结果再到落地生根，都不是一朝一夕的事。如果只观察思想史，我们无论如何也不会想到，当下大受欢迎的《潜伏》竟会是1990年代思想的一种变化形式。1990年代的思想之花其实是到了我们现在这个时代更蔚为大观。

张定浩：那么《团长》呢，它既有1990年代的面影，也有1980年代的印痕，但它的独特是不是因为是21世纪第一个十年思想的产物呢？假如这个想法能成立，那么，这三部在2009年同时出现的电视剧，恰恰象征了过去这三个十年各自不同的思想之路，它们同时存在于这一刻，过去，现在，和未来。

汪广松：这可以解释《团长》为什么受冷落了，因为这种思想目前还只在少数人中间传播。但这三个电视剧与三个时代的一一对应太精巧了，以致我有些难以相信。

黄德海：思想对人和现实世界的影响总是曲折而隐蔽的，或许要等到开花结果的时候，人们才朦胧看得出其间的秘流，我们不必急着下结论。倒是21世纪开头这几年思想界出现的更新迹象值得我们好好注意。这个更新主要体现在两个方向，一个是对西方经典的重新认识，一个是对我们自己典籍的识别。这两个方向一隐一显，在某些地方也会重合。

汪广松：对西方经典的重新认识和对我们自己典籍的识别，归根结底还是为了"认识"我们"自己"。对西方经典的重新认识，正是我们认识自己的一种方式，当我们自身文化的发展已呈疲态的时候，有志之士只好参与世界循环，在认识西方的同时认识自身，从而把双方精彩的东西通过竞争展示出来。

黄德海：在讨论思想影响的时候，也应该注意另一个问题——某些艺术的高度和强度可以与思想的传播无关，如果可以说得坚决一点，我想说，真正优秀的艺术其实与这个时代的优秀思想头脑一起，参与了我们时代的文化创制。而这种创制，无论在任何时代都是超前的，这同样也是这类作品通常得不到广泛认同的原因。

张定浩：看来，现在我们的话题必须集中在《团长》上了，因为在这三部电视剧中，大概只有《团长》体现了这种超前。

二、炮灰……还是精锐

汪广松：要谈《团长》一剧的超前，需要先深入探讨"这一个"（this one）电视剧。

张定浩：我们是不是先挑几个"炮灰"分析一下？

黄德海：好啊。你对其中哪位比较有兴趣？

张定浩：对郝兽医这个人，我很感兴趣。他是个兽医，后来成为正式的医护兵，但他又关注人的灵魂。他总说，魂丢了，他意识到这些人的魂没了。那么，这里有三个东西，兽性，肉身，以及灵魂。

汪广松：这三个东西可以合在一起。孟烦了说过，他们躯壳里盛装的是一颗野兽的灵魂。兽医倒也名符其实。

张定浩：这个医护兵的角色设置，我猜是受到了西方影视剧的启发，比如斯皮尔伯格那两部关于硫磺岛战役的电影，《父辈的旗帜》和《硫磺岛家书》，还有美剧《兄弟连》等，这些片子里边经常会出现一个镜头，就是士兵在战场上不停地呼唤 doctor，然后医护兵不停地冲到那个地方去救人。在西方影视里医护兵似乎是个很重要的角色，但《团长》里的郝兽医又有不同。剧中一个细节很有意思，就是兽医看到一个日本娃娃兵中弹了，他爬到前头后又折回来，告诉那个伤兵捂住伤口，等他们的人来救。这个人道主义就有点特别了，很西化，也很中国化。

汪广松：兽医实际上没有救活几个人，大多数时候他是守候在伤兵跟前，握住一双垂死的手。孟烦了说，兽医的手，是他们死时很愿意握的手。这双手，握住了生与死，在阴阳两界中间。郝兽医是边缘人。

黄德海：龙文章不大理郝兽医，孟烦了也呲他，迷龙更是看不起他，正像孟烦了说的，郝兽医是个"活着不多，死了不少的破老头"。郝兽医的身份，也许借鉴了西方电影中的医护兵，但我觉得，郝兽医这个人物设置骨子里可能更是我们自己创作传统中的。比如，在传统作品中，我们经常会看到两种人，一种不是非常特别，但某些时候没有他，大家就乱了方寸。这个人大多情况下是个老者，有点胖，睡觉爱打呼噜，碰到事情还躲，但在某些时候，这个人会起某种不可替代的作用，甚至会扭转整个局面。我现在想到的，是《七侠五义》中的北侠欧阳春。另一种是深藏不露，普通到大家都忽略了他，但一旦有某种必须的时刻，这个人又会出现，《天龙八部》中少林寺的扫地僧就是这样的角色。郝兽医这个形象还没这么丰厚，但在"炮灰团"心里，对郝兽医是不是自有一种珍重，这个珍重是不是在关键时刻会起作用？

张定浩：郝兽医说他是伤心死的，他的死，是一个很大的推动力，推动团长去打南天门。

黄德海：龙文章说，兽医是他最怕的一个人。有一个怕的人，其实是有一双眼睛一直在看着他，有一个人懂他。电视剧中一直是孟烦了在牵制龙文章，他俩像一个人，孟烦了不松口，龙文章很难做最后的决定。而郝兽医的死给了孟烦了能量，给他一个突破，其实是郝兽医通过孟烦了，把攻打南天门这个事情决定了。

张定浩：郝兽医临死前一直在找钥匙，这是很重要的一个细节。《团长》的编剧兰晓龙是1980年代过来的人，那个时代有一首很有名的诗，《中国，我的钥匙丢了》，郝兽医找钥匙是不是和这有关？

汪广松：这首诗当时很多人能背，现在看，至少在诗歌领域，比这首诗好的新作品实在太多了。可见，大量评论家喋喋不休的所谓文学衰退，或许只是个假象。并且，这首诗的力量跟《团长》相比，显得弱了。郝兽医死后，孟烦了开始疯狂地想念兽医式的软弱，并说郝兽医从不恶毒——这是他能想到的最好的话。郝兽医升天了，升入阳光，到达阴暗如孟烦了永远无法到达的纯真之地，而那首诗原本打动我们的地方，或许也是这种纯真。

张定浩：说到纯真，我觉得迷龙也是另一种意义的纯真。迷龙是战争的受害者，但他也做黑市生意，发国难财。他捡了老婆孩子，用卑鄙的手段弄了一套红木家具，还死乞白赖住进财主的"豪宅"，活脱脱一个兵痞。孟烦了也疑心迷龙才是他们当中最聪明的人，是个人精。可是，一旦打仗，迷龙又毫不犹豫地上战场，虽然他是最眷恋生命的人。这个迷龙精力旺盛，阳气十足，你看他生来死去，嬉笑面对。孟烦了愿意和迷龙待在一起，就是想沾他的阳气吧。孟烦了当逃兵被抓回来，绑着，饿着，但偏要乐呵呵的。有趣的是，看守孟烦了的恰是两个浑人，一个是结巴，一个有点傻。这个就有游戏成分，《团长》中总是有游戏，包括敌我两军阵地前的"联欢"。

黄德海：两军阵前的"联欢"很有点像西方的狂欢，那一刻，他们既是演员，又是旁观者；既是敌对者，又是游戏的同伴。这个看似荒诞的游戏场景，既有压力暂时纾解后的猛烈释放，又有对残酷战争的反讽。

汪广松：他们给人取外号，比如"死啦死啦""丧门星"等，听着就晦气，但他们无碍。

张定浩：迷龙，这个名字也有点意思，龙和迷，暗示了他是不可战胜的，他象征那种强悍的力量，但是这种力量又是迷的，混沌的，不被约束的。说起来，团长也姓龙。

汪广松：这种力量也很残酷。迷龙是个机枪手，他的副射手是豆饼，机枪架子坏了以后，迷龙就让豆饼做架子。进军南天门，豆饼抱着机枪筒，受不了，反复叫迷龙哥，可迷龙不听他。豆饼最后死了，死于这种残酷。迷龙很内疚，但豆饼活着，还是会被当枪架子用。像豆饼，他快饿死那会儿，没人知道他的大号，大家根本就没记。别人还让他试吃野草，看看有没有毒，没人把他的命当回事，那些人还是他的战友。而对上峰来说，生命更只是战争的燃料，那些炮灰们，惟一的用处就是随时可以牺牲。人命究竟是什么东西？太平时代，人命关天；乱世当中，人命如同朝露，但这是时代共业，必须承担。抗战时期，中国落后于世界形势，所以有大量的淘汰，这是共业。当然，各人还有自己的别业，这些地方真是一点办法也没有，没有人可以帮你，帮你反而不好，只能自己来。

张定浩：很多人说，豆饼就是没有成功的许三多。许三多是虚幻的，他给凡人一个梦想，而豆饼是真实的。作为艺术，它会用一个夸张的方式来表现真实，这种真实性不仅表现在好的方面，还要表现在恶狠狠的方面。

汪广松：虚幻的许三多有其实实在在的指向，他走成了一条路，给尘世里的普通人一种希望。而《团长》中的每一个人，好像都是什么事情也没有做成，也没有一件事情做得像样，炮灰如此，精锐也如此，没有人能做成什么事，可事情就是这样做出来了。

张定浩：《团长》里反复说到炮灰和精锐的关系，他们之间的张力非常有看头。

汪广松：炮灰和精锐们的冲突可以分为两个层次。首先是炮灰团团长龙文章和属于精锐的师长虞啸卿之间的冲突，其次是他们下属，炮灰们和精锐们。龙文章和虞啸卿有三次激烈的冲突，这三次，虞啸卿都准备枪毙龙文章，因为他握有枪毙人的权力，而龙文章只好妥协求生，但虞啸卿都没能让龙文章心服。虞啸卿才能有限，但有一个盲目的大志，就是这个大志遮蔽了他，使他无明，唐基瞄准了他的弱点，说他不过是个把岳飞挂在嘴边的短视之徒，遭此严重打击，虞啸卿就认了。他这个姓也是有所寓意的，龙文章说他本来就姓愚。沙盘推演之后，则是他们手下的人开始冲突，主要有两次，第一次，精锐们欺负昏迷不醒的团长，第二次劫持小醉，都比较下作。实际上，精锐们在德性和智力上都未必比得上炮灰。精锐们衣冠楚楚，装备精良，炮灰们正好相反。

可是，炮灰们并不庸俗，因为他们经历过美好事物。孟烦了自己有一个解释，说自己是炮灰团，那是自嘲，可谁要真把他们当作炮灰，那肯定不能接受。也就是说，别人可以看不起自己，但他们内心里看得起自己，尊重自己。

黄德海：其实，把精锐的名分去掉，精锐就是炮灰。自称精锐的时候，已经是垃圾。没有精锐名分的炮灰，还是在做事情，那就是真正的精锐。

汪广松：《团长》最后把炮灰和精锐组合在一起，形成一个团队去打南天门，但以炮灰团为主，这表明《团长》还是偏向炮灰。剧中有两个比喻。一个是精锐师长说的，把好苹果和烂苹果放在一起，都烂掉，所以他把炮灰团单独放着。另一个是炮灰团团长说的，如果一间房子，把所有不如意的地方都剔掉，那么房子就塌了。这里，龙文章的认识高于虞啸卿，他知道没有一尘不染的事，所谓"水至清则无鱼"，但这并不妨碍他自己做得更好一点。这，对我们的日常生活很有借鉴意义。

三、两个女人

张定浩：说到日常生活，似乎总离不开女人。和《士兵突击》清一色的男人帮相比，这部相同班底打造的《团长》多了两个女人。两个奇怪的女人，上官戒慈和陈小醉，一个寡妇，一个妓女。

黄德海：小醉的身份，我觉得应该说得委婉一点。

汪广松：没错。我觉得她是干净的，我一直都没太注意到她门前的那块表示妓女身份的牌子。

张定浩：我们不要回避"妓女"的问题。用"干净"这种词，就把问题简单化了，就像难受一样，你要面对这个难受，才能看清更多的东西。一个人可能会面对两种最极端的考验，一种是肉身的死亡，一种是灵魂的沉沦。为什么我们会觉得"妓女"这个词残忍呢，是因为在中国传统里，女性的贞节，作为一种象征，有着与生命同等甚至高于生命的重量。

黄德海：委婉并不是回避问题，只是因为我们看到了从事这份职业背后的乱世及其不得已，懂得小醉的艰难，用委婉来表达我们的理解。在某种意义上，小醉有点像《罪与罚》中的索尼娅。

张定浩：索尼娅问题涉及灵魂，而在《团长》里，也存在着一个看不见的天平，一端是龙文章和炮灰团的命，一端是小醉的灵魂。我们在考量炮灰团面对生死的态度同时，怎样同时面对小醉遭遇的这种灵魂的毁灭抑或重生？我觉得在小醉这里，《团长》恰恰涉及一个关于灵魂变化的重大主题。

黄德海：怎么讲？

张定浩：我们回顾一下"五四"以来文学中有关"堕入青楼"的主题，这个"堕入"与否的挣扎，在中国人看来，是关乎女性灵魂的挣扎，每每作为一个重大冲突来表现。然后再来看小醉，你就发现一种非常不一样的东西。她把它当作生活的一部分，到了这一步，挣扎也好，不挣扎也好，只好这么做，自然而然，并没有一个非常激烈的、作为戏剧冲突或者说反映主题的挣扎。我们再反观"五四"以来的文学，还有一个"妓女从良"的主题，那往往意味着一个重大变化，意味着灵魂更生，重新做人，也是要经历千难万险，但是在《团长》这里边，这样一个过程，同样被处理成日常生活的一部分。我觉得这个剧在涉及一个女人成为妓女然后又企图从良这两个主题的时候，把以前文学传统中的隐喻也好，象征意义也好，全部破掉，当作日常生活的一部分，平静地接受下来。

汪广松：跟沈从文笔下的同类人物有没有区别？

黄德海：沈从文表彰她们了，这种表彰就是异样的表现，和这里所说的"平静的日常"不一样。

张定浩：对小醉来讲，看似这么重大的问题，竟然就在日常生活消化了。

黄德海：她觉得孟烦了好，就跟他，不是用理智，而是用直觉思考。上官戒慈和小醉比，如果小醉是直觉的一面，上官戒慈就是理智的一面。上官戒慈把和迷龙的关系，和孟烦了父亲的关系，和其他"军爷"的关系，都处理得非常条理，其中有原则，也有让步和妥协。上官戒慈对龙文章的认识，是经过判断的。迷龙最后说孟烦了好，团长好，执意要回炮灰团去，上官戒慈也都摆过这些利害关系，她知道她控制不了迷龙这一方面。但小醉不是这样，她听从自己的直觉，更显得一往无前。孟烦了当逃兵被抓，小醉去送鸡蛋，那已经是她最后的家产了，但她就是要把鸡蛋送给孟烦了。对她来说，孟烦了偷了她的粉条也好，当逃兵也好，无论他是一个伟大抑或猥琐的男人，她都是这么看待他的，因为她有一种自然道德的判断。这种自然道德，这种直觉，是这部《团长》完全不能忽视的一个东西。说到这里，我想才能谈论小醉的"干净"。

张定浩：你看小醉身上的这种力量，跟龙文章一直表现的力量，是不是有某种联系？一方面，龙文章一直在找东西，另一方面，小醉一直就这么做，从来不用找，就这么做，把外面的诸多现实判断啊，伦理困境啊，全都弃绝了……

黄德海：但这个弃绝却不是完全的，中间有基本的是非感。离开基本的是非感谈论弃绝，我们就无法把小醉区别于通常意义上的"坏人"。

汪广松：如果说小醉是自然道德，那么上官戒慈就是社会道德，她同意嫁给迷龙，她对龙文章的认识，以及她最后同意迷龙回炮灰团，都是经过清醒的判断，都是摆过种种利害关系的。然而，小醉和上官戒慈的选择最终却是一致的，龙文章和孟烦了的选择也是一致的，我自己都吃惊这种相似。

张定浩：这正是这部片子要找的一个东西。前面两个方面的思考，包括对龙文章炮灰团的思考，对小醉和上官的思考，让我联想到一个词——死去活来。看上去是一个很挣扎的东西，但是，"死去活来"之后，它就是日常的，每天就是这么死去活来地过。对于炮灰团、龙文章、孟烦了他们，要反复挣扎才能过那个坎，但是对小醉来说，死去活来就是她每天的生活，如洗衣吃饭那么自然。而就在这里面，我们最后也许能找到中国的希望，找到一个魂。

四、"招魂"与"封神"

汪广松：说到魂，我觉得龙文章就是个招魂的角色，《团长》本来就是《国殇》，这个电视剧骨子里就是招魂。不过有趣的是，龙文章母亲说他干不了这行，因为没魂根，生气太重，不但不能让死人归乡，还搅得活人不得安宁。你看龙文章的所作所为，还真是这样。

张定浩：形式上的招魂有三次，正式当了团长之后，他就不搞这一套形式了。他对虞啸卿说："我在找我们丢掉的魂，找不回来，我们这一辈子，都不得安宁。"或者可以说，当团长以前的招魂是有形的，之后是无形的。

汪广松：虞啸卿问他："你真信人有魂？"龙文章说不知道。鲁迅小说《祝福》中，祥林嫂也是问这样一个问题，作品中的回答也是一个不知道。但不管你相信还是不相信，这个问题对人生都已经产生了作用。

黄德海：这个疑问永远存在，答案需要一代代人去探索，而人的行动才是主要的。鲁迅在小说中提出来的问题，用他自己的一生做了回答。

汪广松：龙文章以前是为死人招魂，以后是为活人招魂，招魂是为了活着，招的是一个活的魂，在这个过程中，他自己成为魂，是自己的魂，也是川军团的魂。他第一次现身的时候，孟烦了一行十几个人，正躲在一个封闭的仓库里，被四个日军围着打，吓得魂都没了，是龙文章打破这间仓库，救了他们，从此，这些人就慢慢地有了归依，把丢了的东西慢慢找回来了。去西岸侦察的时候，龙文章就说他们"都是找到了魂的人"。有了魂，就不再是行尸走肉了。

黄德海：那么，这个魂究竟是什么？

汪广松：我们先来看看这部电视剧里穿插的军歌。他们在怒江边上唱的《新一军军歌》有一股大汉风，这股大汉风，是汉人之所以为汉人的地方，是汉民族之魂。另外，剧中明确提到一个民族魂，那就是孟烦了回忆他小时候作文，题目是"论孝悌忠信礼义廉耻为民族之魂"。他说他最后也没搞清楚，但他并没有把这个魂全丢掉，比如讲孝道、重义气等。他还有一个题目，"论民族之血为石油，民族之骨为钢铁，民族之神经为技术"。石油、钢铁、技术，是现代西方的物质基础，是西方强健体魄之魂。《团长》中的美式装备，是大家梦寐以求的，随着美式枪械一起来的，是两个美国人，麦克鲁汉与柯林斯，他们是新的血液，新的魂。那么，这是在招现代西魂了。也就是说，《团长》招的这个魂里边，民族性的东西有，还有西方的、传统的在，现代的也在，这样就塑造了一个新的民族魂。

黄德海：其实，这正是我怀疑和有所保留的地方。我们可以把唤醒的这个东西压得很低，不用上来就直追两汉，远征西洋，这样多少有点务虚之嫌。我们或许可以换个方式讨论这个招魂问题。我觉得《团长》里面有某些形式像《封神演义》，《封神演义》里有封神潜力的人物一经战死，就"一魂往封神台去了"。《团长》也是这个形式，一开始，炮灰们要编入正式部队，每个人都报了自己的名号，然后到每个人将死的时候，剧情都会把他报名号的情景做一个黑白闪回。这似乎是在表明，每一个牺牲都是有意义的，正是这些牺牲一点点扭转了形势。这就是进入了"封神榜"。我感兴趣的是，为什么是这些人能进入了"封神榜"？

汪广松：是不是可以这样推测，他们心底的某种东西亮了，而一旦这个东西亮了，他们就进入了另外的灵魂序列？每个人意识到、找到这个以后，就进入"封神榜"了。

张定浩：具体一点，我们要问他们意识到了什么。比如，安逸。《团长》有个主题，就是说中国人太安逸了，"中国鬼死于听天由命和漫不经心"。其中有一段团长留几个日本兵不打死，为什么不打死？中国人习惯于安逸，他就留几个鬼子，让大家有危机感。

汪广松：龙文章认识到了安逸的危害性，所谓"生于忧患，死于安乐"。这也是他的兵法。

黄德海：我觉得反对安逸的主张来自团长身上的那股活力，不认栽，不苟且，不安顿，总要找点有益的事情做。这股活力是很多人觉得是他疯狂的原因，大概也是"炮灰团"愿意跟随他的原因。

张定浩："炮灰团"愿意跟随团长，除了你说的活力，我觉得还有"希望"。而说到希望，我想起我看《团长》期间做过的一个梦，梦见背着书箱的小书虫走在禅达的青石板街道上……

五、假如这一生能常在可靠的希望中度过

汪广松：你的意思是，小书虫是"少年中国"的象征，他预示着某种希望？

张定浩：我要说的希望跟小书虫无关，但跟读书有关，所以就连类入梦了。

黄德海：说起来，虞啸卿、孟烦了、阿译等，都是书生从戎。但《团长》对读书人颇有讽刺，像阿译，每门功课都是优，从未上战场却当了营长，朝天放一枪，枪梭子会掉下来找不见。虞啸卿也有书生气。《团长》对书生是不满意的。

汪广松：龙文章对小书虫又爱又恨，他羡慕读书人，但小书虫说什么在"暗夜里竖立火炬"，既不谨慎，也显空泛，惹得龙文章动手揍了他两次，坚决不同意他参军。但小书虫自有其可贵，那一腔报国热忱不是空的。龙文章嘲笑他背着一箱书怎么参军，但后来小书虫硬是参加了游击队，为了掩护龙文章他们牺牲了。读书和战争可以不矛盾的。

张定浩：小书虫的出现在剧情的推进上是个转机，他为龙文章指点了一条过江的路，为以后龙文章的过江侦察提供了情节上的可能。

汪广松：与小书虫相对的，是孟烦了的父亲，他可以说是条僵硬的老书虫。孟父极具隐喻，他是清末留洋学生，学机械的，但一样设计也没做出来。他学的是西洋技艺，思想却是传统保守的，真所谓"中体西用"。孟烦了念的他作的那首词，"花非花，梦非梦"，"心非心，镜非镜"，是一个传统士大夫在家国剧变面前无力和破碎的心境。孟父的口头禅"偌大个中国，摆不下一张安静的书桌了"，本来是一句催人奋进的话，但到了孟老夫子嘴里，就显得很滑稽。

黄德海：我觉得对孟父，《团长》的主创基本是持否定态度的，大概他们眼中的传统文化就是这样孱弱的。在当时的情况下，确实有这样一帮读书人，老是在抱怨、感叹，主创人员看到的，大概就是这样一群人。并且，在这些地方，他们把对现代知识分子的不满也放进去了。然而，我们也还应该看到，当时那帮不拿枪的读书人也是有力量的，在虚构的、苍白的孟父背后，还站着不少真实而丰富的读书人，这些人一直在做事情。那张放不下来的书桌，有些读书人就在战火中把它放下来了。

汪广松：只有这样，或许书桌才能放得牢靠。有些人非要弄个书房、书桌才可以读书，可是，真等到书桌放好了，他可能就不读书了。

张定浩：此外，我们也不能说团长是个不读书的人，只能说他不是一个像孟烦了父亲那样读书的人。如果说他不读书，就把他单薄化了，仿佛他是从虚空中忽然蹦出来的，从泥地里忽然顿悟出来的。

黄德海：团长的生活经历也可以看成书，就像他看到死人学会了打仗，看到生人当然也可以学会读书，读书、读人、读物嘛。

张定浩：这让我想起了普罗米修斯。你看普罗米修斯教给人类的：天文，数学，文字，畜牧，纺织，医学，方术，采矿等，都是技艺，而团长也央求美国人教给炮灰们技艺。在埃斯库罗斯的悲剧中，普罗米修斯说："我把盲目的希望放在他们心里。"为什么是盲目的呢？"因为技艺总是胜不过定数"，在可以掌控的技艺之外，还有不可掌控的命运。美国人麦克鲁汉之所以一度要离开炮灰团，是他感到绝望，他觉得与其给炮灰们一点盲目的希望，不如闭上眼睛，一走了之。"但定数不该是个死"，团长抛弃尊严恳求美国人留下来的原因，是他既看到了存在于技艺中的希望，也看到了定数的力量，但他依然要求技艺，并试图重新为炮灰们找出一个"可靠的希望"，就像《被缚的普罗米修斯》中那群天真无邪的歌队女子唱的那样："假如这一生能常在可靠的希望中度过……"

汪广松：团长的可靠希望，是否跟兵的训练有关，跟武器弹药有关，跟掌握敌情有关？他还是需要现代装备的……

张定浩：这还是技艺层面，还是让人深陷"盲目的希望"中不可自拔。

汪广松：孟烦了说，明知道是输，却还在想胜利。最可靠的希望是胜利，最盲目的希望也是胜利。

张定浩：孟烦了说的"可靠"与"盲目"，其实和团长寻找的并不相同。团长在第二十二集里说，没有答案也要做事情。这个或许跟我们谈的"可靠的希望"有关，团长的希望是不是他自己内心某种东西的指引？"可靠的希望"，这个回荡在《被缚的普罗米修斯》里的心愿，原本和对神意的信仰有关，但团长在这里不自觉地做了一个颠覆，让它不再取决于外在的神意，而取决于个人内心的觉醒程度。

汪广松：《基督山伯爵》最后有一句话：等待和希望。团长一直是个善于等待时机的人，看到国土沦丧，军队溃败，他不甘心，于是，他等到了一个当团长的机会。但团长并没有因为看到机会就被热情冲昏头脑，打南天门的时候，他已经有了对策，但即使师长跪下，他也不说。这个可贵的延宕，是因为他知道这场战争的后果，同时也在等待一个时机。

张定浩：说到等待，还是取决于外在结果了。让希望取决于外在结果，那就还是盲目的希望。

黄德海：当时的情势是，上峰无战意，战士无斗志，黑暗仿佛是望不到头的。但是团长做了内心召唤他的事情，不简单地等待，也不去无谓地进行内部斗争，而是既不袖手，也不抱怨，就是去踏踏实实地做。而这个做，别人或许不懂，不理解，却是这弥漫的绝望里的一丝希望。团长就是通过自己的做，把炮灰团心中的希望点着了。

六、一条朝向未来的路

汪广松：我要补充一下，团长还是一个"罪人"。

张定浩：龙文章究竟犯了什么罪？

汪广松：虞啸卿下令抓他的时候，给的罪名是临阵脱逃。审判的时候，龙文章的罪过是以一区区军需中尉的身份冒认团长，害死了一团人。相反，如果龙文章他们战死，虞师不但不会定他们的罪，反而会赞赏他们。在他看来，作为一个中国军人，在抗战时期活着就是耻辱，就是有罪，这是原罪。但龙文章抓住炮火间隙逃回来了，那是惟一逃生的机会。他为什么要跑回来？就是想活着。他辩解道，不能为死而死，虽然有些作孽，但不该死，这是其一。第二，他冒认团长，虽然在自私的意义上满足了他自己领兵的梦想，但在当时溃败的情况下，也只有这样做，才能把大家拉回来。

黄德海：龙文章在"法庭"上的讲话，很像一篇洋洋洒洒的"申辩"。归结起来就是一句话：让事情是它本来该有的那个样子。

汪广松：事物应该有的那个样子，这句话有政治指向，就是说这个时代本来应该这样子。这个地方真的表现出了主创人员的苦心孤诣。

张定浩：这里边，有一种对于人生的正视。团长反复说，让事物是它应该有的那个样子。那什么是事物应该有的样子，只有正视了以后才知道。如果不正视、不面对真实，那就只好瞒和骗。鲁迅有篇文章，《论睁了眼看》，他认为文艺和真实的生活之间存在一个互相作用："中国人向来因为不敢正视人生，只好瞒和骗，由此也生出瞒和骗的文艺来，由这文艺，更令中国人更深地陷入瞒和骗的大泽中，甚而至于已经自己不觉得。"

汪广松：正视以后的瞒和骗，和没有正视是不同的。龙文章对孟烦了说，骗你的，都是骗你的。为了把大家从缅甸骗回来，他三十六计全用上了。他知道只有这样做，才能把大家带出来，所以必须把他们骗进去，他的骗就是懂得真实以后的艺术，这个就是"神话之艺"了。

张定浩：但他最后是把这个瞒和骗破掉的。也许破掉之后依然会有瞒和骗，但已经不一样了，新的东西出现了。这可以跟《南京！南京！》比较一下，《南京！南京！》里边，导演设计了日本军官的自杀，就有点鲁迅所谓的"瞒和骗的文艺"在里边。

汪广松：在《团长》同名小说版的结尾，龙文章他们是牺牲了的，但在电视剧的结尾，龙文章他们活了下来，百劫不死，百毒不侵。

张定浩：这是导演的一种慈悲，因为懂得。懂得以后，那慈悲才会有力量，不然就是假慈悲。

黄德海：我觉得，团长的形象——或者说主创心目中团长的形象，区别于孟烦了的父亲，区别于唐基和虞啸卿，甚至区别于任何好的或者坏的知识分子。他不是个普通意义上的正经人，而是站没站相，坐没坐相，说话也颠三倒四，可就是这样一个人，听从了内心的指引，走出了一条新的路。

汪广松：没错。我们可以在电视剧中看到，团长一直在收集散乱的人心，从而把能量累积起来，去走这条新路。从缅甸丛林里把炮灰们带出来的这个过程，是团长的第一次能量收集过程。第二次能量收集过程，我们可以把他们回到禅达以后的所有过程都如此看待。这两次能量收集，前边是自发的，后面是自觉的，但都需要大胆和谨慎。

张定浩：第一次相对简单一点，因为是回家，是要活着，"回家不积极，脑子有问题"。但是第二次是去死。我们不禁要问，是什么在推动他们往死路走？

黄德海：第十八集有一段对话我印象很深，就是团长和孟烦了要"渡江侦察"的时候，麦克鲁汉对团长说："我很想去，但这真的不是我的工作。"团长回答道："我真的眼红你说这种话，我真想有一天也能说这样的话。"其实团长要做的，也不是他的工作，但现在这个不是自己工作的"分外之工"，就成了团长的工作，而这，不就是推动他们往前走的力量？

汪广松：《团长》小说版的"内容提要"里有这么一段话："列宁在评价高尔基的《母亲》时说：'这是一本及时的书。'今时今日，在尤其需要我们对未来抱有信心的时候，本书也当得起这一评价。"我觉得这段话挪来评价电视剧版的《团长》，也是恰好。

张定浩：上面这段话翻译过来或许就是：如果是现在，团长他们就在这里，如果炮灰团这帮人是现在的年轻人，他们就在做这些力所能及的、或许原本属于分外的事。

汪广松：有两种可能。第一，康洪雷和兰晓龙已经在做团长做的事情，要为现在跳街舞、迷恋电脑游戏的新新人类招魂。另一种可能，是提醒我们这些看电视剧的人现在应该怎么做。我们讨论的团长，就是我们每个人自己的团长，炮灰团在做的事情，正是我们每个人自己要做的事情，正在做的事情，也是能做的事情。

黄德海：在穷途和歧途，不甘荒废此生的团长和炮灰团走出了他们自己的路，当下的《团长》导演康洪雷也走出了自己的路，并提示当下的我们反思我们的人生，不致让生命白白流逝，这，或许就是《团长》中超前的东西吧——虽然看起来那么古老。

张定浩：换句话说，《团长》指向的，就是我们每个人面前那条朝向未来的路。

黄德海：电视剧谈得差不多了，晚上我们一起去喝喝酒，聊聊家长里短。

张定浩：如果大家都能"饮酒温克"的话，回头我还要跟老汪手谈一局，看看他的棋艺可有长进。

汪广松：可惜老黄不会下，只好在旁观战。

黄德海：嘘，小心虚竹……

补充：2009年6月，张文江老师和朋友讨论时，对《我的团长我的团》有议论，一并抄在这里：

《团长》电视剧是面对过去，面对历史的——不仅是面对过去，面对历史，根本上是面对现在。反思民族二十世纪的历史，恰恰是现在的事情。不是有一句话这样说吗，一切历史都是现代史？

其实，不仅仅《团长》，《潜伏》拍的也是现在。假夫妻中男女之情的微妙之处，不也是永恒的吗？保密局中的勾心斗角，不就是今天的"办公室兵法"？《潜伏》演员也很好，拍得也很好，但是境界怎么能和《团长》相比。康洪雷的谦卑只是一部分，你看他在重要的地方哪里让过一步。说"我们不配讲归宿"是对的，所谓讲归宿，就是给现成的理论解释掉。对于民族二十世纪的历史，对于那么多鲜活的生命，轻易地给解释掉，怎么肯甘心。电视剧的结尾在艺术上有创意，但在思想上没内容，表明主创人员也没有完全想明白。既然中西所有的理论都不足以解释，那么只有另外走新的出路，在思想上，在艺术上。其实，这句话换个时髦的等价词就明白了："在路上。"无法直接走出路来？——其实至少有一人已经直接在走了，那就是导演本人，他已经不愿意再等了，尽管还没有完全自觉。问题与答案，可能一起吗？——可能的，如果找到真正的问题，就不用另外找答案了。

不管环境怎么糟糕，周围人怎么腐败或者愚昧，而我应该怎么办？难道真的以此为借口，轻易荒废自己一生的生命？不声不响，绝不讨论，自己看出来什么才是有益的或者对的（这需要极好的眼光，有此眼光才能算真正的精英——剧中以"炮灰"称之，而那些所谓的精英还没有断奶呢），然后直接去做，也不解释，也不抱怨。这样做不必求别人理解（其实是有人理解的，比如孟烦了的质疑形成镜像，以及得到士兵的拥护），也不必求回报（其实回报也是有的，那就是传说中所谓的幸福），然后跳出中西体用种种理论的干扰，直接走出民族（首先通过个人）的向上进路。

为谁写作？（代后记）

据汉娜·阿伦特说，瓦尔特·本雅明的理想，是"写一部通篇都是引语、精心组合无须附带本文的著作"。这样一本著作，"将残篇断语从原有的上下文中撕裂开来，以崭新的方式重新安置，从而引语可以互相阐释，在自由无碍的状况中证明它们存在的理由"。不用说写一本著作，即使要在很短的篇幅内谈论"为谁写作"这样一个问题，这个要求也太高了。

1751年，卢梭的《论科学和艺术的复兴是否有助于使风俗日趋纯朴？》出版。在这篇为法国第戎科学院有奖征文撰写的文章里，他谈到了为谁写作的问题："每个艺术家都想得到赞赏。同代人的赞誉，乃是艺术家的酬报中最珍贵的部分。如果不幸在他生活的民族和时代里，闻名一时的学者竟让一群轻浮的年轻人左右他的文风，杰出的诗剧被人遗忘，美好的音乐遭人鄙弃；在这种情况下，他怎样去博得人们的称赞呢？他只好把他的天才降低到他那个时代的水平；他宁肯作一些在他活着的时候招人喜欢的平庸篇什，也不愿写在他死后很久才享盛名的杰作。"

在这段文字之后，卢梭直呼伏尔泰的本名，责问他："为了故作风雅，你牺牲了多少强壮有力的美？为了炫耀你在一些鸡毛蒜皮的小事上所能表现的风流才华，你少写了多少伟大的作品？"那么，表现强壮有力的美，写出伟大的作品，却不是为了博得同时代人的赞誉，究竟是为了谁呢？

对卢梭本人来说，这大概不是什么问题。他在序言里已经坚决表明了自己的态度，绝不为当代追随风尚的读者写作："我既不打算取悦那些才俊，也不想讨好各位名流。在任何时候都有一些屈从于他们的时代、他们的国家和他们的社会风向的人……既然想超越所生活的时代，就不能为这样的读者而写作。"卢梭的这一意志，有尼采遥相呼应。在《敌基督》前言里，尼采写道："本书属于极少数人。这些人中也许已经没有谁还活着……我怎么可以让自己混同于今天已经长出耳朵的人？惟有明天之后才属于我。有些人死后才出生。"

为未来而写作，不光两个相隔不远的哲人，也几乎是古今有大志的写作者的共同志向。司马迁在《报任少卿书》中所谓，"仆诚以著此书，藏诸名山，传之其人"，正是这个意思。被称为"精神大师"的室利·阿罗频多，也把自己划入了这个范围："我们不属于过去的黄昏，却属于将来的午昼。"他们用自己的文字，呼唤着那些人群中"有耳能听"的人，或者，如庄子《齐物论》云："是其言也，其名为吊诡。万世之后而一遇大圣知其解者，是旦暮遇之也。"想来不致误会吧，"英雄与一代凡人皆为知己"，为未来的写作，并不是作者故意脱离时代，与时代格格不入，他们只是不愿降低自己的水准，屈从于某些风气而已。

对卢梭这一吁求最朴素的回应，该算是他的同时代人本杰明·富兰克林。1771年，富兰克林给儿子写信，追溯家史，尤其是回忆他个人的一生。这封信，就是后来著名的《富兰克林自传》的第一部分。作品开头，富兰克林交代了写这些信的原因："我出身贫寒，幼年生长在穷苦卑贱的家庭中，后来居然生活优裕，在世界上稍有声誉，迄今为止我的一生一帆风顺，遇事顺利，我的立身之道，得蒙上帝的祝福，获得巨大的成就，我的子孙或许愿意知道这些处世之道，其中一部分或许与他们的情况适合，因此他们可以效仿。"

富兰克林这种写下自己一生，以供后人效仿的写作，很有古典"大人"之风。在古希腊，人应效仿的典范是神，如柏拉图的苏格拉底在《法义》中所言："一切事情中最重要的事情，就是获得关于神们的正确思想。有了这种思想，你就可以过一种好的生活，否则，你得过一种坏的生活。"照希罗多德的说法，"赫西俄德与荷马……把诸神的家世交给希腊人，把诸神的一些名字、尊荣和技艺交给所有人，还说出了诸神的外貌"。这些作品，摹写诸神的世系和特性，面向一国民众的当下和未来，确立一国的特殊生活方式，所谓"经夫妇，成孝敬，厚人伦，美教化，移风俗"。这一特殊生活方式的养成，有赖于高于人的存在——诸神。在富兰克林的自传里，这个高于人的存在，被称为上帝。这类写作，把属神的高贵带到人间。就像卡夫卡在一次谈话中说的，写作"倾向于祈祷"，"艺术就像祈祷一样，是一只伸向黑暗的手，它要把握住慈爱的东西，从而变成一只馈赠的手"。那么，有没有一种写作，写到神不是为了世间的生活，而是只为这高于人的存在而写？

在谈论俄耳甫斯教祷歌时，韦斯特描述了一种颂神的氛围："某一个私人文化团体的成员夜聚屋内，借着烛火，在八种焚香的气息萦绕中向他们想到的神祷告，唱这些祷歌。"这种向神书写的文字，也是"东海西海，心理攸同"。按《诗大序》的说法，《诗经》里的"颂"，就是"美盛德之形容，以其成功告于神明者也"。屈原的《九歌》，也明明确确是愉神之作。王逸《楚辞章句》："昔楚国南郢之邑，沅、湘之间，其俗信鬼而好祠。其祠，必作乐鼓舞以乐诸神。"在这个写作的序列里，因为对象是高于人的存在，人要把最好的自己和自己最好的所有展现给神看，写出自己的勇敢、节制和虔诚，写出世上的美好和庄严。

萨特和加缪在很多问题上意见分歧，但在为谁写作的问题上，看起来却相当一致。对萨特来说，"一个人写作只是为了自己，那不符合实际……没有一种艺术不为别人或是没有别人参加创造的"。加缪也认为，"一个作家很大程度上是为被阅读而写作的（至于那些说他们不是的作家，让我们钦佩但不要相信他们吧）"。以上为了不同对象的写作，仿佛也验证了他们的结论。那么，有没有一种写作，不是，或首先不是为别人而写的呢？就像维特根斯坦相信的那样："就改善你自己好了，那是你为改善世界能做的一切。"

1903年，里尔克给一个青年诗人写信："尊敬的先生，除此以外我也没有别的劝告：走向内心，探索你生活发源的深处，在它的发源处你将会得到问题的答案，是不是'必须'创造。它怎么说，你怎么接受，不必加以说明。"这样一种首先指向内心的写作，不止属于诗。在《以学术为业》中，马克斯·韦伯坚决地说："如果他无法迫使自己相信，他灵魂的命运就取决于他在眼前这份草稿的这一段里所做的这个推断是否正确，那么他便同学术无缘了……没有这种被所有局外人所嘲讽的独特的迷狂，没有这份热情，坚信'你生之前悠悠千载已逝，未来还会有千年沉寂的期待'——他也不该再做下去了。"这种先要经过自我确认的写作，差不多可以称作为自己的写作。对这些写作者来说，"关心你自己""认识你自己""照顾你自己"是最高的目标，他们在内里认识自己、澄清自己，并通过写作把这个认识和澄清提纯，甚而由此走向幸福之路，把自己的一生谱写为独一无二的乐章。

不管是为当代人写作，为未来者写作，甚至为一个民族，为至高的存在，抑或只是朝向自我的写作，凡写下的文字，都不能期望它真的会"像跳动的火焰点燃了火把，立即自足地延续下去"。如同柏拉图在《斐德若》中所说，文字本身是不可靠的，何况还伴随着误解："没有任何理性的人敢于把他那些殚精竭虑获得的认识托付给这些不可靠的语言工具，更不敢让那些认识遭到书写下来的文字所遭受的命运。"因而，不管是为谁的写作，或者为了传达什么珍贵的东西，即使写作者本身极其严肃，最终，对它是否或如何传达给听者的期待，差不多只能是但丁《神曲》里所说的："放弃一切希望。"或者，对待为谁写作这件事，应该如基尔克果《恐惧与战栗》作为草稿的题词那样，给自己一个坚决的答复：

"写作吧。"

"为谁写作？"

"为那已死去的，为那你曾经爱过的。"

"他们会读我的书吗？"

"不会！"

增订版补记

《书到今生读已迟》所收文章，虽写作时间参差，结集后却成了某种有意写作的开端，为我打开了一扇窥探幽深世界的窗户。蒙读者错爱，出版不久就重印一次，现在则幸运地有了增订再版的机会。

此次增订，"跳动的火焰"一辑仍其旧；"爱命运"一辑，两篇与《诗经》有关的文章移出——因已收入《诗经消息》，替换为《利玛窦的礼单，或万历二十九年》《大荒山寓言》与《备忘抄》，尽管由谈古转为论今，还是跟人在历史和现实中的复杂命运有关；"目前无异路"一辑，补入《开阔健朗与细心耐烦》，可与《从艰难的日常里活出独特的生命形状》对读，分别谈论《沈从文的后半生》和《沈从文的前半生》。

增订版仿佛一本书的脱胎换骨或焕然新生，作者不可能不感到开心。同时也因为这开心，要感谢熟识或不熟识的读者，并借机感谢催生且一直呵护着这书慢慢生长的朋友李宏伟。

黄德海

2020 年 3 月 21 日

图书在版编目（CIP）数据

书到今生读已迟 / 黄德海著 . -- 增订本 . -- 北京：作家出版社，2022.3

ISBN 978 - 7 - 5212 - 1508 - 3

Ⅰ . ①书…　Ⅱ . ①黄…　Ⅲ . ①随笔 - 作品集 - 中国 - 当代　Ⅳ . ①I267.1

中国版本图书馆 CIP 数据核字（2021）第 164626 号

书到今生读已迟

作　　者：黄德海
责任编辑：李宏伟
装帧设计：合和工作室
出版发行：作家出版社有限公司
社　　址：北京农展馆南里 10 号　　邮　　编：100125
电话传真：86 - 10 - 65067186（发行中心及邮购部）
　　　　　 86 - 10 - 65004079（总编室）
E - mail: zuojia@zuojia. net. cn
http: // www. zuojiachubanshe. com
印　　刷：三河市紫恒印装有限公司
成品尺寸：130 × 185
字　　数：175 千
印　　张：8.875
版　　次：2022 年 3 月第 1 版
印　　次：2022 年 3 月第 1 次印刷
ISBN 978 - 7 - 5212 - 1508 - 3
定　　价：50.00 元
